Schöne neue Welt

Die Dinge des Lebens

Ich sitze in meiner leeren Berliner Wohnung und muß entscheiden, was in Deutschland bleibt und was mich nach Amerika begleitet. Die Packer warten. Braucht man den *Großen Aral Europaatlas* in New York? Ich hätte ihn hier gelassen, aber meine Frau hat ihn erst mal eingepackt. Ich könnte ihn heimlich wieder auspacken, traue mich aber nicht.

Vor meinem Fenster wird die britische Botschaft fertig. Fünf Jahre lang hat uns der Baustellenlärm gequält, und jetzt, wo sie endlich fertig sind, ziehen wir weg. Ein Freund von uns übernimmt die Wohnung, er ist nach einigen Jahren in die Stadt zurückgekehrt. Immer wenn ich ihn sehe, denke ich, daß er schlau ist und ich doof. Alle ziehen nach Berlin. Braucht man Erich Schmitts *Tierparkskizzen* in New York? Brauche ich das Buch überhaupt? Habe ich es jemals gebraucht? Ich weiß nicht.

Ich lebe jetzt seit fünf Wochen in New York. Ich bin nur nochmal nach Berlin zurückgekehrt, um meine Wohnung leerzuräumen. Als ich ankam, war es dunkel, und als ich am nächsten Morgen Schrippen holen ging, begegnete mir Günter Schabowski. Er war der erste Bekannte, den ich traf. Irgendwie hatte ich mit Schabowski am wenigsten gerechnet. Ich weiß ja nicht, wie sich die Dinge zuletzt entwickelten, aber für einen Moment dachte ich, er sei auf Freigang. Ein Außenschläfer auf dem Weg zurück ins Gefängnis, in Eile, wie der Pianist in *Bahnhof für zwei.*

In der *Berliner Zeitung* fand ich heute auf einer halben Seite das vorletzte Magazin der *New York Times* zusammengefaßt, das seit zwei Wochen auf meinem New-Yorker Klo liegt. Die Times-Journalisten packen eine Zeitkapsel für die Menschen im Jahr 2999. Was halten sie wohl von unseren Dingen?

Sehr interessant, aber manche Fragen stellen sich schon jetzt. Brauche ich meine *Erika*-Schreibmaschine in New York? Es ist eine Reiseschreibmaschine. Ich habe sie zur Jugendweihe geschenkt bekommen und seit mindestens neun Jahren nicht mehr benutzt.

Der nächste, den ich hier sah, war Markus Wolf. Er stand vor dem Lafayette, er sah aus wie jemand, der dort einkauft. Drei PDS-Kaffeetassen aus meinem Besitz befinden sich auf der Reise nach New York. Sogenannte Kaffeepötte, die ich von einem Freund geschenkt bekam. Einer der Möbelpacker sagt, daß er neulich allein 180 große Kisten mit Nippes einpackte. Puppen und Porzellan für die Gattin eines Bundeswehrgenerals. Ich möchte nicht wissen, was er über uns erzählt. Wir haben eine Sandmannpuppe mit Spieluhr und die Marx-Bände eingepackt, die wir bisher noch nicht weggeworfen hatten.

Ich stand nur fünf Minuten an unserer Bushaltestelle. Zuerst lief der Grüne Werner Schulz an mir vorbei, ein fiebriger Blick. Dann kam Nooke von der CDU. Dick, zufrieden, guter Mantel. Von hinten sah Nooke aus, als säße er seit fünfzehn Jahren im Bundestag. Aus der anderen Richtung näherte sich Sabine Bergmann-Pohl, die so verbittert aussah, als hätte sie aus Bayern in dieses schreckliche Berlin ziehen müssen.

Sabine Bergmann-Pohl, großer Gott, vor fünf Tagen stand ich auf der Premierenparty von Milos Formans neuem Film *Man on the Moon* neben Courtney Love. Ich habe sie sogar kurz berührt. Ganz kurz nur, aber immerhin. Sie sah umwerfend aus. Es war im Roseland Ballroom, auf den Tischen brannten rote Lampen, Danny De Vito war da, Milos Forman und auch Michael Stipe von R.E.M., die am Soundtrack schrieben. Seinfeld ging früher, Chevy Chase blieb, am Ausgang gab es eine Tasche mit kleinen Sachen und dem *Man on the Moon*-Soundtrack.

Ich habe die große Videosammelbox *Chronik der Wende* nach New York mitgenommen. Ich besitze sie bereits seit mehreren Jahren, habe sie aber noch nie angeguckt, weil ich keine Muße für lange Interviews mit Revolutionspfarrern habe. Ich weiß nicht mal genau, ob ich sie in New York abspielen kann. Aber sie ist mit dabei. Ich nehme mir ja vor, ein Weltbürger zu werden. Aber es ist nicht einfach.

Am Ausgang des Roseland Ballrooms habe ich mir gleich zwei Soundtracktaschen eingesackt. Ich weiß noch nicht, ob ich sie wieder zurück nach Berlin mitnehme.

Aliens

Man könnte auch sagen, daß mich Hertha BSC aus der Stadt trieb. Die Mannschaft selbst kann nichts dafür. Es sind die anderen. Sie erwarten, daß ich so bin wie sie. Sie sind überall.

Vor ein paar Tagen saß ich mit einigen von ihnen an meinem Wohnzimmertisch und mußte erklären, was gegen Hertha spricht. »Sie haben doch Ostler«, sagte ein Freund. »Tretschok, Herzog, Wosz, Thom.« Er sah mich an, als seien die meinetwegen eingestellt worden. Damit ich endlich Ruhe gebe und mitmache. Ich erzählte von Kunstprodukt und Kalkül, bis mich alle am Tisch ansahen, als wolle ich die Mauer wiederhaben. Dabei mag ich nur Hertha BSC nicht. Und je mehr Leute den Verein mögen, um so schwerer fällt mir das. Jeder Zugezogene, der zwei Minuten in der Stadt ist, wird Hertha-Fan. Es ist wie in *Die Körperfresser*. Wer einschläft, wird zum Hertha-Fan. Jeder, der Chefredakteur einer großen Berliner Zeitung werden will, muß unterschreiben, daß er Hertha-Fan ist. Der Sudetenflüchtling Franz-Josef Wagner von der *B.Z.* mußte mit seinem eigenen Blut unterschreiben, obwohl er Tennis viel mehr liebt als Fußball. Aber es ging auch gar nicht mehr um Fußball. Hertha BSC hatte früher Spieler wie Ete Beer hervorgebracht, ein Verein wie Günther Pfitzmann. Plötzlich sollte es so was sein wie die Loveparade.

Vor anderthalb Wochen schlug ich eine Karte für das

Spiel gegen Mailand aus. Am nächsten Tag las ich, daß sich so was wie die Herbstrevolution zugetragen hatte. Und ich war wieder nicht dabei. So ging das nicht weiter. Kurz bevor ich nach New York fuhr, holte ich mir eine Karte für das Spiel gegen Galatasaray Istanbul.

Es war ein schöner Abend. Der Mond leuchtete korrekt über der Anlage, es gab nur alkoholfreies Bier, neben mir saß ein älterer Herr auf einem Hertha-Sitzkissen. »Heute machen wir den Sack zu«, sagte er zu mir. Ich lachte ein Genau-heute-machen-wir-den-Sack-zu-Lachen und hoffte, daß sie verlieren. Vor dem Spiel tanzte der flauschige Hertha-Bär zusammen mit einer türkischen Bauchtänzerin in der Fankurve, wo die Fanklubs *Deutsche Eiche* und *Sturmfront Nauen* gerade ihre Fahnen ausrollten. Irgendwo stand Joschka Fischer neben dem türkischen Außenminister, dem er gerade einen Panzer verkauft hatte. Die Abendluft war voller Mißverständnisse.

Nachdem Rekdal das 1:0 für Hertha erzielt hatte, klatschte ich artig. Vor mir saß ein Türke zwischen seinen beiden Berliner Kumpels, die in die Luft sprangen, als das Tor fiel. Er sprang mit, wenn auch nur halb hoch. Ich fühlte mit ihm. Ich klatschte und dachte Scheißescheißescheiße. Ich gab nicht auf, ich lächelte meinen Nachbarn an, tippte in der Halbzeitpause ein 3:0 für Hertha. Ich schien wie sie zu sein. Aber dann schoß Galatasaray das 1:1, und ich begriff, daß ich es nicht schaffe. Ich schnellte vom Sitz, in der Luft traf ich den Türken aus der Reihe vor mir. Wir sprangen noch drei Mal an diesem Abend in die Luft. Es war keine richtige Herbstrevolution, aber sehr gut. Doch nach dem Spiel ist vor dem Spiel. Am Ausgang wartete mein Freund mit einer neuen Argumentation. »Dir kann es ja egal sein. Aber jetzt kriegen wir in Berlin keinen europäischen Spitzenfußball mehr zu sehen. Schade.« Mein Freund sagt, er will nur guten Fußball sehen. Das ist natürlich Unsinn. Er jubelt mit den anderen und ist sich selbst unheimlich.

Wir gingen in eine Charlottenburger Kneipe, wo weitere Hertha-Fans litten. Ich schaute nachdenklich, denn natürlich nahmen sie an, ich sei wie sie. Alle denken das. Innerlich jubelte ich. Am nächsten Morgen fragte mich meine Frau, wie es war. Ich wollte nicht euphorisch klingen und murmelte leise »Hertha hat 4:1 verloren«. »Na ist doch gut«, sagte sie halbherzig. Sie will mich trösten. Aber ich glaube, sie ist schon bei den anderen.

Je weiter ich wegfahre, desto mehr werde ich als Hertha-Fan gelten. Ich werde mir einen Hertha-Duftbaum in meinen Jeep hängen. Nachts aber, wenn alle schlafen, werde ich blauweiße Wimpel verbrennen und die Asche in den Novemberwind streuen. Ich werde einsam sein. Ich werde trinken. Vielleicht ändere ich meinen Namen.

Später hörte ich im Autoradio, daß Rex Gildo in derselben Nacht gestorben war. Es ging mir näher, als ich dachte.

Vom Winde verweht

Vor ein paar Tagen saß ich auf einer Bühne in Atlanta, um über die deutsche Einheit zu berichten. Es war 8.30 Uhr in Georgia. Die Bühne befand sich im fensterlosen Saal eines Kongreßzentrums. Der Saal sah aus, als könne man ihn in fünfundzwanzig Minuten komplett demontieren, verpacken und auf den Laster schmeißen. In vier Stunden würde das gesamte Kongreßzentrum reisefertig sein, in fünf Tagen könnte man Atlanta abtransportieren. Eine komische Stadt.

»Sie haben Glück mit dem Zimmer, Sie sehen auf den Park«, sagte die Dame an der Hotelrezeption. Als ich die Vorhänge aufzog, sah ich eine Betonfläche mit hohen Laternen. Eine Art Aufmarschplatz, auch sonst erinnert Atlanta an Pjöngjang, das ja auch mal Olympiastadt werden wollte. Nachts werden in den leeren Bürotürmen die Lampen eingeschaltet, um Leben vorzutäuschen. Die Frage ist, wem man etwas vormachen will.

Als ich eines Abends kurz nach zehn Uhr meinen Hotelkomplex verließ, dachte ich, sie drehen dort draußen den zweiten Teil von *12 monkeys*. Es war schwarz und schwül und still. Kein Mensch war zu sehen. Ich schlüpfte schnell in meinen Hotelkomplex zurück, unter dessen Glaskuppel auch die CNN-Zentrale Zuflucht fand. Es gibt hier Kinosäle, Tiefgaragen, Springbrunnen, Taco Bell und Balkone, die im Haus hängen, freischwebende Wohnzimmer sozusagen. Menschen in kurzen Hosen sitzen dort und genießen den Abend im Gebäude. Sie sehen keinen Himmel, aber sie kriegen auch keinen Sonnenbrand. Sie haben Airconditioning auf dem Balkon, was im Süden durchaus von Vorteil sein kann. Am Freitagnachmittag traf ich Ted Turner in einem der gläsernen Fahrstühle. Ted Turner hat vor kurzem Jane Fonda und CNN verloren, ich hätte ihn am Freitagnachmittag beim Fliegenfischen in Montana vermutet. Aber wahrscheinlich konnte man auch das hier irgendwo tun. Es gab keinen Grund, den Komplex zu verlassen, es sei denn man wollte eine rauchen. Aber für Raucher ist Atlanta sowieso nichts.

Die Bühne war mit rotem Stoff bespannt und neben mir stand ein leerer Stuhl. Dort würde gleich Peter Schneider Platz nehmen, ein Berliner Schriftsteller, der hier den Westen repräsentierte. Ich sollte über »Identität und Mentalität der Ostdeutschen« reden. Erst zusammen waren wir Deutschland. Der Titel der Veranstaltung hieß »Zehn Jahre danach: Wann fällt die Mauer in den Köpfen?«, es war jetzt 8.40 Uhr, und Deutschland war immer noch nicht komplett.

Vielleicht wartete Schneider auf einen Fahrstuhl. Er wohnte im zwei Meilen entfernten Westin-Hotel, dem höchsten Gebäude der Stadt. Er hatte gestern abend erzählt, daß es dort zu wenig Fahrstühle gebe. Der Diskussionsleiter bat mich anzufangen. Aber ich wollte nicht ohne den Westen beginnen. Jede Geste zählt hier im Süden. Schneider war vom Winde verweht. Mir fiel die kleine Scout Finch ein, die in *Wer die Nachtigall stört* als verkleideter Schinken durch einen dunklen Wald irrt. So fühlte ich mich dort oben. Ein Ostler in Georgia. Ein Schinken im Wald.

Das akademische Viertel lief ab, Schneider war immer noch nicht da. Der Saal wurde unruhig. Ich spürte die Verantwortung. Ich war hier Deutschland. Ich war Columbus. Ich hätte ihnen sagen können, daß die Ostler, die nach dem Mauerbau geboren wurden, in Trikots der deutschen Nationalmannschaft von 1974 rumlaufen müssen, und die älteren mit Konrad-Adenauer-Masken. Die Versuchung war groß. Aber es ging nicht. Es hing zu viel von mir ab.

Ich fing an. Vor zehn Jahren hatte ich für meine Zeitung noch über den Fackelzug der FDJ berichtet, jetzt trug ich die deutsche Fahne nach Atlanta. Eine echtes Südstaatendrama. Der Westen kam nicht mehr. Peter Schneider hat später erzählt, er habe sich in der Zeit geirrt. Besser kann man es nicht sagen. Es hat ein bißchen gedauert, aber ich habe Walter Ulbricht jetzt verstanden.

Man kann sie überholen, ohne sie einzuholen.

The Player

Die Politik wird auch immer amerikanischer. Am Tag der deutschen Einheit sangen Peter Maffay und Herbert Dreilich zum erstenmal gemeinsam *Über sieben Brücken mußt du geh'n*. Im anschließenden Interview mit einem dieser Boulevardmagazine, die bizz, buzz oder bazz heißen, wirkte Maffay, der durch den Schlagertitel *Du* beziehungsweise das *Tabaluga*-Lied bekannt ist, so stolz, als habe er damit den letzten Stein aus der Mauer gebrochen. Ein historisches Duett. In dem Moment, als der durchtrainierte westdeutsche Maffay auf die Bühne stürmte, um den ostdeutschen *Karat*-Sänger Dreilich, der gerade von einem Schlaganfall genesen ist, zu umarmen, war eine gewisse, wenn auch eher unfreiwillige Symbolik im Spiel. Eine Minute lang hielt Peter Maffay ihn fest, man wußte nicht, ob Herbert Dreilich nach der Umarmung zu Boden sinken würde. Aber dann ließ Maffay von ihm ab, Dreilich lebte, und im Finale betrat neben den *Prinzen* aus Leipzig und den *Scorpions* aus Hannover, die so was wie altgewordene Prinzen in Lederhosen sind, auch Gerhard Schröder die Bühne.

Schröder wirkte unsicher. Gerade war er noch Staatsmann bei Chirac. Ausfallschritt, durchgedrückter Rükken, verschränkte Arme, Kinn in den Himmel. Jetzt war er Popstar. Aber wie macht der Popstar? Schröder konnte sich ja schlecht in den Schritt greifen wie Michael Jackson.

Oder ins Publikum spucken wie Roger Chapman. Er entschied sich für *Queen.* Die Victory-Vs. We are the Champions. Dann ging er auf Klaus Meine, Sänger bei den *Scorpions,* zu und hob ihn ein bißchen an. Zwanzig Zentimeter etwa. Meine ist klein, leicht, stammt aus Hannover und sang einst die Hymne *Wind of change.* Die bizzbuzz-Stimme sagte aus dem Off: »So schön kann deutsche Einheit sein.«

Wie schön? Schön wie ein Hannoveraner im Anzug, der einen Hannoveraner mit Mütze anhebt? Als Schröder gefragt wurde, was er tat, nachdem er erfuhr, daß er die Wahl gewonnen hat, sagte er: »Ich habe meine Frau geküßt.« Macht er zu Hause, in seiner symbolträchtigen 70-Quadratmeterwohnung, die mich an die Er-ist-ein-ganz-normaler-Mensch-geblieben-Neubauwohnung von Hans Modrow erinnert, auch dieses Victoryzeichen? Oder die bittende, magenkranke Geste? Die Hände ineinandergelegt, Handflächen nach oben, der Blick den Tränen nah, die Knie federnd? Schatz, es ist später geworden? Keine Ahnung.

Ich weiß nur, daß ich auf symbolische Gesten warte, wenn ich heute Bill Clinton sehe. Einen bedauernden Ausdruck, der gleichzeitig Hoffnung gibt. Eine forsche, aber doch nachdenkliche Geste. Eine Handbewegung, die nicht so tut, als sei alles wie früher, aber auch nicht so, als breche die Welt zusammen. Ein entschuldigendes Auge für Hillary, ein verächtliches für Starr, ein beruhigendes für die Kleinanleger. Als gelegentlicher Tankstellentoilettenbenutzer ahne ich, wie schwierig das ist.

Es ist schon keine besonders angenehme Sache, in einer gut besuchten Tankstelle um einen Toilettenschlüssel zu bitten. Es sollte beiläufig klingen. Nicht zu laut, nicht zu leise, schon gar nicht drängend. Dann wird es richtig schwierig, denn die Erdölkonzerne hängen sperrige Gegenstände an ihre Toilettenschlüssel. Holzklötze, Stahlkonstruktionen und – sehr gern – Plastikölflaschen. Angeblich beschweren sie ihre Toilettenschlüssel, damit man sie nicht »versehentlich« einsteckt. Aber besitzt ein Toilettenschlüssel, an dem eine Stahlkonstruktion hängt, nicht gerade Sammlerwert? Es ist zu befürchten, daß man Toilettenschlüssel bald an einer Handschelle trägt. Nach dem Toilettengang wird man vom Personal befreit. Oder sie führen einen Schlüssel ein, der uns auch akustisch daran erinnert, daß man ihn nicht mitnimmt. Einen singenden Toilettenschlüssel. So würde auch der letzte Tankstellenkunde von unseren Absichten erfahren. Es ist ja schon jetzt nicht leicht. Nicht nur die Toilettenschlüssel wachsen, auch die Verkaufsräume tun es. Die Strecken, die man mit dem großen Kloschüssel zurücklegt, werden immer länger und bunter. Sie ähneln Supermärkten. Als laufe man mit heruntergelassenen Hosen durch die Kaufhalle. Und dazu lächelt man, die Schlüssel schwingend. Lakonisch. Keine große Sache. So fühlt sich Bill Clinton ständig.

Die Welt wird amerikanischer. Schröder ahnt, was auf ihn zukommt. Kohl konnte noch schlechte Laune haben. Er nicht mehr.

Männer

Vor kurzem saß ich im Saal »Liberty« eines Kongreßzentrums in Atlanta, um dem Vortrag »The Formation of a GDR ›Schlager Public‹« zu hören. Das klang vielversprechend. Leider fiel der Vortrag aus, statt dessen sprach Joy Calicio von der Duke University aus North Carolina über »German Nationaloper and Hanns Eisler: Johann Faustus«.

Für einige der zwanzig Zuhörer war das vielleicht kein gravierender Unterschied, für mich schon. Da aber nur wenige Leute im Raum waren, traute ich mich nicht zu verschwinden. Glücklicherweise, muß man sagen. Mitten in ihrem Vortrag forderte Joy Calicio uns nämlich auf, das Lied *Wenn ich ein Vöglein wär* zu singen. Sie verteilte Textblätter und stimmte an. Ich sang mit zwanzig Amerikanern im Saal »Liberty« in Georgia ein deutsches Volkslied mit diversen Umlauten. Das war die Reise wert.

Am vorigen Sonntag erlebte ich in Berlin das genaue Gegenteil. Ich schaltete den Fernseher ein, da saß Bill Gates neben Sabine Christiansen. Gates lächelte. Er wirkte, als sei er unter Drogen ins ARD-Studio verschleppt worden. Bertelsmannchef Middelhoff war auch da. Er guckte, als wolle er gern den bösen Deutschen im nächsten James-Bond-Film spielen. Das war klassisches Machtverhalten, aber was wollte Bill Gates mit seinem Dauergrinsen ausdrücken?

Es gibt ja jetzt einen vielbesprochenen Bildband, für den deutsche Persönlichkeiten zwischen 1991 und 1998 jährlich fotografiert wurden, um zu zeigen, wie die Macht sie verändert hat. Aber alles, was man sieht, ist, wie Essen und Trinken Joschka Fischer veränderten. 1995 platzte Fischer kurz nach dem Fototermin, 1996 sitzt ein Frosch im Dreiteiler auf seinem Stuhl. Gerhard Schröder streckt uns jedes Jahr sein gewaltiges Kinn entgegen, weil er findet, daß er damit am besten aussieht. Wie Sherman McCoy. Der Master of the Universe.

Ich wurde von der Fotografin nicht angesprochen, ob ich mitmachen will, aber wenn, dann hätte ich auf jedem Foto so ausgesehen, als käme ich gerade von einer Wurzelbehandlung. Weil ich vor nunmehr zwanzig Jahren gern Udo Lindenberg gewesen wäre, stülpe ich automatisch die Lippen nach vorn, wenn ich eine spiegelnde Fläche entdecke. Gern in Fahrstühlen, aber auch im Busfenster. Im 57er hat mir mal eine Frau ihren Platz angeboten, weil sie wohl dachte, ich erleide gerade einen Schlaganfall. Dabei war ich nur Udo. Männer sind so verletzlich. Aber: Männer haben Haarausfall. Das ist die Stärke des Fotobuches.

Es dokumentiert einen hoffnungslosen Kampf. Was Frank Schirrmacher von der *FAZ* unternimmt, um seiner beginnenden Glatze entgegenzuarbeiten, ist atemberaubend. Von Jahr zu Jahr schiebt er die verbleibende Haarmenge in neue Zusammenhänge. Arnold Vaatz durchlebt die Etappen Verzweiflung, Ablehnung, Annahme. Erst wird zugekämmt, dann kurz geschnitten, dann wieder zugekämmt, verwurschtelt, hier und da gescheitelt, dann wieder abrasiert. Ganz erstaunlich ist Friedbert Pflüger von der CDU. 1993 scheint sein Haarausfall ein kritisches Stadium zu erreichen, aber dann werden es wieder mehr Haare. 1998 sind es so viele wie 1991. Pflüger taugt für die Vorher-nachher-Kleinanzeigen. Man wünschte sich, die Fotos als Daumenkino. Man könnte Schirrmachers Frisur tanzen lassen, Pflügers Haare wüchsen unter unserem Daumen wie das Gras in den Zeitraffernaturfilmen.

Bill Gates bewegte sich immer noch nicht. Er grinste. Manchmal erzählte er was vom Vertrauen in den Markt. Zu »Kontrolle« fiel ihm sofort »Kommunismus« ein. Manchmal blendete die Regie Middelhoff ein, wenn Gates redete. Middelhoff nickte. Zwei Mal nannte er Gates »Bill«. Gates nannte ihn nie Thomas, obwohl sich Middelhoff das noch mehr wünschte als eine Rolle im nächsten Bond.

Stoiber repräsentierte in der Runde die Politik, neben den Männern der Wirtschaft wirkte er so lustig wie Fredl Fesl, der einst gesungen hatte: »Mir san mir und I bin I – dös is die bayerische Philosophie«. Auch Stoibers zuckerwatteartige Frisur erzählte mehr als Gates' Nackenbürzel. Bürzel! Ich sah mir Gates' grinsenden Mund genauer an. Das war doch ein Schnabel! Seine Angst vorm Kommunismus war die Angst vor den drei Panzerknackern. Marx, Engels, Lenin..

Bill Gates ist Dagobert Duck.

Das Boot

Ich war gerade drei Tage in New York, als mich jemand fragte, ob ich Lust auf einen Berliner Abend hätte. Mit Radunski. Radunski! Ich war doch nicht Tausende Kilometer geflogen, um mich mit Radunski zu treffen, dessen Name schon so klang wie Westberlin. Jetzt, wo ich weg bin, kann ich es zugeben: Ich habe Radunski jahrelang mit Landowsky verwechselt. Radunski ist der mit dem Bart, habe ich mir eingebläut. »Der mit dem Bart, der mit dem Bart«, habe ich leise gemurmelt. Es hat nicht viel geholfen, und wenn sich Georg Gafron zwischen die beiden Politiker drängte, war ich völlig durcheinander. Es gab kaum zwei Wörter, die weniger zusammenpaßten als Radunski und Manhattan.

Ich sagte sofort zu.

Der Berliner Abend fand in einem Haus in der 42. Straße statt, es gab einen Cosmopolitan-Cocktail im Foyer, und es waren auch Künstler da. Zum Beispiel einer der Jungs aus *Sonnenallee* sowie jemand mit blutunterlaufenen Augen und einem Schlapphut. Alle guckten sehr gelangweilt, weil in New York natürlich niemand mit Radunski in Verbindung gebracht werden wollte, obwohl der die Reisekosten übernommen hatte. Auf jedem Platz lag eine *Partner für Berlin*-Ansichtskarte mit Reichstag und Brandenburger Tor. Auf die Karten hatte jemand mit Filzstift unsere Namen geschrieben.

Mir gegenüber saß demnach Tina. Tina arbeitete für eine Internetfirma namens *Platform*, sagte sie mir. Ihre Eltern kamen aus Korea, sie war in Lousiana aufgewachsen und bildhübsch geworden. Wir wurden zusammengesetzt, weil dieser Abend ja auch der deutsch-amerikanischen Verständigung dienen sollte. Aber immer, wenn mir Tina erklären wollte, was sie genau bei dieser Internetfirma macht, klingelte ihr Mobiltelefon. Sie stand dann jedesmal auf und rannte raus. Irgendwann kam das Essen und dann Radunski. Die Künstler rauchten auf der Behindertentoilette.

Radunski schwitzte. Er trug ein blaues Hemd mit weißem Kragen. Wer solche Hemden trage, sei nicht kreditwürdig, habe ich mal in der *Welt am Sonntag* gelesen. Es gab irgendwie zehn Kriterien für Männer, die nicht kreditwürdig sind. Rotbraune Koffer mit goldenen Schlössern waren dabei, getönte Brillen, Krawattennadeln, aber auch diese Hemden. Es war ein Mann abgebildet, der all diese Eigenschaften erfüllte. Er sah Radunski, Gafron und Landowsky nicht unähnlich.

Radunski erzählte von Berlin. Er verglich die Loveparade mit dem New-York-Marathon, er erwähnte die lange Nacht der Museen und die schöne Umgebung. Die Filmanwältin, die neben mir saß, zog die Augenbraue hoch, als er sich in seinem Englisch verstrickte. Irgendwann erzählte er, daß es in Brandenburg 3000 Seen gebe und Tausende Kilometer Flüsse. »Man kann dort sein eigenes Boot haben«, sagte er stolz.

Boote. Er war Radunski, der Berlinvertreter. Wir haben Seen, Leute. Er sah so altmodisch aus, wie eine Figur aus den dreißiger Jahren. Ein Ansager, jemand, der vorsichtig den Vorhang öffnet, den die Veranstalter auf die Bühne schicken, um zu sagen, daß die Sängerin krank ist. Jemand, der sich mit Tomaten bewerfen läßt. Radunski schlich zu seinem Platz zurück. Ich fragte mich, was Tina von diesem Abend mit in ihre Internetfirma transportierte. Wahrscheinlich hielt sie Berlin inzwischen für eine untergegangene Stadt. Für Atlantis. Ich erzählte ihr, daß ich schon mal in Nordkorea gewesen bin.

Oh, sagte Tina.

Dann klingelte ihr Telefon, und sie verließ den Saal. Vor der Tür saß Christoph Schlingensief mit einer Melone auf dem Kopf und lächelte selig. Tina kam nicht mehr zurück. Ich besitze eine Berlinpostkarte mit ihrem Namen.

Eine halbe Stunde später ging ich zu einer Mauerfallparty in einen nahegelegenen Keller. Die Hälfte der Gäste sah aus, als sei sie in meiner FDJ-Gruppe gewesen, später kam auch noch Gruppensekretär Schlingensief. Nina Hagen sang *Du hast den Farbfilm vergessen*, an den Wänden hingen DDR-Fahnen, und es gab Cocktails mit lustigen Namen und viel Wodka. Es war schon sehr überraschend, aber es ging mir nicht annähernd so ans Herz wie der Mann mit dem Berlinkoffer. Radunski schien ein russischer Gast gewesen zu sein. Ein Kolchose-Bauer in New York City. Er war mir nah.

Ich trank schnell einen »Warsaw Pact«, um das zu vergessen.

Spur der Steine

Wenn ich mich auf meinem Schreibstuhl strecke, sehe ich zwölf Stockwerke unter mir ein Stück 42. Straße. Eine Menschenarmee marschiert über die Bürgersteige. Wenn sie auf eine rote Ampel trifft, steht die Masse nicht still, sie tippelt, sieht auf die Uhr, kontrolliert die Mailbox des Mobiltelefons, sie sucht nach Löchern in der Autoschlange, durch die sie schlüpfen kann. Ich sitze gern hier oben. Vor ein paar Tagen ist dort unten auf der 42. Straße eine junge Frau mit einem Pflasterstein niedergeschlagen worden.

Sie stammt aus einer Kleinstadt in Südtexas und heißt Nicole Barett. Nicole kam vor zwei Jahren nach New York. Sie wollte Innenarchitektin werden, arbeitete aber für eine Zeitjobfirma in Midtown und schrieb in E-Mails an ihre texanischen Freundinnen, daß New York verrückt sei, aufregend, schnell. Es war kurz nach Mittag, sie verließ einen Friseursalon und lief nach Westen. Ein Mann näherte sich von hinten, holte aus und schlug zu. Nicole Barett stürzte mit gebrochenem Schädel zu Boden. Der Mann verschwand in der Menschenmasse. Ein paar Passanten versuchten, ihn zu verfolgen. Aber das ist sinnlos hier. Man wird von der Stadt geschluckt wie von einem Wal. Ein Anschlag aus heiterem Himmel, schrieben die Zeitungen. Ohne Warnung. Ohne Grund. Zufällig. Es gibt ein Phantombild des Attentäters, auf dem er aussieht wie eine unrasierte Mischung aus Cherno Jobatey und Martin Dahlin. Die *New York Post* nennt ihn »Brickman«. The Mad Brickman. Der böse Ziegelsteinmann. Eine Schlagzeile hieß »Die Jagd nach dem bösen Ziegelsteinmann«. Klingt wie ein Märchen von Alexander Wolkow. Der Steinmann ist ein Fabelwesen. Ein Stadttier.

Es spricht einiges dafür, daß der Steinmann ein Obdachloser ist, sagt die Polizei. Was dafür spricht, sagt sie nicht. Für alle Fälle hat Rudolph Giuliani, der Bürgermeister von New York, weitere Razzien gegen die New Yorker Penner angekündigt. Giuliani hat sich neben Nicoles Mutter fotografieren lassen, einer Christin aus dem Süden. Daneben steht Nicoles Bruder, er trägt einen Schutzengel am Pullover, denn Nicole ist aus ihrer Ohnmacht erwacht. Ihr Zustand ist jetzt stabil, sie beschwert sich bereits über das Krankenhausessen. Thanksgiving feiern sie zusammen im Krankenhaus, es gibt schon viele New Yorker Restaurants, die gern den Truthahn spendieren wollen. Es gibt ein Spendenkonto für Nicole, Nicoles Mutter sagt, daß sie jetzt versteht, warum ihre Tochter New York liebt. Sie liebe es ja auch. »We love N.Y.« steht in Riesenlettern auf der Post. Es klingt wie das Pfeifen im Wald. Sechzig Polizisten suchen den Brickman. Die üblichen Verdächtigen wurden verhaftet. Aber sie konnten es niemandem beweisen. Es gibt kein Motiv, heißt es.

Kein Motiv? Ich weiß nicht.

Man hat herausgefunden, daß der Mann den Stein in der 78. Straße aus dem Bürgersteig grub. Er hat ihn 36 Straßen durch die Stadt getragen. Downtown. Der Verkehr wurde immer dichter. Immer mehr Menschen, immer schnellere Bewegungen, immer weniger Lücken, entschlossenere Gesichter, kürzere Schritte. Nicht stehenbleiben. Um Himmels willen. Nur nicht stehenbleiben. Wer in Manhattan stehen bleibt, steht allen anderen im Weg. Jeder scheint zu wissen, wo er hin muß. Nirgendwo auf der Welt fühlt man sich überflüssiger, wenn man seinen Rhythmus verloren hat. »Es war, als habe er sich eben entschieden, daß dies eine gute Zeit und ein guter Ort ist, um zuzuschlagen«, sagte eine Zeugin. Vielleicht wollte er den stampfenden Rhythmus stoppen. Der Menschenmaschine, die sich durch die Straßen wälzt, die Energie abdrehen. Vielleicht war er eher Sandmann als Steinmann. Vielleicht wollte er Nicole erlösen.

Jetzt ist erst mal Thanksgiving. Ein Kollege hat gesagt, daß New York leer sein wird. Alle verlassen die Stadt und fahren zu Verwandten. Ich habe keine Verwandten, zu denen ich fahren könnte. Ich bleibe hier. Dort draußen geht der Steinmann um. Ich könnte in meinem Büro bleiben, aber ich darf nicht. Thanksgiving wird in unserem Bürohaus die Energie abgeschaltet, die Fahrstühle gehen nicht mehr, die Türen werden abgeschlossen. Ich muß da raus auf die Straße. Ich werde mich langsam bewegen.

Ganz langsam.

Fenster zum Hof

Jeder gibt gern New-York-Tips ab. Leute, die zweimal in der Stadt waren, erklären mir, wo man die besten Möbel bekommt. Ein Zehlendorfer hat mir vor ein paar Monaten erzählt, wo man in New York Spargel kaufen muß. Ich habe vergessen, wo, aber es ist ja auch noch keine Spargelzeit.

Als ich vor fast genau fünf Jahren ein älteres Berliner Ehepaar auf seiner ersten New-York-Reise begleitete, sagte ich vorher schlau: Nehmen Sie sich warme Sachen mit, es kann sehr kalt werden in New York. Wahrscheinlich hatte ich das aus dem Film *Kevin allein in New York*, keine Ahnung. Jedenfalls standen die beiden Eheleute wenig später in dicken Wintermänteln vor ihrem Hotel auf der frühlingswarmen 6. Avenue und sahen mich vorwurfsvoll an.

In den letzten Tagen war es auch sehr warm, so warm, daß ich den ersten Advent vergessen habe. Das ist im Weihnachtswunderland Amerika schwierig. Seit Tagen säuselt Bing Crosby aus jedem Lautsprecher, im Fernsehen schneit es ununterbrochen auf geschmückte Vorstädte, aber erst jetzt, wo ich aus meinem Bürofenster schaue, fällt mir ein, daß ja gleich zweiter Advent ist. Dort draußen leuchtet ein großer, einzigartiger Adventskalender. Lauter kleine Lichter. Die Fensterchen von Manhattan. Auf meiner Höhe sitzt in 200 Meter Entfernung ein dicker Mann an einem Schreibtisch in einem offenen Adventskalenderfensterchen, er gestikuliert, er scheint auf jemanden einzureden, den man nicht sieht. Vielleicht redet er aber auch mit seinem Computer. Es ist kurz vor neun, die Hälfte der Fenster dort draußen leuchtet noch, der Dicke schaut jetzt auf die Tischplatte. Ich frage mich, was ich machen würde, wenn sich aus dem nicht einsehbaren Raum die Person löst, auf die er gerade einredete, und ihn erschießt. Rüberfahren?

Es gibt zwei Aufzüge in meinem Haus, nach halb neun muß ich den Frachtenaufzug nehmen. Das kostet Zeit. Ich weiß nicht, wie viele Aufzüge es auf der anderen Seite gibt, aber ich würde mindestens eine Viertelstunde brauchen, um in der Etage auf der anderen Seite zu sein. Ich würde auf dem Flur im Haus gegenüber stehen und überlegen, in welche Richtung ich laufen soll. Man muß in diesen Fällen seitenverkehrt denken, was mir schwer fällt. Wahrscheinlich wäre er verblutet, bevor ich da bin. Der Mörder konnte noch im Zimmer sein. Jemand auf meiner Seite würde beobachten, wie ich das Zimmer betrete und ebenfalls erschossen werde.

Also würde ich sitzen bleiben. Ich würde die Polizei anrufen, sie würde herkommen, ich würde das Fensterchen auf der anderen Straßenseite zeigen. Dann könnte ich ihnen von hier aus gemütlich bei der Arbeit zusehen. Vielleicht würde einer der Detectives zu mir rübergucken, denn ich sitze ja selber in einem Fensterchen. Man kann es ansehen, aber nicht berühren. Es bleiben Bilder. Ich werde den dicken Mann wahrscheinlich zwei Jahre lang angucken, ohne je ein Wort mit ihm zu reden.

Manchmal habe ich das Gefühl, daß auch diejenigen, die lange hier sind, nicht hinter die Bilder kommen, sie sitzen irgendwann vielleicht mit den wichtigen Leuten am Tisch. Das ist alles. Aber was bedeutet das? Man sitzt mit einem Model am Tisch, mit einem Börsenmakler, mit einem Journalisten?

Neulich lud mich jemand in ein französisches Restaurant am Central Park ein, am Nebentisch saß Kathleen Turner. Sie saß ganz allein am Tisch und tat so, als würde sie das gut finden, die Kellner lächelten ihr zu. Sie rauchte mit großer Geste, sie lächelte auch mich an, ich hätte mich vielleicht an ihren Tisch setzen können, um mitzuteilen, daß ich *Rosenkrieg* kenne, ich hätte nur »Wuff« machen können, ihre berühmte Beinschere andeuten, oder mir die Serviette in die Backen stecken, um auszusehen wie ihr Filmpartner Jack Nicholson in *Die Ehre der Prizzis*, aber so was mache ich nicht. So hat sie gegessen und ist verschwunden. Die Kellner haben ihr freundlich hinterhergewinkt. Ich kann sagen, daß sie aussah wie immer.

Ich glaube, je länger man hier ist, desto weniger New-York-Tips gibt man ab. Das ist wie in Berlin. Die begeistertsten Stadtführer sind immer die Zugereisten.

Manche mögen's heiß

Neulich hat mir ein Berliner Filmproduzent bei einem Abendessen im Himmel von Manhattan erzählt, ihn habe New York immer gelangweilt. Bis er begriffen habe, daß es hier wie im Osten sei. Er hat es etwas komplizierter ausgedrückt, aber das meinte er wohl. Ich war erst ein paar Stunden in der Stadt und habe es für Filmproduzentengerede gehalten. Ein schnelles Bild zwischen zwei Cocktails. Dresden ist das Köln der Nachkriegsjahre. Prag ist das Paris der Zukunft. Chicago ist das Moskau der Pokemongeneration. Jeder, der schlau wirken will, auch wenn ihm gerade nichts einfällt, greift zur Analogie. Aber, was soll ich sagen? Der Mann hat nicht unrecht.

Es ist heiß in meinem kleinen Büro, sehr heiß. Wahrscheinlich ist die Heizanlage auf einen Durchschnittsdezember justiert. Das wäre kein Problem, wenn man die Heizung abstellen könnte. Aber sie ist ein weißer Block, gegen den man nichts machen kann. Sie ist die Mauer. Wie die Röhrenheizkörper des Sozialismus, die mit toten Stummeln ausgestattet waren. Die Stummel in der Neubauwohnung, in der ich aufwuchs, konnte man leicht hin und her klacken, ohne daß es irgend etwas bewirkt hätte. So wurde ich praktisch im Süden groß.

Als ich nach der Wende Westwohnungen betrat, fror ich immer. Schattenhaft huschten meine neuen Bekannten zu ihren Thermostaten, drehten sie auf und zu, vor allem aber zu. Morgens liefen bibbernde Gestalten auf Zehenspitzen durch die Wohnung. Die New Yorker Heizer sind eher wie unsere Jungs, ich stelle mir kräftige, schwarze Gestalten vor, die auf Dampfschiffen groß wurden. Ein gleichmäßiger Schweißfilm liegt auf ihrer dunklen Haut. Wenn es noch wärmer wird, werde ich in Unterwäsche durch die Flure laufen. Das würde sicher für gute Stimmung sorgen, denn mein Bürozimmer liegt mitten in einer Kanzlei, draußen bewegen sich Rechtsanwälte. Sie müssen Krawatten tragen und ständig diesen Rechtsanwaltsoptimismus ausstrahlen. Sie sitzen in schweren, gesteppten Ledersofas, ihre Gesichter glänzen feucht, sie schauen verzweifelt auf meine T-Shirts. Joe, der Hausmeister, riet mir, die Fenster zu öffnen, was mich an die Wärmediagramme aus den letzten Jahren der DDR erinnerte, auf denen man erkennen konnte, wie Neubauten von einer Korona umgeben waren. Ich habe es probiert, aber es ist immer zu kalt oder zu warm. Nach dem Prinzip funktioniert auch meine Dusche. Kochend heiß oder eiskalt. Es ist riskant, sich darunter die Haare zu waschen, weil man nie weiß, ob man das Shampoo auch ausspülen kann. Morgens im Bad steigen längst vergessene Ohnmachtsgefühle in meinem Herzen auf.

Vor zwei Wochen hatte ich einen Freund aus Berlin zu Gast, der so nett war, auf den Gasmann zu warten, weil ich arbeiten mußte. Die städtische Gascompany hatte versprochen, zwischen zwölf und sechs vorbeizukommen, um meinen Herd anzuschließen. Sie kamen den ganzen Tag nicht. Als ich am Abend bei der Gesellschaft anrief, geriet ich zunächst in eine zwanzigminütige Warteschleife. Dann sagte eine Frau: »Unsere Leute waren um vier da!« Als ich es abstritt, sagte sie: »Okay, dann kommen sie Montag.«

Auf dem Dach des Hochhauses, in dem ich arbeite, steht eine Konstruktion, die an die Installation eines Kindes erinnert. Da dran hängen jetzt die Männer, die die Fenster putzen. Ich müßte nur einmal dagegen treten, und sie wären weg. Man legt hier auch gern Stahlplatten über Schlaglöcher. Die Müllfahrer nehmen meinen Müll manchmal mit, manchmal auch nicht. Manchmal lassen sie eine Tüte stehen und nehmen zwei mit, manchmal andersrum. Es gibt kein System. Es ist Willkür. Wie die Reserviert-Schilder meiner ostdeutschen Vergangenheit. Neulich wollte ich mit einem Kollegen ein Restaurant in Tribeca betreten. Der Türsteher sagte: Es ist voll. Hinter ihm konnte man jede Menge freie Plätze sehen. Wir taten so, als glaubten wir ihm.

Vor ein paar Tagen spürte ich, wie sich diese devote Maske auf meinem Gesicht ausbreitete, nur weil mir der Telefonmann mein Telefon anschließt. Ich habe ihn verabschiedet, als habe er mir das Leben gerettet. Und er verließ meine Wohnung auch wie ein Held, er überquerte die Straße, als würde er dabei gefilmt.

New York ist der Mitropakellner des ausgehenden Jahrtausends.

Himmel über der Wüste

Am Tag, als in New York zum ersten Mal *Sonnenallee* lief, saß ich mit einem pensionierten Offizier der US-Army in New Mexico zusammen und redete über Lech Walesa.

Dies war der erste Satz, den ich in diesem Jahrtausend schrieb. Ich hoffe, es ist alles drin.

Wir saßen im Hauptquartier des größten Raketentestgeländes Amerikas. Es heißt White Sands, und der Himmel hier ist immer blau. Am Tage ist es heiß, nachts kalt, es gibt wenig Menschen und viele Klapperschlangen. Ich hatte erzählt, daß ich aus Berlin stamme, und da es von Berlin nach Gdansk nicht weiter war als von hier nach Santa Fe, waren wir irgendwie auf Lech Walesa gekommen. Eine andere Erklärung habe ich nicht mehr.

»Wie geht's denn dem Burschen heute so?« fragte der pensionierte Offizier. Offensichtlich hielt er mich für einen Kampfgefährten. Immerhin hatte ich mich bis hierher durchgeschlagen. »Nicht schlecht, soweit ich weiß«, sagte ich schnell. Als ich Walesa das letzte Mal sah, war er sehr rot im Gesicht und wollte Präsident von Polen werden. Er stand auf dem Marktplatz von Krakau und hielt eine wirre Rede. Er schrie und flehte und erwähnte mehrfach, daß er seine Frau liebe. Das war jetzt über zwei Jahre her. Er war dann kein Präsident geworden, zumindest schien er glücklich verheiratet zu sein.

»Das ist gut«, sagte der Offizier. »Aber wir müssen wachsam bleiben.«

Wir? Wen meinte er mit wir? Sich, Lech und mich? Uns drei? Ich sollte irgend etwas sagen, dort draußen hatten sie immerhin die Pershings getestet, und ich war damals auf der SS 20-Seite gewesen. Ich versuchte mir das Schreckensbild aufzubauen, aber alles, was mir einfiel, war die Szene aus *Die Olsenbande fährt nach Jütland*, in der Kjeld von einer Bombe verfolgt wird.

»Sie haben einmal eine Mauer gebaut«, sagte der Mann. »Sie können es wieder tun.« Ich sah ihn an. Er hatte braune Augen, auf dem Fensterbrett standen die Fotos seiner Töchter. Sie hatten seine Augen. Offene, irgendwie sorglose Augen. Ich schüttelte leicht den Kopf, sehr leicht. Wir schwiegen einen Moment. Es war wie im Altersheim. Es kann sehr still sein in der Wüste.

»Und«, sagte der Major plötzlich. »Wie war es Silvester in New York?«

Der Krieg war vorbei. Aber das machte es nicht einfacher. Ich war am Silvesternachmittag in Midtown gewesen. Um sechs, als in Berlin das Jahr 2000 begann, wollte ich auf dem Times Square stehen, um an zu Hause zu denken. Alles war abgesperrt, die Polizisten sagten mir, ich solle fünfzehn Straßen weiterlaufen, aber in ihren Augen stand: Dort hat es auch keinen Zweck. Also stand ich zwischen Menschenmassen auf der 6. Avenue, Ecke 42. Straße vor einer Großbildleinwand, auf der ABC das Feuerwerk aus Europa übertrug. Hinter mir stritten sich zwei deutsche Jungs darüber, ob jetzt gerade Brüssel oder Wien auf der Leinwand zu sehen war. Sie hatten ihre Bierbüchsen in lustigen Strümpfen versteckt, denn es ist verboten, in der Öffentlichkeit Alkohol zu trinken. Als Rom zu sehen war, filmte die Italienerin neben mir die Großbildleinwand ab. Besser konnte man es nicht darstellen. Sie war bis hierher geflogen, um krisslige Heimatbilder von einem Fernseher abzulichten. Sie wollte überall sein. Das wollten wir alle. Wir wollten wohl alle ein bißchen zu viel. Ich fuhr mit der Subway nach Hause und sah mir im Fernsehen Bilder von trostlosen Partys an, die die ABC-Reporter »großartig« fanden. Im Hintergrund standen Leute, die aussahen, als hätten sie zwanzig Dollar dafür bekommen, ein bißchen fröhlich rumzuhampeln. Die Reporterin vom Times Square, wo man gedrängte Menschen mit Luftballons sah, konnte kurz vor Mitternacht ihren Kiefer nicht mehr bewegen, so oft hatte sie »großartig« gesagt.

Es war furchtbar.

»Es war voll«, sagte ich zu dem pensionierten Offizier. Er sah mich erwartungsvoll an. »Leute aus aller Welt waren da, wissen Sie«, sagte ich. Ich war jetzt so was wie eine Bierbüchse in einem lustigen Strumpf. Wahrscheinlich begann ich bereits auszusehen wie ein ABC-Reporter. Aber ich wußte in diesem Moment wie sie: bestimmte Dinge konnte man hier einfach nicht erklären.

Dazu war das Land zu weit. Und der Himmel zu blau.

Kaltblütig

New York ist ein guter Platz für Mißgeschicke. Es gibt einen Film mit Jack Lemmon, der nur davon handelt. Lemmon wird überfallen, sein Hotelzimmer ist nicht da, ihm bricht ein Zahn ab. So geht das hier manchmal, mir ist aber lange nichts passiert. Im August 1990 habe ich am Times Square eine Rolex für zehn Dollar gekauft, deren großer Zeiger bereits im Flugzeug abfiel, und im Februar 1993 fuhr ich mit der Subway unterm World Trade Center durch, wo zwanzig Minuten später die große Bombe explodierte. Vielleicht waren es auch fünfundzwanzig Minuten, aber mehr nicht. Im letzten Mai weigerten sich zehn Taxifahrer nacheinander, mich zum Flughafen zu fahren. Vor zwei Monaten aber erwischte es mich dann doch. Es war im *Macy's*.

Macy's ist das größte Kaufhaus der Welt, und ein weiterer Beweis dafür, daß es in New York östlicher zugeht als im Berliner Stadtbezirk Mitte. Abgesehen vom Warenangebot denke ich immer, ich bin im Moskauer Kaufhaus Gum. Es ist sehr universal. Es gibt Betten, Stühle, Parfüm, Kalender, Nietenhosen, Kuchen, Sitzecken, Uhren und Messer, mit denen man Möhren schälen kann, aber nirgendwo sind Verkäufer zu sehen. Ich mußte lange suchen, bevor ich eine dicke schwarze Frau fand, bei der ich die Decke bezahlen konnte, die ich haben wollte. Eine weiche Wolldecke für den Winter. Die Verkäuferin wickelte sie in unzählige Plastehüllen, bis sie doppelt so groß war wie am Anfang, dann klammerte, nietete und klebte sie alles zu einem riesigen Ballen zusammen. Eine der Klammern war wohl nicht ganz fest. Als ich den Packen griff, bohrte sie sich in meinen rechten Zeigefinger, der sofort stark zu bluten begann. Es tropfte auf den *Macy's*-Fußboden, es war unglaublich, als habe es die Pulsschlagader erwischt. Die Verkäuferin sah meinen blutenden Finger an wie eine Waffe, die auf sie gerichtet ist. Ich bat sie, auf meine Decke aufzupassen, und rannte zur Toilette, eine Blutspur hinterlassend.

Als ich wiederkam, standen zwei Herren in Anzügen neben der Verkäuferin. Einer fragte, wie ich mich fühle. Brauchen Sie irgendwelche ärztliche Hilfe, fragte der andere. Ich sah auf meinen Finger. Er tat noch weh, blutete aber nicht mehr. Nein, sagte ich. Sie verloren das Interesse an mir. Es waren sicher Rechtsanwälte. Sie hatten diesen Blick. Besorgt in einer Sekunde, kalkulierend in der nächsten, kalt in der übernächsten.

Weil New York ein wunderbarer Platz für Mißgeschicke ist, ist es auch ein guter Platz für Rechtsanwälte. Mein kleines Büro liegt ja nicht zufällig mitten in einer Kanzleietage. Bis zur vorigen Woche interessierte mich das nicht besonders. Aber eines Morgens standen im verglasten Versammlungsraum gegenüber den Aufzügen drei Staffeleien mit den Fotos eines Männerkopfes. Auf einem Foto trägt der Mann einen Verband. Auf einem sieht man seine gerötete Stirn ohne Verband und auf dem dritten eine winzige Rißwunde inmitten der Rötung. Den ganzen Tag lang diskutierten zwei Anwälte aus meiner Kanzlei mit einer Dame vor den Fotos. Die Türen waren zu, man konnte nichts verstehen. Ich ging öfter zum Fahrstuhl als sonst. Ich entdeckte eine Skizze von der Ecke 30. Straße und 3. Avenue. Ein Café ist dort eingezeichnet und ein Kreuz. Dort ist es wohl passiert. Was auch immer. Heute Morgen gab es nur noch ein Foto, das aber war so groß wie die drei anderen zusammen. Es zeigt den Verletzten in einem Bett. Er hat eine behaarte Brust und den Turbanverband. Man kann nichts erkennen außer dem leidenden Blick des Mannes. Ich muß an einen anderen Jack-Lemmon-Film denken, er heißt *Der Glückspilz* und handelt von einer Versicherungsklage. Lemmon liegt fast die ganze Zeit im Bett. Walter Matthau spielt seinen Anwalt, er hat den Oscar dafür bekommen. Logisch.

Am Sonntag war ich mit meinem Sohn auf dem Empire State Building. Zwanzig Stunden später riß dort ein Fahrstuhlseil. Die Kabine mit zwei Insassen stürzte von der vierundvierzigsten Etage bis in die vierte. Sie wurde durch ein Sicherheitssystem aufgefangen. Den beiden Fahrgästen schien nichts Ernsthaftes passiert zu sein. Der Mann verweigerte medizinische Hilfe, die Frau klagte später über Schmerzen im Rücken und im Genick. Sie ist praktisch Millionärin. Zwanzig Stunden nur. Ich habe kein Pech mehr.

Ich hätte meinen Finger fotografieren sollen.

White Men Can't Jump

Als ich ein Kind war, lagen die Dinge einfach. Es gab *Daktari* im ZDF und Sportschau in der ARD, und wenn mein Vater am Sonnabendnachmittag zu Hause war, gab es nur Sportschau in der ARD. Allerdings war mein Vater selten zu Hause, weil er beim Fernsehen arbeitete und Oberligaspiele übertragen helfen mußte oder *Ein Kessel Buntes*. Alles Sonnabendsachen, was gut war, denn ich habe die Sportschau gehaßt und Fußball auch. Ich war in Daktari-Paula verliebt, aber das ahnte niemand.

Später sah ich dann auch Fußball, ich hatte einen eigenen Junost-Schwarzweiß-Kofferfernseher und konnte mich nicht zwischen ARD-Sportschau und Sport aktuell im DDR-Fernsehen entscheiden. Irgendwann war ich dreißig und besaß zwei Fernseher. Beides waren Farbfernseher. So laufen die Dinge wohl, mit vierzig sind es dann drei, und auf einem läuft das Premiere-Sonnabendspiel live.

Manchmal kommt aber was dazwischen.

Ich bin jetzt 38, lebe in New York und habe nur noch einen Fernseher, Fußball gibt es auch nicht mehr. Ein spanischsprachiger Kanal zeigt manchmal verrauschte mittelamerikanische Spiele, die *New York Times* veröffentlicht die Bundesligaergebnisse am Dienstag, manchmal auch erst am Mittwoch, manchmal auch gar nicht. Gelegentlich geht den Kollegen aus der *Times*-Sportredaktion ein Spiel verloren, neulich rutschte Hansa Rostock aus der Tabelle. Wahrscheinlich ist es außer mir gar niemandem aufgefallen. Am vorigen Sonnabendmorgen hat mich ein Kollege aus meinem New Yorker Büro angerufen, der gerade mit Deutschland telefoniert hatte, wo noch zehn Minuten zu spielen waren. Er war ganz außer sich, denn er ist Bayernfan. Er wußte nicht, ob es Rostock geschafft hatte. Meine Frau sagt, das Beste an New York sei, daß es keinen Fußball mehr im Fernsehen gibt. Zuletzt hatte ich mich wohl etwas gehenlassen.

Hier gibt es Basketball im Fernsehen, Eishockey, Baseball und Football. Baseball gucken ist, als würde man sich die S-Bahnfahrten anschauen, die im SFB nachts laufen. Dicke Männer in lächerlichen Uniformen stehen rum, spucken und kratzen sich zwischen den Beinen. Football fängt erst wieder im Spätsommer an und ist dann schnell zu Ende, weil alle Knochen kaputt sind. Eishockey kann ich nicht akzeptieren, wenn draußen 35 Grad sind. Zudem finde ich wie Walter Jens, daß man den Puck nie sieht. Aber Basketball ist gut. Wie Woody Allen und Spike Lee mag ich die New-York-Knicks. Allerdings bekommen Woody Allen und Spike Lee Karten für die Heimspiele. Ich nicht. Ich habe gefragt, es gibt keine Karten in den nächsten zwei Jahren. Am Sonntagnachmittag spielten die Knicks ihr entscheidendes Playoff gegen Miami Heat. Wer vier Spiele gewinnt, ist eine Runde weiter, jeder hatte bisher drei gewonnen. Es war das siebente Spiel, noch viereinhalb Minuten zu spielen, es stand Unentschieden, meine Tochter wollte die *Teletubbies* sehen, meine Frau hatte es ihr versprochen, wir haben einen Fernseher.

»Es sind nur noch viereinhalb Minuten«, sagte ich zu

meiner Frau. Meine Tochter schrie, Miami nahm eine Auszeit. Es gab Werbung.

»Sie zeigen Werbung«, sagte meine Frau.

»Es ist Pause«, sagte ich.

»Mitten im Spiel?« fragte meine Frau, als laufe hier ein großer Beschiß. Sie nahm meine Tochter und ging. Zwanzig Minuten später kamen sie wieder. Es waren noch zwei Minuten zu spielen. Es hatte weitere größere Werbeunterbrechungen gegeben. Eben war ein Miami-Spieler gefoult worden, es gab Freiwurf für New York. Miami führte mit einem Punkt. Es gab Werbung. Meine Tochter schrie, meine Frau sah mich an wie einen Lügner.

»Viereinhalb Minuten, was?«

Sie verschwanden noch mal für eine Viertelstunde, als sie wiederkamen, waren noch fünfundzwanzig Sekunden zu spielen, die Knicks führten mit einem Punkt, Miami nahm eine Auszeit, es gab eine Werbepause, meine Tochter schrie, die beiden standen jetzt direkt hinter mir. Sie warteten. Nach fünf Minuten war die Werbepause vorbei, sie spielten siebzehn Sekunden, New York führte 72:71, Miami war in Ballbesitz, New York nahm eine Auszeit, es gab eine Werbepause, meine Tochter schrie. Ich legte die *Teletubbie*-Kassette ein und verschwand. Es waren noch acht Sekunden zu spielen, es war nichts entschieden, aber ich konnte das nicht mehr erklären. Die Dinge sind ein bißchen komplizierter geworden, seit ich ein Kind war.

Aber sie haben sich nicht geändert.

Das kalte Herz

Vorigen Sonnabend habe ich zehn Mark für den Domblick bezahlt. Es war abends, ich war gerade angekommen. Ich war zum ersten Mal Gast in Berlin und hatte nie darüber nachgedacht, was mir der Domblick wert ist. Die hübsche Frau an der Rezeption des Radisson Plaza wartete. Ich hätte ihr gern gesagt, daß ich eigentlich Berliner bin, aber keine Wohnung mehr habe, weil ich vor kurzem nach New York zog, aber das war nicht gefragt.

Domblick kostete zehn Mark mehr, was ich fair fand. Ich schrieb meine New Yorker Adresse ins Formular und bekam ein Zimmer im siebten Stock mit Domblick. Ich fühlte mich, als sei ich wie Huck Finn Gast auf meiner eigenen Beerdigung. Es war komisch, erregend irgendwie, ich sah meiner eigenen Stadt aus einem Versteck zu.

Womöglich lag es an den verspiegelten Fenstern des Hotels. Früher habe ich oft zu den goldenen Palasthotelscheiben hochgeguckt, ich war überzeugt davon, daß dort wilde Orgien stattfinden. Aber jetzt kann ich sagen: Wenn hier mal wilde Orgien stattgefunden hatten, haben sie inzwischen alle Spuren beseitigt. In der Bar diskutierten sächsische Geschäftsreisende mit Schnurrbärten die Weltlage. Ich setzte mich dazu, trank ein Bier, fischte die wenigen Mandeln aus den Erdnußgläsern und versuchte die Aufmerksamkeit der Bardame zu bekommen. Die Erregung war weg, ich war ein Hotelgast in meiner Heimat. Ich kannte die Stadt, es war zu spät fürs Kino, die Filme hatte ich alle schon in New York gesehen. Ich ging hoch und sah auf den Dom. Er sah schön aus und kühl.

Drei Tage später las ich in der *Bild*-Zeitung, daß Berlin in ein paar Jahren eine Mischung aus Istanbul und New York sein würde. Das würde gehen, wenn man wußte, was Berlin von Istanbul abbekommt und was von New York. Ich war erst einmal in Istanbul, und das ist lange her.

Wir fuhren mit dem Reisebus hin, es war ziemlich strapaziös, und als wir das Hotel am Morgen nach unserer Ankunft verließen, trafen wir auf zwei nette junge Männer mit dichten, schwarzen Schnurrbärten, die einen großen Bären spazieren führten. Sie wollten, daß meine Freundin und ich uns gegenseitig neben ihrem Bären fotografierten. Ich wußte, ehrlich gesagt, nicht, was ich mit einem Foto neben einem Bären anfangen sollte, aber irgendwie taten mir die beiden leid. Es war zwischen Weihnachten und Neujahr, und sie waren offenbar so stolz auf ihren Bären. Vielleicht waren sie vom Zirkus. Der Zirkus durfte nicht sterben. Wir machten zwei Fotos, und dann schoß einer der Männer noch ein Gruppenfoto, auf dem der Bär, sein Freund sowie meine Freundin und ich zu sehen waren. Als wir weitergehen wollten, schrie der Mann auf uns ein, Money, Money, rief er. Als ich den Kopf schüttelte, ließ er dem Bären etwas mehr Leine, ein Stück nur. Es war ein großer Bär. Er war schwarz und groß, der Mann knurrte. Ich gab ihm ein paar Geldscheine, er zeigte auf den Bären, ich gab ihm alles, was ich hatte.

Das ist meine Istanbul-Geschichte. Wir haben noch diese Bärenfotos. Auf einem lächelte ich bemüht tapfer, politisch korrekt gewissermaßen. Ein deutscher Botschafter in heikler Mission. Es war wirklich ein großer Bär. Ich weiß nicht, was man aus Istanbul übernehmen sollte, aus New York müßte es der Himmel sein. Es ist immer schön in New York. Weit und hell. Als ich in Berlin ankam, war der Himmel tief und dunkel. Vor dem Air-France-Schalter schrie ein Mann in einer hellen Wildlederjacke einen Brillenträger an: »Ick hau dir den Kopp weg, du Wichser.«

Als ich in die Stadt fuhr, fiel mir ein Plakat auf. Es zeigte einen ekligen Schnurrbart über einem feuchten Mund. Darunter stand »Herz mit Schnauzer«. Es warb für BB-Radio und war eins dieser Wechselplakate. Als nächstes erschien der weiße Todeskandidat aus der Bennetton-Werbung. Bennetton und BB-Radio. War das Berlin? Eine Mischung aus Jürgen Karney und George W. Bush. Dem Gouverneur von Texas, wo die meisten Menschen hingerichtet werden, und dem Chef des Senders, wo die schlimmste Musik gespielt wird?

Dann sah das neue Berlin aus wie eine Todeszelle in einem Wilhelmshagener Hobbykeller. Mein Herz trug keinen Schnauzer.

Es war ein einsamer Jäger.

Auf der Flucht

Ich sitze Mittelsitz überm Atlantik, das kleine Flugzeug auf dem Bildschirm an der Kabinendecke hat auf seiner Strichellinie gerade Island passiert, es sind noch fast sechs Stunden bis New York, aber meine Interessenlage beginnt sich bereits zu verschieben.

Links neben mir sitzt eine hübsche Französin. Rechts von mir ein dicker Amerikaner. Die Französin liest, der Amerikaner spielt Gameboy. Er ist so Mitte vierzig, so daß der Gameboy komisch an ihm aussieht. Er spielt seit anderthalb Stunden, er trägt einen kleinen Kopfhörer, damit die Schußgeräusche niemanden stören. Manchmal macht er das Gerät aus und schlägt irgend etwas in einem bunten, dicken Heft nach, auf dem Pokemonfiguren abgebildet sind. Vielleicht ist er ein Spieletester, aber ich glaube, Spieletester fliegen nicht Economyclass. Er könnte auch ein Kind in einem Männerkörper sein, wie es Tom Hanks mal gespielt hat. Oder er ist Kindermörder. Dürrenmatts Kindermörder würde heute vielleicht auch mit Pokemonfiguren locken.

Der dicke Amerikaner hat nicht das Kinn von Gerd Fröbe, aber dessen Gewicht, weswegen er mich in aufregenden Spielsituationen immer rüber zu der hübschen Französin schubst. Das ist nicht unangenehm. Ich bin der Mittelpunkt der Welt. Vor uns sitzen vier Russen. Als das Essen serviert wird, fragt sie die deutsche Stewardeß auf

Englisch, ob sie das ungesalzene Essen bestellt haben. Sie verstehen kein Wort, weswegen die Stewardeß mürrisch wird und ruft: »Irgend jemand muß doch das ungesalzene Essen bestellt haben.« Sie haben immer noch nichts verstanden, sie reden russisch auf sie ein. Die Lufthansa-Stewardess fragt nun, wer ihr Führer ist. »Führer«, ruft sie und greift sich an den Kragen ihrer Stewardessenjacke. »Führer, Führer.«

Irgendwie fühle ich mich in der Pflicht. »Gde Predstawitjel??« frage ich. Die Russen sehen mich an wie einen Außerirdischen, vermutlich heißt »Gde Predstawitjel?« »Wo Generalsekretär?«, und sie denken, ich will sie wieder zurückschicken. Mein Russisch ist leider nicht mehr das beste. Aber die Französin lächelt. Ich bin ein Diplomat in den Wolken.

In solchen Momenten denke ich immer an einen Flugzeugabsturz. Ich würde die Hand der hübschen Französin ergreifen, wie Helmut Kohl sich damals François Mitterands Hand griff. Feierlich würden wir ins Meer fallen, während das kleine Flugzeug dort vorne auf dem Bildschirm an der Kabinendecke puff macht wie die zerschossenen Figuren auf dem Gameboy meines fetten Nachbarn. Das Flugzeug ist jetzt allerdings verschwunden, die *Deutsche Welle* bringt Nachrichten. Auf dem Bildschirm ist Wolfgang Schäuble zu sehen. Die Reporterin überlegt noch, ob er zurücktreten muß, obwohl er zu diesem Zeitpunkt wahrscheinlich längst zurückgetreten ist. Hier oben bei uns hat er noch einen kleinen Vorsprung, hier ist er noch in der Warteschleife.

Es ist komisch, gestern abend war ich im Reichstag und dachte, die Welt geht unter, aber langsam verschiebt sich mein Interesse nach Westen, und Schäuble wird zum Lokalpolitiker. Ich war nur zweieinhalb Wochen in Deutschland, aber schon begann alles wieder von vorn. Gestern abend habe ich seit anderthalb Jahren wieder Peter Hintze gesehen. Ich hätte schwören können, daß der nicht mehr mitmachen darf, aber er war wieder da. Vielleicht ist er ja jetzt sogar ein junger Wilder. Rita Süssmuth und Heiner Geißler werden auch immer jünger. Sind sie neue Gesichter? Und Riesenhuber? Erinnert sich noch jemand an Riesenhuber? Er spielt wieder mit. Es wird Zeit, daß ich wegkomme, jetzt schwenkt die Kamera, und ich bin zu sehen. Ich sitze überm Atlantik und sehe mich in Berlin. Hinter einem Mann mit Hasenscharte und Glatze, den ich noch nie im Leben gesehen hatte. Er redet, und ich schreibe emsig mit, es scheint was Wichtiges zu sein. Ich hab's vergessen. Wenn wir jetzt abstürzen, findet man irgendwann meinen Laptop im Meer, meinen persönlichen Flugschreiber. Sie machen ihn auf, meine Familie steht da, der Experte murmelt etwas, drückt Tasten, schweigt und sagt irgendwann nachdenklich: »Es sieht so aus, als habe er zum Schluß an die CDU gedacht«.

Das ist fast, als würde ich mit Damenstrümpfen und einer Plastetüte überm Kopf gefunden werden. Aber man kann es sich nicht aussuchen.

Mephisto

Diese Kolumne entsteht am Grammymittwoch im Norden von Vermont. Ich kann hier nur zwei englischsprachige Radiostationen empfangen, auf beiden ist seit Montag Grammywoche. Es schneit in Vermont, es gibt Verkehrsschilder, die vor Elchen warnen, und Los Angeles ist von hier so weit entfernt wie Weißensee. Vermont ist das Gegenteil von Ricky Martin und Carlos Santana, aber die Grammyverleihung scheint so was wie ein roter Tag im Kalender der amerikanischen Geschichte zu sein. Erst Super Bowl, dann Golden Globes, dann ist Grammyverleihung, Oscarnacht, Ostern, Mastersturnier, Independence Day, US Open, Thanksgiving, Weihnachten. Es gibt Situationen, da begreift man, daß man ein verdammter Alien ist, der Seuchen mitbringt und die Baseballfilme nicht versteht. An einem verschneiten Grammynachmittag in Vermont zum Beispiel. Oder, wenn man ein Auto anmelden möchte.

Ich habe mir einen alten Jeep gekauft, man darf das eigentlich nicht sagen, weil man natürlich in New York kein Auto braucht, schon gar keinen Jeep, klar, aber ich wollte einen Jeep, seit ich zum ersten Mal *Daktari* sah. Und meiner hat noch nicht mal Zebrastreifen wie der von der Wameru-Station. Ein Kollege, der vor ein paar Jahren in New York arbeitete, kaufte sich einen weißen Mercedes. Das geht natürlich auch, aber ich möchte ja mitmachen. In meiner Straße stehen eine Menge Geländewagen rum, obwohl hier nur Männer in Anzügen wohnen. Ich brachte also meine Papiere in das Versicherungsbüro, wo man anfängt, ein Auto anzumelden. Alles war gut, bis der Mann meine Fahrerlaubnis sah.

»Was ist das?« fragte der Versicherungshauptmanager. Auf seinem Schreibtisch stand ein riesiger Holzklotz, in den sein Name und seine Funktion in Großbuchstaben geschnitzt und mit Goldfarbe ausgemalt worden waren. Diese Holzklötze gehören wie die Grammywoche zu den Dingen, an denen sich ein Amerikaner festhalten kann. »Eine Fahrerlaubnis«, sagte ich. »Steht auch drauf.« Ich besitze einen internationalen Führerschein, auf dem in acht verschiedenen Sprachen steht, was er ist. »Oh ja«, sagte der Hauptmanager. »Einen Moment.« Er verließ das Zimmer. Offenbar gab es da noch jemanden mit einem größeren Holzklotz. Nach fünf Minuten kam er wieder und sagte, daß die Fahrerlaubnis übersetzt und die Übersetzung beglaubigt werden müsse.

»Wer beglaubigt mir denn eine übersetzte Fahrerlaubnis?« fragte ich. »Ich könnte das, aber ich darf es nicht«, sagte mein Manager und lächelte.

Er hatte stark behaarte Finger, er war überhaupt sehr behaart, überall quollen schwarze drahtige Haare aus seinem Körper. Ich konnte es nicht erkennen, aber sicher hatte er einen Pferdefuß unterm Versicherungstisch. Ich brachte ihm an den folgenden Tagen Schreiben von Leuten, die ernsthaft beglaubigen konnten, daß ich eine echte Fahrerlaubnis besitze. Schreiben auf ordentlichen Kopfbögen, unterzeichnet von guten, seriösen Zeugen, die deutsch und englisch sprachen. Das beeindruckte Lucifer nicht. Am Ende machte ich eine Kopie von meiner Fahrerlaubnis, kritzelte mit Kugelschreiber eine lockere Übersetzung drunter und bat Beth, die manchmal in dem Secondhandshop unter unserer Wohnung aushilft, meine Zeugin zu sein. Beth spricht kein Deutsch, aber sie wollte es versuchen. Wenig später standen wir in einer Apotheke und warteten auf einen Notar. Irgendwo hinten bei den Giften sollte ein Notar sein. Nach zwanzig Minuten erschien eine dicke Dame in einem hellblauen Trainingsanzug. Sie sah sich mein Gekritzel an, ich sagte, daß dies die Übersetzung meiner deutschen Fahrerlaubnis sei und neben mir Beth stehe, meine Zeugin. Aber die Dicke stempelte bereits auf meiner Übersetzung herum, ohne Beth auch nur anzuschauen. Sie kassierte vier Dollar und verschwand wieder zwischen den Giftschränken. Sie schien eine Art Medizinmann zu sein, ein Medizinmann in einem hellblauen Trainingsanzug im Wirtschaftswunderland dieser Welt. Ich brachte das Papier der Versicherung. Der Manager sah es an, wischte mit dem behaarten Zeigefinger darauf rum, sagte »perfekt« und lachte.

Er lachte, als habe er gerade meine Seele gekauft.

Angst über der Stadt

Vor zwei Wochen sagte ich an einer Kreuzung in Brooklyn zu meiner Frau: »Hier links.«

Eine Sekunde später sprang ein Polizist vor unsere Kühlerhaube. Er wedelte mit seiner Polizeidienstmarke, und seine Augen waren weit aufgerissen. Er schrie: »Aussteigen!« Ich dachte kurz, wir hätten jemanden überfahren, aber wie sich herausstellte, durfte man an dieser Kreuzung einfach nicht links abbiegen. Leider hatte meine Frau weder ihre Fahrerlaubnis noch ihren Paß dabei. Ich sagte: »Man geht doch nicht ohne Paß aus dem Haus.« Das sagte ich wirklich. Ich war der Rudolph Giuliani unserer Ehe. Meine Frau weinte, der Polizist füllte unbeeindruckt zwei Strafzettel aus. Er sagte, wir sollten dagegen protestieren. Auf seinem goldenen Namensschild stand Gonzalez. Vasquez hieß der Polizist, der wenige Tage später einen unbewaffneten Mann vor einer Bar in Manhattan totschoß. War das ein Zufall?

Ich bin mir nicht sicher.

In New York wird jetzt jede Woche jemand von der Polizei erschossen. Und bevor man das begreifen kann, geben Hillary Clinton und Rudolph Giuliani ihren Kommentar dazu ab. Es ist Wahlkampf, und manchmal scheint der Kommentar zeitgleich mit der Kugel einzutreffen. Der tote Mann vor der Bar in Manhattan war noch nicht kalt, da erfuhr man aus Giulianis Lager, daß er ein paar Wochen zuvor seine Freundin geschlagen hatte, während sie ihr Kind im Arm hielt. Ich meine, er war tot, und jetzt wurden hier noch seine Frauengeschichten ausgebreitet. Der Polizist sei ein Hitzkopf, ließen Giulianis Gegner durchsickern. Er habe mal einen Rottweiler erschossen. Das muß nicht gegen ihn sprechen, sollte es aber wohl.

Am Montag redete Hillary Clinton in einer Kirche in Harlem. Sie griff Giuliani an und sang und tanzte anschließend mit den Gemeindemitgliedern. Sie trug ihre lachsfarbene Bluse, die sie seit Wochen anhat. Vermutlich besitzt sie mehrere, die Bluse steht ihr gut. Im letzten *New York Times Magazin* war zu lesen, daß sie die Friseuse von Tom Cruise und Meg Ryan nutzt. Als ich sie da zwischen den schwarzen Führern herumhüpfen sah, mit ihrer lachsfarbenen Bluse und der steifgeschlagenen Frisur, dachte ich an Karneval. Wenn man den Ton wegdrehte, hätte sie auch singen können: »Hier fliegen gleich die Löcher aus dem Käse, denn nun geht sie los unsere Polonaise.« Hillary Clinton hat leider keinen Soul. Ein paar Stunden zuvor war sie noch mit den Iren zusammen über die Fifth Avenue marschiert, aber jeder Ire würde sie in einer halben Stunde unter den Tisch saufen. Sie könnte Countrysängerin werden. Das würde passen, aber es gibt kaum Cowboys in der Stadt und gar keine Kühe. Es ist schwer, wenn man es in New York allen recht machen will. Giuliani versucht das gar nicht. Er war sein ganzes Leben lang Yankee-Fan und erinnert an den fiesen Pinguin aus *Batmans Rückkehr*, den Danny De Vito spielte. Und wie der paßt Giuliani nach Gotham City. Noch während Hillary den Harlem Shuffle übte, erklärte er, daß der Tote selber Schuld trage. Dessen »aggressive Verhaltensmuster« seien durchgebrochen.

Ich dachte an Gonzalez und an meine Verhaltensmuster.

Ich balanciere nachts gern auf Brückengeländern, einmal bin ich betrunken in die Vertriebsabteilungen des Berliner Verlages eingedrungen, wo ich vom Wachdienst gestellt wurde. Ich hatte später keine Erklärung dafür. Im Herbst 1981 hat mich die Volkspolizei festgenommen, weil ich für einen Kumpel an einem Wolga, der auf dem Parkplatz vorm Reisebüro stand, vorspielte, wie Benny von der Olsenbande Autos knackt. Ich bin ins Foyer vom Hotel Stadt Berlin geflüchtet, wo die Polizei mich einholte. Sie haben mich abgeführt und auf der Wache in der Keibelstraße hinter tausend Stahltüren verhört. Es fiel kein Schuß, aber ich spürte, daß da irgendetwas Unheimliches in mir lauerte.

Kürzlich wollte eine New Yorker Beamtin für ein Nummernschild sechs verschiedene Dokumente sehen, mit denen ich beweisen konnte, daß ich ich bin. Ich hatte nur fünf. Es reichte nicht. Ich hatte drei Stunden gewartet, ich bettelte, sie wiederholte stupide »Sechs. Ich sagte sechs.« In meinem Kopf explodierte etwas. Ich schrie.

Ich bin eine Zeitbombe. Wahrscheinlich bin ich morgen tot. Ich sollte Angst haben vor der New Yorker Polizei. Als Officer Gonzalez weg war, sagte meine Frau: »Du warst viel schlimmer als der Polizist.« Ich glaube derjenige, vor dem ich am meisten Angst haben muß, bin ich.

Halbblut

In dem Western *Cat Ballou* muß Jane Fonda den heruntergekommenen Revolverhelden Lee Marvin für ein Duell aufbauen. Fünfunddreißig Jahre später kehrt sie zurück, um Hollywood zu rächen. Sie hatte hart trainiert. Sie sah großartig aus.

Bei der letztjährigen Oscar-Verleihung setzte sich der Italiener Roberto Benigni auf den Schoß von Steven Spielberg. Spielberg blinzelte unsicher, er hatte sich einst mit Jacques Cousteau in einem Eisenkäfig zu den weißen Haien abgeseilt, aber dies hier war unangenehmer. Benigni lief über Stuhlreihen, sein Anzug schlotterte. Europa hatte diesen kleinen Italiener geschickt, um Hollywood zu demütigen. Anfangs klatschten alle, später hieß es, er spreche gar nicht so schlecht Englisch, wie er vorgab. In diesem Jahr besann sich Hollywood auf seine besten Waffen. Sie schickten Cat Ballou, um einen Oscar an den polnischen Filmemacher Andrzej Wajda zu überreichen. Jane Fonda ist nur zehn Jahre jünger als Wajda, am Sonntagabend wäre sie als seine Enkelin durchgegangen.

Das kann nur Hollywood. Warren Beatty und Michael Douglas werden gerade Väter, man fragt sich, was Kirk treibt. Alle starrten noch auf die Taille von Jane Fonda, da erschienen wacklige Bilder aus Wajdafilmen. Es war ruhig im Saal, die Mehrzahl der Gäste hielt Wajda für einen Stummfilmpionier, eine Art Buster Keaton aus dem

Ostblock. Er mußte demnach tot sein, aber er kam auf die Bühne. Wajda sprach polnisch, er trug eine polnische Brille, polnische Zähne und einen polnischen Anzug. Er lobte Amerika dafür, daß es die Welt befreit hat. Es war das perfekte Bild. Der Oscar schien in diesem Moment so etwas wie der Friedensnobelpreis zu sein. Das letzte Wort seiner Rede war Solidarność. Jack Nicholson saß nur einen Steinwurf von ihm entfernt, als er es aussprach.

Für eine Sekunde stimmte der Traum.

Ich habe mich vor etwa zwei Monaten in einer Wellblechbaracke in Fort Yates bei Amerika bedankt. Fort Yates liegt im Standing Rock Reservat der Sioux Indianer. Ich besuchte dort einen großen Indianer namens White Bull, der in der Stammesverwaltung arbeitet.

Plötzlich ging die Tür auf und ein kleiner Indianer mit riesigen Ohren und einer knallroten Nase betrat den Raum. Er war etwa siebzig Jahre alt und hatte einen sperrigen Rekorder dabei, den er auf White Bulls Tisch stellte. Von hier wurde gleich die wöchentliche Indianerrundfunksendung des Reservats übertragen. Mark White Bull sollte eine Stunde lang über die Lage im Reservat berichten. Nach einer halben Stunde beschloß der Reporter eine kleine Programmänderung.

Er beorderte mich auf White Bulls Stuhl, von wo ich über die Lage in Deutschland berichten sollte. Was so in den letzten fünfzig Jahren passiert ist. Fort Yates besteht aus hundert Häusern und liegt zwischen North und South Dakota. Es ist sehr weit weg von Deutschland, besonders im Winter.

Ich erzählte vom Mauerfall, Feuerwerk und von Problemen nach der Wiedervereinigung. Im Indianerreservat herrschte eine Arbeitslosigkeit von achtzig Prozent, ich dachte, es würde sie vielleicht interessieren, daß sie nicht allein sind. Aber der Reporter mißverstand mich.

Er fragte: »Sind Sie nicht dankbar, daß Amerika Sie befreit hat?«

»Mich?« fragte ich.

»Die Menschen im besetzten Gebiet«, konkretisierte er. Mark White Bull beobachtete mich interessiert, ein Schrank von einem Indianer. Er erinnert an Chief Bromden aus *Einer flog übers Kuckucksnest.*

»Doch«, sagte ich. »Sehr.«

Der kleine Indianer nickte weiter.

Ich erzählte, daß es amerikanische Volksfeste in Berlin gebe, verschwieg aber, daß ich nie eins besucht hatte und lange Jahre Mitglied in der Deutsch-Sowjetischen Freundschaft gewesen bin. Ich erzählte von Luftbrücke und Rosinenbombern. Draußen lag der Missouri gefroren in seinem Bett. Hier war es bullig warm. Ich war ein Märchenonkel. Ich hatte das Gefühl, zu Kindern zu sprechen.

Als Wajda fertig war, brandete Beifall auf. Er blinzelte und verschwand. Er hatte seinen Job getan. Wenn Polanski hätte da sein können, wären sie vielleicht einen saufen gegangen und hätten ihre Witze gemacht. In den Tagen nach meinem Interview hauten mir immer wieder zahnlose Indianer, die mich im Radio gehört hatten, auf die Schulter. Sie schienen stolz auf ihr Land zu sein. Ich kam mir vor, als hätte ich ihnen einen Sack Glasperlen verkauft.

Ich und er

Ich bin nicht mehr in der Lage, Lothar Matthäus objektiv zu beurteilen. Unsere Schicksale sind miteinander verknüpft. Er ist der lebende Beweis dafür, daß ich theoretisch immer noch einen Anruf vom Bundestrainer bekommen könnte, denn er ist ein Jahr älter als ich. Wie ich entschied er sich im vorigen Jahr, nach New York zu gehen.

Wahrscheinlich wäre es vernünftiger, mit Karlheinz Rummenigges Schicksal zusammenzuhängen, aber es ist keine Sache der Vernunft, und es hätte ja auch Gerd Müller sein können, der einst nach Amerika ging, um sein Glück zu suchen. Müller machte eine Kneipe auf und wurde sein bester Kunde. Er trägt heute eine dieser Brillen, hinter der die Augen schwimmen wie Flundern, er ist trocken und darf im Trainingsanzug des FC Bayern München im Stadion rumlaufen. Angeblich trainiert er die Stürmer, aber ich kann mir nicht vorstellen, daß sich Giovanne Elber was von ihm sagen läßt. Gerd Müller wirkt so, als würde er in der Freizeit noch eine Mark machen, indem er Franz Beckenbauers Golfkarren zieht. Ich habe kein Mitleid mit ihm, denn Gerd Müller hat Anfang der siebziger Jahre meinen Autogrammwunsch ignoriert, obwohl ich ihm auf vier Schulheftseiten meine persönliche Situation darstellte.

Am vorigen Sonnabend spielte Lothar Matthäus das erste Mal in New York. Ich bestellte zwei Karten, denn ich wollte meinem Sohn eine Freude machen. Im Auto fiel mir ein, daß mich mein Vater mal spontan zu einem Fußballspiel mitnahm, was mir vorgekommen war wie eine Strafaktion. Vielleicht war ich zu jung. Mein Sohn ist sieben.

Als ich sieben war, war es 1969, da war gar nichts. Als ich acht war, fanden die Fußballweltmeisterschaften in Mexiko statt, an die ich nur fotografische Erinnerungen habe – von den Sprengel-Sammelbildern, die immer einen Moment zu spät fotografiert worden zu sein schienen. Auf manchen war nicht mal mehr der Ball zu sehen. Mein erstes Sammelbild war die Nummer 35 und stammte aus dem Vorrundenspiel gegen Peru. Es zeigte den Moment, nachdem das 2:0 gefallen war. »Müller dreht gelassen ab.« Ich erinnere mich auch an das verwirrende Bild 51 aus dem Endspiel, auf dem Torschütze Gerson nicht zu sehen ist, sondern nur Torhüter Albertosi. Und ich weiß, wie schockiert ich war, als ich das erste Bild von Uwe Seeler sah. Auf Sammelbild 47 tauschte er das Trikot mit dem gutaussehenden Gianni Rivera. »Freunde nach dem Spielende«, stand drüber. Uwe Seeler war weiß und kahl, er sah aus wie unser Hausmeister. Ich hatte ihn mir mehr wie Rivera vorgestellt.

Meine erste bewußte WM erlebte ich 1974. Mit zwölf. Demnach hätte ich mit meinem Sohn erst in fünf Jahren losfahren dürfen. Da wäre Matthäus bereits 44 gewesen. Und wir waren auch schon im Lincoln-Tunnel. Das Stadion der Metro Stars liegt etwas außerhalb in New Jersey.

Das Spiel begann um 20 Uhr, zehn Minuten vor der Halbzeit fragte mein Sohn, wann es zu Ende ist. Es stand 2:0, und ich hatte ihn mehrfach auf den Mann aufmerksam gemacht, dessentwegen wir heute hier waren. Der

Mann war langweilig. Heribert Fassbender hätte gesagt, er habe keine Bindung zum Spiel. Aber es gab eigentlich gar kein Spiel. Lothar Matthäus machte die alten Gesten, er streckte den Zeigefinger der rechten Hand zur Attacke, aber niemand seiner neuen Mitspieler nahm es wahr. Alle rannten immer zum Ball. Mitte der zweiten Halbzeit schlief mein Sohn ein. Das Spiel wurde immer schlimmer. Matthäus erinnerte an Louis de Funès in *Der Gendarm von St.-Tropez.*

Zehn Minuten vor Schluß weckte ich meinen Sohn. Wir liefen langsam aus dem Stadion. »Hat er ein Tor geschossen?« fragte mein Sohn schlaftrunken. »Wer?« fragte ich schulmeisterlich.

»Dein Amadeus«, sagte er.

Er würde ihn nicht vergessen müssen. Er lernte ihn nicht mal kennen. Meinen Amadeus. Mein Schicksal. Ich war ein alter Mann. Wir standen auf dem riesigen Parkplatz vor dem Giants Stadium. Es war kalt und dunkel. Ich hatte meinen Parksektor vergessen. Die Autobahn rauschte, eine Lautsprecherstimme erinnerte uns im Zehnsekundentakt daran, daß wir nicht betrunken Auto fahren sollten, die frustrierenden Lichter der Vorstadthotels blinkten. Ich ahnte, wie einsam sich Gerd Müller damals gefühlt haben muß in Amerika. Er trank gegen die Einsamkeit an. Vielleicht war Müller ja nicht zufällig auf meinem ersten Sprengel-Bild.

Man kann sich sein Schicksal nicht aussuchen. Ich hatte bereits Durst auf ein Bier.

Weiße Wölfe

Vor ein paar Monaten fuhr ich durch die Wüste Neu Mexicos. Ich war auf dem Weg zu einer Indianerfamilie, und es gab schon seit hundert Meilen keine Radiostation mehr, so daß ich mir zum dritten Mal die CD *Supernatural* von Carlos Santana anhören mußte, die ich mir an der letzten Tankstelle vor der Wüste gekauft hatte. Mittlerweile hätte ich Santana keinen Grammy mehr gegeben. Nicht einen. Plötzlich tauchten zwischen den Kakteen zwei Häuser auf. Auf der rechten Seite befand sich ein Steine-Laden. Es gab riesige Klumpen, die relativ preiswert waren, aber auch fingernagelgroße grünlich schimmernde Splitter, die fünfzig Dollar kosteten, weil sie angeblich von der Trinitiy Site stammten, wo die Amerikaner die erste Atombombe getestet hatten. Es stand eine Frau im Laden, die eine rauhe Stimme und zwei Hunde hatte. Ich sah mir die Steine an, in meinem Kopf zwirbelte Santanas Gitarre.

»Woher kommen Sie?« fragte die Frau.

»Aus Deutschland«, sagte ich.

»Das habe ich mir gedacht«, sagte sie und lächelte.

»Warum?« fragte ich. Aus irgendeinem Grund möchte ich nicht gern für einen Deutschen gehalten werden. Ich wäre lieber Norweger, Ire oder Russe. Für einen Indianer habe ich zu viele Sommersprossen.

»Nur so«, sagte sie.

Wahrscheinlich hielt sie mich für einen Atombombenfan oder einen Oppenheimerenkel oder dachte einfach, ein Italiener hätte nie an einem Steinladen angehalten. Steine waren was für deutsche Seelen.

Ich kaufte nichts.

Auf der anderen Straßenseite vertrieb ein bärtiger Riese ein rechtsradikales Nachrichtenmagazin und Kaffeetöpfe mit dem Atompilz darauf. Die neueste Ausgabe seines Magazins verstopfte jeden Winkel seines Hauses, offenbar hatte er den Vertrieb nicht im Griff. Titelthema war die Auschwitzlüge. Als ich ihm sagte, daß ich aus Berlin komme, huschte ein Lächeln über sein Gesicht. Er schenkte mir die letzten beiden Nummern seines Magazins, ich ging schnell. Ich kaufte keine Tasse, was so mutig war wie die Tat des Friseurs einer Woody-Allen-Geschichte, der Adolf Hitler ein paar Haare in den Kragen rutschen läßt.

Ich ging raus in die Wüste und hörte weiter Carlos Santana, um mich zu bestrafen.

Später erzählte ich einem New Yorker Nachbarn, daß ich eine Reportage über einen Indianer geschrieben habe. Da lachte der Nachbar. »Ihr Deutschen seid so von diesem Indianerzeug begeistert. Das interessiert hier keinen. Aber ihr habt dieses Karl-May-Syndrom.« Anschließend erzählte er, daß er demnächst zu einem Opfer-Täter-Treffen nach Bergen-Belsen fahre, wo seine halbe Familie ermordet worden war. Was sollte ich sagen. Ich habe nie ein Karl-May-Buch gelesen, aber es gibt schlimmere Dinge, als einer Indianermacke verdächtigt zu werden. Ich schwieg. Die Deutschen haben die meisten Amerika-Einwanderer gestellt, aber man merkt es nicht mehr.

Neulich war die Schauspielerin Sandra Bullock, deren

Mutter aus Deutschland stammt, zu Gast in der Talk-Show von Jay Leno, der ihr zu Ehren die deutsche Sprache imitierte. »Uahh! Uahh! Uahh!« brüllte Leno, die Leute in Kalifornien lachten herzlich. In dem erfolgreichsten Kinofilm der letzten Woche spielte der ostdeutsche Schauspieler Thomas Kretzschmann einen fiesen deutschen U-Bootkapitän im Zweiten Weltkrieg. Er schwitzt, hat einen wirren Blick und ißt die Apfelsinen mit Schale wie ein Schimpanse. Sein Deutsch klingt so, als hätte ihn Jay Leno synchronisiert. Der Film heißt U-571, ich habe ihn in Chelsea gesehen und fast geweint, als im Schlußbild endlich ein Flugzeug der US-Airforce nahte, weil ich vergessen hatte, daß ich bei den Bösen war. Es fiel mir erst wieder ein, als ich mich im Klospiegel ansah.

Gestern hat mich ein Anwalt in New Jersey gefragt: »Wissen Sie, daß Sie Ähnlichkeit mit Boris Becker haben?«

Ich nickte, obwohl ich das nicht finde. Aber für ihn stimmte das wohl. Er wollte nett sein, und welcher Deutsche freut sich nicht, mit Boris Becker verglichen zu werden?

Auf der Rückfahrt geriet ich in einen Stau vorm Lincolntunnel. Neben mir stand ein silberner Mercedesjeep, in dem ein Mann saß, der mir bekannt vorkam. Er hatte einen kantigen deutschen Schädel und war Lothar Matthäus. Er sah traurig aus. Ich wäre am liebsten rausgegangen und hätte ihm auf die Motorhaube geklopft, um ihm zu sagen, daß ich auch aus Deutschland komme.

Aber so was würde ich nie tun.

Eissturm

Vielleicht habe ich zuviel von New York geschwärmt, denn seit einiger Zeit erzählen mir meine Berliner Freunde andauernd, wie schön es doch zu Hause ist. Zuletzt war es das Wetter. »Bei uns ist Superwetter«, rufen sie mir seit Wochen durchs Telefon zu, als würden sie ein Ferienhotel betreiben.

Die Berliner, die ich verlassen habe, hätten nach drei Hitzetagen angefangen zu meckern. Die neuen Berliner finden auch Hitzemonate gut. Manchmal denke ich, man bekommt Geld von irgendeiner Radiostation, wenn man das Wetter lobt. Vielleicht ist der Moneyman wieder da. Vielleicht läuft gerade die große rs.2-Superwetteraktion. Ich weiß gar nicht, bei welchem Sender Gerlinde Jänicke und Andreas Dorfmann gerade moderieren und was zur Zeit verschenkt wird, aber in New York sind 94 Grad Fahrenheit. Das sind ungefähr 35 Grad Celsius, und das ist nicht alles. Wir haben auch bei den Innentemperaturen die Nase vorn.

Mein Büro hat nicht nur die Ausmaße einer Gefriertruhe. Ich habe es nicht probiert, aber ich wette, man hätte Probleme, Butter zu schmieren, die einen Tag in meinem Zimmer lag. Im Gebäude herrschen praktisch Wintertemperaturen. Auch in der Subway ist Januar. Ich fahre jeden Morgen in einem Kühlzug durch die Stadt. Draußen glimmert die Sommersonne auf dem East River, drinnen sitzen Menschen mit rotgefrorenen Nasen. Meine Frau liegt mit einer Angina im Bett, mein Hals kratzt. Mein Sohn nimmt früh einen Pullover mit in die Schule. Wahrscheinlich springen sie zu Beginn jeder Unterrichtsstunde im Kreis, um sich warm zu machen. Ich warte auf den ersten Kältetoten, der an seinem Schreibtisch eingeschlafen ist. Nicht einschlafen! Nur nicht einschlafen!

Auf dem Dach meines Hauses arbeitet eine drei Meter hohe Klimamaschine, die aussieht, als habe sie sich der Filmemacher David Cronenberg ausgedacht. Sie stöhnt und schwitzt wie ein geknechtetes Wesen, vielleicht ist sie ein verwunschener afrikanischer Prinz. Ein Idi Amin, der dort oben für seine Schandtaten büßt. In einem der *Batman*-Filme hat Arnold Schwarzenegger Gotham kurzzeitig mit riesigen Freezerkanonen in eine Eisstadt verwandelt. Damals wurde das Schlimmste durch Batman verhindert. Ich habe – im Rahmen meiner Möglichkeiten – den Schacht, aus dem die Kälte in mein Zimmer bläst, mit Tesafilm und Druckerpapier abgeklebt. Das ist nicht Batmanart, das ist die russische Methode. Aber es hilft.

Vielleicht hat der Klimaanlagenwahn irgendwas mit der amerikanischen Geschichte zu tun. Vielleicht hat einer der Präsidenten schnell geschwitzt, oder eine Schlacht wurde verloren, weil die Lebensmittel schlecht wurden. Jedenfalls gibt es keine Autos ohne Klimaanlage, keine Restaurants, in denen man nicht friert, und unsere Nachbarn haben uns geraten, im Winter eine Klimaanlage zu kaufen, weil im Sommer die Preise zu hoch sind. Das ist wie mit den Winterkohlen. Bloß umgekehrt.

Ich habe also im März zwei sogenannte Fenstereinheiten zu einem »unschlagbaren Preis« gekauft, wie es in der Anzeige hieß. Gestern habe ich die erste angebaut. Die Fenstereinheit ist ein zementsackschwerer, unförmiger Kasten, den sich die Menschen hier ins Fenster hängen. Es gibt einen winzigen Eisenwinkel, der verhindern soll, daß die Klimaanlage aus dem Fenster fällt. Von oben wird sie ins Schiebefenster geklemmt. Wenn jemand das Fenster aufschiebt, fällt die Fenstereinheit. Sie fällt immer nach draußen, das ist ja amerikanisches Prinzip. Ich habe vier Stunden lang gebastelt, weil ich nicht glauben konnte, daß das so bleiben konnte. Unten spielten Kinder, die Fenstereinheit kippelte wie ein Felsbrocken über ihren Köpfen.

Ich schaue wieder viel nach oben, wenn ich durch die Stadt gehe, ich bewege mich am äußersten Rand des Bürgersteiges. Im Himmel hängen hunderttausende Klimaanlagen wie lose Zähne. Bis jetzt ist noch nichts passiert. Aber die Fenstereinheit ist das Damoklesschwert der heißen Stadt. In dem amerikanischen Spielfilm *Magnolia* fallen am Ende tote Frösche vom Himmel. Es hätten Klimaanlagen sein können. Das wäre die zeitgemäßere biblische Plage gewesen. Einmal wird es Klimaanlagen regnen.

Soviel zum Superwetter in Berlin.

Reporter des Satans

Im März 1996 hat der Schweizer Journalist Tom Kummer den amerikanischen Schauspieler Nicholas Cage gefragt: »Kennen Sie eigentlich den Film *Der Händler der vier Jahreszeiten*? Da trinkt sich ein bayerischer Obstverkäufer namens Hans Epp systematisch zu Tode.«

Erstaunlicherweise kannte Cage den Fassbinder-Film. Das Gespräch fand in Los Angeles statt, und die Frage paßte gut, weil Cage in *Leaving Las Vegas* einen Drehbuchschreiber spielt, der sich systematisch zu Tode trinkt.

Vier Jahre später stand ich auf der anderen Seite Amerikas in einer großen Mehrzweckhalle in Albany, wo Hillary Clinton soeben eine Rede vor 11500 Demokraten beendet hatte. Neben ihr stand ihr Mann ziemlich verloren auf der Bühne. Ich vermute, es ist nicht leicht, als Präsident irgendwohin mitgenommen zu werden. Man steht schnell im Weg. Glücklicherweise fielen dann Tausende Luftballons von der Hallendecke, die Delegierten schwenkten Pappschilder mit Herzen, dazu lief die Musik, die aus einem *Rocky*-Film hätte stammen können. Ich geriet zwischen Demokraten und Luftballons, und im nächsten Moment stand ich dem Präsidentenpaar direkt gegenüber. Bill Clinton streckte seine Hände aus. Ich hätte sie berühren können. Der Präsident kam näher, er hat abgenommen und lachte das Präsidentenlächeln, bei dem er leicht die Oberlippe hebt und mit dem Kopf wackelt, als könne er irgend etwas nicht fassen. Er erinnerte an Harald Juhnke. Es ist unwahrscheinlich, daß er Juhnke imitierte, obwohl Juhnke wie Rainer Werner Fassbinder ein großer deutscher Trinker ist und die Clintons viele Freunde unter den Schauspielern haben, wo Fassbinder offensichtlich kein Unbekannter ist.

Allerdings ist es seit Montag nicht mehr hundertprozentig sicher, ob Nicholas Cage wirklich den Obstverkäufer namens Epp kennt. Es wurde vermeldet, daß sich Tom Kummer einige seiner Starinterviews einfach ausgedacht hat. Viele wußten es schon viel länger, aber *Focus* hat es erst jetzt herausbekommen und schnell aufgeschrieben. Die Erschütterung in Journalistenkreisen ist groß, obwohl jeder, der den Film *Notting Hill* gesehen hat, wissen muß, daß man mit Superstars keine Interviews führen kann, in denen sie über Fassbinderfilme philosophieren. Superstars setzen sich in ein Hotelzimmer und empfangen viertelstundeweise Journalisten. Wenn man »bayerischer Obstverkäufer« gesagt hat, ist die Redezeit praktisch um. Völlig unwahrscheinlich ist also jener Dialog, der sich in Tom Kummers Interview mit Sharon Stone findet.

Kummer: »Können wir mal eine Pause einlegen?«

Stone: »Wieso? Fürchten Sie sich?«

Kummer: »Nein, ich möchte nur mal kurz nachdenken.«

So hätte Philipp Marlowe mit einer Klientin geredet, aber kein Schweizer Journalist mit Sharon Stone auf dem Höhepunkt ihrer Karriere. Andererseits haben mich die Interviews von Kummer oft glücklich gemacht, und ich weiß nicht, wie ich mich jetzt verhalten soll. Sean Penn erzählt im Gespräch mit Kummer soviel gute Sachen über Amerika und die Langeweile, daß es mir egal ist, ob sie ausgedacht sind oder nicht. Eher steigt meine Achtung vor Kummer. In einem Interview mit John McEnroe lerne ich mehr übers Leben als in allen Leitartikeln, die Helmut Markwort je geschrieben hat. Außerdem bringe ich ein gewisses Verständnis für Kummers Recherchemethoden auf, seit ich hier lebe. Kürzlich wollte ein Mann, der zufällig in jenem Empire-State-Building-Fahrstuhl war, der ein paar Etagen runterfiel, 5 000 Dollar für ein Kurzinterview von mir haben. Ein Fahrstuhlgast aus Long Island.

Ich griff also die linke Hand von Clinton und fragte ihn, ob er den Song *Wozu sind Kriege da?* von Udo Lindenberg kennt, weil mir das ein guter Einstieg in ein Gespräch über den Krieg im Kosovo zu sein schien. »Nein«, sagte Clinton. »Aber ich kenne seine Coverversion von *Sympathy for the Devil.*«

So redeten wir und vergaßen die Zeit. Wir sprachen über Clausewitz und Lenins neue ökonomische Politik. Clinton gab zu, daß er den Krieg nur anfing, um von der Lewinsky-Affäre abzulenken, am Ende sangen wir *99 Luftballons* von Nena, während wir mit den Ballons spielten, die auf dem Hallenboden lagen. Dann kam Hillary, sah den Präsidenten mitleidig an und sagte mir, daß das Gespräch nie stattgefunden habe.

Also vergessen Sie es.

Wilde Kreaturen

Bevor ich vor ein paar Wochen nach Gainesville, Florida, fuhr, gab mir eine Kollegin eine Alligatorenwarnung. Ihr Sohn betreibt Triathlon an der Universität von Gainesville, was wohl bedeutet, daß er gelegentlich das Wasser mit Alligatoren teilt.

Ich begreife das nicht. Ich fürchte mich schon in der Krokodilabteilung des Tierparks. Ich sehe von der Bambusbrücke runter zu den Krokodilen, die faul in der Hitze rumliegen, und stelle mir vor, wie die Bambusbrücke in der Mitte durchbricht und ich ins Krokodilbecken kippe. Ich fuhr trotzdem erst mal los. Ich kam abends an und lief noch ein bißchen durch die Stadt. Der Himmel war violett, die Luft war feucht, der Weg führte an Tümpeln voller Alligatoren vorbei, ich trug kurze Hosen, was mich besonders verletzlich machte. »Man lernt mit den Tieren zu leben, wenn man dort unten ist«, hatte meine Kollegin weise gesagt.

Das fiel mir wieder ein, als ich las, daß in Berlin die Kampfhunde verboten werden sollten. Eine gute Idee. Ich mochte es immer, in einem Land ohne wilde Tiere zu leben. Im Land von Blindschleiche, Mäusebussard und Feldhamster. Die Deutschen sollen Kaninchen züchten, wenn sie Gott spielen wollen. Aber das kriegen sie nicht hin. Schon als Kind bläuten sie mir ein, daß sieben Hornissenstiche ein Pferd töten, später führten sie den Kampfhund ein. Jetzt wollen sie ihn nicht mehr hergeben. Wie der Waffenfreund und die Tabakindustrie verweist der Kampfhundsympathisant gern auf die Verkehrstoten und die schlimmen Autos, wobei er übersieht, daß man mit Kampfhunden nicht fahren kann. Sie ziehen auch keine Schlitten, sie beißen. Vor einer Woche las ich in der *Berliner Zeitung*, daß der Bullterrier einen »eher sentimentalen Gesichtsausdruck« hat. Es ist mir aber egal, ob mir ein traurig oder ein lustig aussehender Terrier an die Kehle springt. Und lacht nicht auch der T. Rex verzweifelt, bevor er seinen Gegnern den Kopf abbeißt?

Den T. Rex gibt es ja nicht mehr, und wenn ich mir die Hundesituation in New York anschaue, denke ich oft, daß auch der Großstadthund bald aussterben wird. Die Hunde hier sehen jetzt schon aus wie Fabelwesen, manche sind so klein, daß man sie kaum erkennt. Sie tragen Schleifen im Fell und werden von Menschen in Plastehandschuhen verfolgt, die darauf warten, daß sie kacken. Männer, die am Tag Millionen im Internetbusiness verdienen, verstauen zufrieden Hundekacke in ihren Jackettaschen. Ich möchte gar nicht wissen, was sie später damit anstellen. Die Leute im Internetbusiness haben teilweise sowenig Dinge, an denen sie sich orientieren können.

Die Hunde hausen mit ihren Besitzern in winzigen Apartments. Sie können sich nicht bewegen, weil jeder Quadratmeter teuer ist. Ein Bekannter paßt im Augenblick auf den Hund unserer Nachbarn auf. Es ist irgendeine Rasse aus dem hohen Norden. Sehr groß und sehr weiß. Der Mann möchte mit dem Hund joggen, aber der Hund verläßt das Haus nicht mehr. Neulich hat der Mann ihn rumgetragen. Ein Mann in Turnhosen trug etwas weißes Flauschiges durch die Stadt. Es sah aus wie eine

Heizdeckenwerbeaktion. Der Hund sei hochgradig neurotisch, sagt mein Bekannter. Das geht schnell. Auch bei Katzen. Ich beispielsweise habe eine Katze von Berlin nach New York gebracht. Die Katze stammt ursprünglich aus Eberswalde und heißt Willi. Im Dezember ist sie geimpft worden, als solle sie in den Weltraum geschossen werden, und was die Hygienebestimmungen angeht, sind die USA auch so was wie der Weltraum. Wir flogen Air France. Willi hatte Schlaftabletten im Blut, aber von Berlin bis Paris schrie er so, daß ich ihn in den Frachtraum gab. Die Stewardessen in Paris sahen mich an wie einen vietnamesischen Katzenesser. Wie Clarice Starling ertrug ich die Schreie nicht.

In New York wartete Willi in seiner Katzenbox auf dem Förderband. Er war ruhig. Neben ihm stand eine große Hundebox. Willi wird jetzt mit stimmlosem W gesprochen und jagt New Yorker Backenhörnchen. Zum Schein. Ich habe ihn beobachtet, er tut so, als würde er sie jagen. Die Backenhörnchen tun so, als würden sie fliehen. Und ich tue so, als würde ich das alles nicht merken. Wir haben uns eingerichtet. Man lernt mit den Tieren zu leben. Letzte Woche stand in der Zeitung, daß die Grizzlybären nach New York zurückkehren.

Sicher wollen sie nur spielen.

Und täglich grüßt das Murmeltier

Als ich noch Volontär bei der außenpolitischen Wochenzeitung *horizont* war, habe ich mich manchmal auf die Verlagstoilette zurückgezogen, um dort zu schlafen. Es war nicht viel zu tun für einen Volontär bei einer außenpolitischen Wochenzeitung der DDR. Außerdem war ich neunzehn Jahre alt und ständig müde. Ich war oft auf der Toilette. In New York funktioniert das nicht. Die Klotüren hier sind nur halbhoch. Jeder, der sich auf die Zehenspitzen stellt, könnte mich schlafen sehen. Es gibt keine Fluchtpunkte. Der Druck läßt nie nach.

Morgens wache ich auf und denke: »Machen. Schnell was machen!« Abends gehe ich mit schlechtem Gewissen ins Bett. Auch auf Partys muß ich arbeiten. Ich habe immer das Gefühl, beweisen zu müssen, daß ich kein Arsch bin. Ich stehe jemandem gegenüber und weiß, daß ich nicht viel Zeit habe. Ich erzähle, daß ich Journalist bin, Reportagen schreibe und aus Berlin komme. Manchmal interessieren die Reportagen, manchmal Berlin.

»Ist Berlin nicht sehr aufregend jetzt?« fragt mein Partygesprächspartner.

»Ja«, sage ich, obwohl ich es nicht weiß.

»Ich wünschte, ich könnte bald mal hinfahren«, sagt er. Das ist bereits eine Abschiedsfloskel.

»Es gibt schon ein paar Bücher von mir«, rufe ich, weil das immer gut ankommt. Ein Autor aus Deutschland.

Aber da kommt der nächste Gesprächspartner, und ich muß von vorn anfangen. Es ist wieder jemand mit einem interessanten Beruf und interessanten Ansichten. Ich erzähle, daß ich Journalist bin und aus Berlin komme. Ist Berlin nicht ziemlich aufregend jetzt?

Manchmal überlege ich, etwas anderes zu sagen. *Ich bin Journalist, schreibe aber nur über Frauenmörder.* Oder: *Ich bin Frauenmörder*. Oder: *Ich habe schon sieben Bücher mit Nacktfotos von mir rausgebracht. Wollen Sie sie sehen?* Aber ich bin nicht der Typ für diese Sachen.

Am Wochenende waren wir zu einer Party eingeladen, die für einen neuen Nachbarn gegeben wurde. Ken oder Dan oder Ben, ich weiß nicht, ich kann mir die Namen der vielen Nachbarn nicht merken, sie kennen meinen Namen allerdings immer. Wahrscheinlich üben sie ihn vorm Schlafengehen.

»Hi, Alexander.«

»Hi«, sage ich, und jemand, dessen Namen ich vergessen habe, schiebt eine Frau in die Nähe, die ich noch nie gesehen habe.

»Ich bin Journalist«, sage ich. »Ich interessiere mich nicht für Zeitungen«, sagt die Frau.

Das trifft mich ziemlich unvorbereitet. Meine Frau, die mit dem Sohn des Gastgebers redet, gibt mir einen Wink. Ich soll auf unsere Tochter aufpassen, die über die Terrasse rennt. Sie hat gerade ihre Windel abgemacht und versucht sie vom Balkon zu werfen. Sie schafft es nicht beim erstenmal.

»Nein?« frage ich. »Nein«, sagt sie. »Mein Sohn hat Krebs. Sie haben es vor anderthalb Jahren festgestellt. Seitdem interessiert mich das nicht mehr. Zeitungen und Fernsehen.«

Ich erinnere mich vage, vor zehn Minuten einen etwa sechsjährigen Jungen mit schütteren Haaren gesehen zu haben. Meine Tochter nimmt wieder Anlauf. Diesmal schafft sie es. Die Windel fliegt, sie schreit fröhlich.

»Oh«, sage ich.

»Es ist in Ordnung, er ist über den Berg«, sagt sie. »Aber man sieht das Leben mit anderen Augen. Glauben Sie mir. Man hetzt nicht mehr so.«

»Ja«, sage ich. Meine Tochter rennt ins Wohnzimmer der Gastgeber. Sie könnte auf den Teppich pinkeln, wenn ich sie da nicht sofort raushole. Meine Frau fragt mich mit den Augen, ob ich die Kontrolle habe. Ich nicke.

»Nur mein Mann ist oft traurig«, sagt die Frau. »Aber vielleicht liegt das an seiner Mentalität. Er stammt aus Albanien. Aus den Bergen.«

»Ach«, sage ich. »Ich komme aus Deutschland, aber ich muß schnell meine Tochter holen.« Was für ein Abgang. Ich komme aus Deutschland, aber muß schnell meine Tochter holen. Als ich wieder da bin, ist die Frau weg. Es dämmert. Der Gastgeber befiehlt seinem großen Sohn leise, das Essen abzuräumen. Es ist Zeit für den Kaffee. Ich überlege, wie die Frau hieß. Es fällt mir nicht mehr ein. Ihr Mann kam aus Albanien. Meine Frau kümmert sich um meine halbnackte Tochter. Der neue Nachbar steht vor mir. Er sagt, daß er Dan heißt und im Wahlkampfteam von Hillary Clinton arbeitet.

»Interessant«, sage ich. »Ich bin Journalist.«

Braveheart

Am vorigen Montagmorgen gegen 4.30 Uhr spielte ich Revolution mit neun Karten. Revolution ist ein seltenes Spiel beim Skat. Es ist ziemlich viel wert. Aber nur, wenn man es mit zehn Karten spielt. Die zehnte Karte lag unter meinem Stuhl. Ich weiß nicht genau, wie sie dort hinkam. Jedenfalls war das Spiel etwa 150 Mark wert, wir hatten eine Flasche Metaxa im Blut, und als ich triumphierend meine Karten auf den Tisch blätterte, zählten meine Freunde nach. Es waren nur neun. Mit neun Karten kann man keine Revolution gewinnen. Wir stritten ein bißchen, vor allem weil die beiden wollten, daß ich meinen Fehler einsehe, ich aber leider nicht gut im Fehlereinsehen bin. Besonders dann nicht, wenn es um 150 Mark geht und ich eine drittel Flasche Metaxa im Bauch habe. Wir spielten noch ein bißchen weiter, aber es war nicht mehr wie vorher.

Ich bockte und gegen halb sechs nahm ich meinen Koffer und ging. Es ist ein Hartschalenkoffer mit Rollen dran. Er war sehr schwer, weil er viele Bücher beherbergte und alles, was man sonst so braucht, wenn man aus Amerika nach Deutschland reist. Das Haus, das ich verließ, stand in einem klitzekleinen Ort in der Prignitz. Dort fahren Montag früh keine Taxis. Dort fahren nie Taxis.

Ich rollte mit meinem Koffer über die Landstraße und fühlte mich anfangs wie Noodles in *Es war einmal in*

Amerika, nachdem er von Elizabeth McGovern aus dem Auto geschmissen worden war. Allerdings hatte Noodles keinen Koffer dabei. Nach fünfhundert Metern begann meine Hand zu schmerzen. Nach einem Kilometer waren meine romantischen Gefühle verschwunden. Der Koffer war sehr schwer, die Rollen waren für Flughäfen gemacht, und hier war die Prignitz doch ziemlich hügelig. Ich hoffte mit halbem Herzen, daß meine Freunde nach mir suchten, aber das taten sie nicht.

Nach anderthalb Kilometern hielt ein weißer Kleinwagen, in dem ein Landarbeiter in einem blauen Arbeitsanzug saß. Er lächelte mich an, ich stellte den Koffer auf den Rücksitz, und wir fuhren wortlos nach Kyritz. Ich hätte ihn zum Abschied gern umarmt, aber ich glaube, er hätte es mißverstanden. Der Bahnhof Kyritz könnte in einer Polizeirufserie der frühen siebziger Jahre mitspielen. Die einzigen beiden Dinge, die man an diesem Morgen hätte rausschneiden müssen, waren mein Hartschalenkoffer und ich. Ich trug ein weißes Oberhemd, ein Jackett, ich sah aus wie ein Entführungsopfer, das man hier aus dem Wagen geworfen hatte. Irgendwann kam ein winziger rostiger Waggon angerollt, der uns nach Wusterhausen brachte, von dort fuhr ein Vorortzug nach Berlin.

Als ich mit dem Koffer auf dem Alexanderplatz stand, war es acht Uhr morgens. Ich hatte rote Augen, mein Oberhemd war zerknautscht. Berlin war die große weite Welt. Ich kam nicht aus New York, ich war ein Gast vom Land.

Zwölf Stunden später saß ich mit ein paar Kollegen im Restaurant Borchardts, drei Tische hinter uns besprachen Boris Becker und Helmut Thoma, wie sie die Welt erobern konnten, an der Bar stand die Empfangschefin, die einen karierten Rock trug. Ich hatte gerade Steinbutt mit Hummerhaube gegessen, meine Kollegen hatten Cohibas im Mund und erzählten von der Love Parade. Kurz vor Mitternacht gingen Thoma und Becker, Becker schüttelte dem Borchardt-Chef die Hand, die dieser von nun an vor sich her trug wie eine Urkunde. Den ehemaligen Minister Wissmann bemerkte ich erst, als er ging. Er stand mit einem weißhaarigen Begleiter, der Empfangsdame und dem Mann mit der Beckerhand auf der Schwelle. Das Restaurant war jetzt fast leer.

»Wieso stinkt's denn hier so?« rief Wissmanns Begleiter auf dem Bürgersteig. »Sind das die Gerüche aus Ihrer Küche. Hahaha!« Die Frau tat mir leid. Sie war nicht mehr jung, der Rock sah nicht gut aus, und jetzt beleidigte dieser Schnösel ihre Gaststätte. »Es sind noch die alten DDR-Gullis«, rief sie.

»Ja klar«, sagte Wissmann und lachte fröhlich. »Ja ja, die Ostgullis.«

Ich hätte ihm gern in den Hintern getreten. Aber das hätte niemand mehr verstanden. Es war zu spät. Die Wahrheit gehörte Typen wie Wissmann. Neben mir standen meine Jungs und fragten, ob wir noch in Ben Beckers Bar fahren würden.

Ich war immer noch ein Bauer in der Stadt, aber man sah es nicht mehr, denn ich trug ein frisches Hemd.

Gullivers Reisen

Ich sitze in einem Motel in Louisville, Kentucky. Louisville ist dadurch bekannt geworden, daß Cassius Clay hier seine Olympiagoldmedaille in den Ohio geschmissen hat. Die Medaille ist nie gefunden worden.

Es ist schwül, aber mein Motelzimmer ist mit Möbeln ausgestattet, die an Süddeutschland erinnern. Alle Möbelstücke besitzen dunkle, gedrechselte Beine, über dem Bett schwebt an zwei gedrechselten dunkelbraunen Stangen ein dunkelbrauner Himmel. Es gibt einen Schreibtisch und eine Art Bauernsitzecke, an der die Jahresversammlung einer LPG hätte stattfinden können. Ich frage mich, wozu ein Einzelbettzimmer in Louisville, Kentucky, mit einer solchen Sitzecke ausgerüstet werden muß, und weiß auch schon die Antwort. Es war Platz für eine Sitzecke da.

Ich habe in den abgelegensten Motelzimmern Amerikas Konferenzecken und Schreibtische mit zwei Schreibtischstühlen aufgestöbert. In Albuquerque, New Mexico, übernachtete ich in einem »Quality Inn«, das mit einer Konferenzecke, zwei Hosenbüglern, einer Kaffeemaschine und zwei großen Fernsehern bestückt war, die im Abstand von drei Metern nebeneinander standen. Draußen war es staubig, es gab vielleicht Koyoten, aber meilenweit keine Konferenzmitglieder, die auf Hosenbügler angewiesen wären. Es gibt immer viele Lampen in den amerikanischen Motels, die mit rätselhaften, versteckten Schaltersystemen betrieben werden. Wenn ich ankomme, stehe ich oft lange tastend im Dunkeln, später brauche ich zehn Minuten, bis endlich alle Lampen aus sind. Ich habe auch schon bei Licht geschlafen. Der Überfluß hat nur einen Zweck: Die Provinz will es New York zeigen.

In New York habe ich schon in einem Hotelzimmer geschlafen, in dem sich lediglich ein Bett befand. Mehr Platz war nicht. Fernseher und Telefon hingen an Stahlkonstruktionen über dem Bett. Die Telefonbücher dienten gleichzeitig dazu, das Fenster offenzuhalten, weil kein Platz für eine Klimaanlage war. Die Tür raschelte am Bettzeug, wenn man sie öffnete. In den New Yorker Wohnungen sieht es nicht viel anders aus. Während man in den Häusern Amerikas auf verwirrend viel Stauraum trifft, stößt der Blick in New York überall an. Vor etwa einem Jahr zeigte mir ein Kollege stolz seine Wohnung im Greenwich Village, ich dachte immer, es muß doch jetzt irgendwo weitergehen, aber es war Schluß. Überall Mauern. Selbst vor dem Fenster war eine Mauer. Man wird demütig in dieser Umgebung. Und man verliert die Maßstäbe.

Wir haben vor drei Wochen einen Sessel gekauft, am Montag kam er an. Es ist ein walnußbrauner Ledersessel, und es gibt eine walnußbraune Ottomane dazu, auf die man die Füße legen kann. Die Ottomane kam schon vor zehn Tagen und schien irgendwie gewachsen zu sein, aber nicht so sehr wie ihr Sessel. Wir haben den Sessel in einer Einrichtungsgalerie in SOHO gekauft. Er sah dort nicht groß aus. Aber jetzt ist er groß. Er ist sehr groß. Er könnte bei *Alice im Wunderland* mitspielen beziehungsweise bei *Liebling wir haben die Kinder geschrumpft*. Wir mußten die Ottomane rausräumen, damit der Sessel reinpaßt. Ottomane und Sessel füllten das gesamte Wohnzimmer aus. Ein walnußbrauner Sesselpilz wucherte in unserem Wohnzimmer. Ich kämpfte mich zum Liefervertrag durch und wählte die Nummer der Firma, die die Sessel aus Memphis einführt. Die Frau schien nicht überrascht. Sie schien damit gerechnet zu haben, daß wir den Sessel zurückgeben wollten. Wahrscheinlich hatten sie dort unten in Memphis eine große Strichliste mit New Yorkern an der Wand zu hängen, die ihre Sessel zurückschickten. Wahrscheinlich lief die große Sesselwette in Tennessee. Sie holen ihn in zwei bis drei Wochen wieder ab, sagte die Frau emotionslos.

Wir haben ihn mit einem weißen Laken abgedeckt, damit er keinen Schaden nimmt. Es sieht jetzt aus, als liege ein toter Elefant in unserem Wohnzimmer. Ein bißchen unheimlich, aber auch traurig. Vorgestern habe ich meine Frau im Sesselberg überrascht. Sie sah zufrieden aus. Ich habe auch einmal dringesessen, nachts, als alles schlief. Ich stellte mir vor, daß er doch paßt. Es ist ein Traum, der bald sterben wird. Eines Morgens werden sie ihn abholen und zurück nach Memphis bringen, dorthin, wo er noch Platz hat. Wir werden uns fühlen, als habe er uns zurückgelassen.

Havanna

Diese Kolumne entsteht im Bett, und das kommt so: Heute war Revolutionsfeiertag auf Kuba. Der Tag, an dem Fidel Castro vor nunmehr 47 Jahren die Moncada-Festung in Santiago angriff, um sein Volk zu befreien. Es war der 26. Juli, und ich bin vor ein paar Tagen aus Los Angeles über Panama nach Havanna geflogen, denn für mich gibt es jetzt keine Direktflüge mehr. Ich bin ein Amerikaner in Kuba, und das ausgerechnet am Tage der Revolution. Ich könnte liegenbleiben, dachte ich morgens im Hotelbett. Fidel Castro würde nicht teilnehmen. Ich habe vor ein paar Wochen gehört, daß Castro heute in Hannover sein soll, um die Expo zu besuchen. Was soll ich bei einer Demonstration, wo ich keinen kenne. Aber irgendwie war es, als dächte ich – als ehemaliger Ministrant – darüber nach, die Christmesse zu schwänzen. Ich ging erstmal los. In den Straßen traf ich auf Marschblöcke, verschlafene Menschen gammelten an Häuserwänden.

Fidel Castro war natürlich doch da.

Wie hätte er seinem Volk auch den Besuch von Niedersachsen erklären können, dessen Name schon so klang wie das Gegenteil von Weltrevolution. Es war sehr heiß, und Castro lief schnell. Die Demonstration führte an der amerikanischen Interessenvertretung vorbei, wo ein paar Leute aus dem Fenster sahen. Die Demonstranten riefen hoch, daß Kuba zudrücken wird, bis Amerika keine Luft mehr bekommt, aber der einzige, der keine Luft mehr bekam, war ich. Ich rannte neben Fidel Castro her, um ihm ins Gesicht schauen zu können, wobei ich feststellte, daß er Dennis Hopper ähnelte.

Mir wurde schlecht, mein Hemd klebte an meinem Leib, meine Hände wurden taub, Fidel Castros Antlitz verschwand in einem Flirren. Ich taumelte. Ich suchte mir erst eine Toilette und später ein Taxi, das mich aus der Hitze befreien sollte, aber es wurde immer schlimmer. Der Fahrer musterte mich im Rückspiegel, wo ich mich in Krämpfen wand. »Hospital! Hospital!« rief er. Ich sah bestimmt sehr schlecht aus. Wahrscheinlich muß man als kubanischer Taxifahrer jede Menge Papiere ausfüllen, wenn man einen toten, ehemaligen Parteijournalisten, der heute in New York lebt, im Wagen hat. Aber ich wollte nicht ins Hospital, ich wollte in den Armen eines Kollegen sterben, der mich kannte. Als wir ankamen, war ich kaum noch bei Bewußtsein. Mein Kollege murmelte etwas Ernstes zu seiner Frau. Ich starb. Irgendwann tauchte eine andere Frau auf und versicherte mir, daß ich nicht sterben müsse, doch ich habe zu viele Kriegsfilme gesehen, um das glauben zu können. Die Frau drückte auf meinen Beinen rum und sagte, ich sei ausgetrocknet. Ich hielt sie für eine Ärztin, aber sie war eine Talk-Reporterin, die Castro schon zweimal interviewt hatte. Ich sabberte in Gegenwart der Weltpresse. Dann fühlte ich nichts mehr. Ich war in einem Wettlauf der Gesellschaftssysteme gescheitert. Kuba lebte. Es war gut zu wissen, daß Castro heute nicht in Hannover war, dachte ich. Wahrscheinlich murmelte ich noch Hannover, bevor ich wegsackte. Sie würden meine Asche über dem Expogelände verstreuen.

Aber ich lebe. Ich liege jetzt in einem Hospital, in das nur Ausländer dürfen, die Dollar besitzen. Über meinem Kopf hängt ein Tropf, aus dem langsam Leben in mich zurückfließt. Dort draußen kümmern sich gut ausgebildete Revolutionsärzte um meine Blutprobe, und neben meinem Kopfende sitzt eine wunderschöne Kubanerin und lächelt. Ich erzähle ihr, daß ich einst eine Reportage über Cholera in Peru schrieb. »Bestimmt hast du deswegen so gelitten«, sagt sie und imitiert mein Gestöhne. Sie hat wunderschöne Lippen, und ihre Augen blicken spöttisch. »Es gibt keine Cholera in Kuba«, sagt sie noch.

Vielleicht sind diese Kampfdemonstrationen nichts mehr für mich. Ich dachte kurz an die Einschußlöcher der Moncada-Kaserne. Castro ist später von der Granma in gefährliche Sümpfe gesprungen. Bestimmt gab es Krokodile. Kisch ist auch vom Schiff gesprungen, um Australien zu erreichen, und hat sich ein Bein gebrochen. Bruce Chatwin stand mehrere Stunden mit erhobenen Händen an einer Mauer in Zentralafrika. Ich habe mir den Magen verdorben. Wahrscheinlich an einem Eiswürfel, der in meinem gestrigen Mojito schwamm. Ich glaube, ich bin in diesem Moment genau dort, wo ich hingehöre.

Historisch gesehen.

The Game

Gern wird behauptet, daß man sich in Amerika toll orientieren kann, weil alles so logisch aufgebaut ist. Die Straßen tragen Nummern und befinden sich im rechten Winkel zueinander. Das stimmt.

Ich war gerade ein paar Tage in Los Angeles, und wenn man durch Los Angeles fährt, hat man den Eindruck, in ein Mühlespiel geraten zu sein. Man biegt um eine rechtwinklige Ecke, und dahinter wartet schon die nächste, alles sieht gleich aus, rechtwinklig, logisch und hört nie auf. Los Angeles hört wirklich nie auf. Man fährt drei Stunden lang in den Süden und ist plötzlich in San Diego, ohne mitbekommen zu haben, daß man Los Angeles verlassen hat. Und wenn man in San Diego ist, ist man praktisch in Mexiko, und weiter will ich jetzt gar nicht denken. Die Autos haben Automatikschaltung, die Radioprogramme sind formatiert, und es regnet niemals in Southern California. Ich fühle mich wie ein Kind, das Auto auf einem Karussell fährt, wahrscheinlich würde gar nichts passieren, wenn ich jetzt den Lenker rumreiße, aber ich traue mich noch nicht. Es ist unheimlich. Neulich habe ich in Louisville, Kentucky, zehn Minuten lang eine Hausnummer gesucht und dachte dann daran, daß sie womöglich gelöscht wurde wie das Leben von Sandra Bullock im Film *Das Netz*. Auf so eine Idee würde ich in Deutschland nie kommen. Aber ich habe gesehen, wie sich ein bunt geschmücktes Festbüfett zu Ehren von Hillary Clinton innerhalb von zwanzig Minuten in die graue Garderobe eines Mehrzweckgebäudes in der Innenstadt von Albany zurückverwandelte. Das Essen, die Tischdecken und die Menschen waren plötzlich weg. Vor drei Wochen verschwand dann Dr. Jaffe.

Dr. Jaffe ist unser Hausarzt in New York. Jedenfalls war meine Frau ein paar Mal da und gab mir seine Adresse. Ich hatte wahnsinnige Halsschmerzen, wahrscheinlich eine Angina, und Karten für ein Neil-Young-Konzert am Abend. Es war mein erster Arztbesuch in Amerika, aber Dr. Jaffe gab es schon nicht mehr. Sein Souterrainbüro war verlassen. Es gab kein Namensschild an der Tür. Ich konnte mir das nicht vorstellen, lief die Straße hoch und runter, aber es war die richtige Hausnummer. Auf dem Fußboden lagen bereits Staubflocken, Dr. Jaffe mußte unmittelbar nach der letzten Sprechstunde mit meiner Frau ausgezogen sein. Ich fragte einen Mann, der in die Wohnung darüber ging, aber er kannte keinen Dr. Jaffe. Ich hatte Halsschmerzen, ich wollte zu Neil Young. Vielleicht sah er mir das an.

»Kommen Sie mit«, sagte er und führte mich in ein Wartezimmer, das direkt über dem von Jaffe lag. Das Wartezimmer war voll. Dennoch fragte mich eine der beiden Sprechstundenhilfen sofort, was ich will. »Ich wollte eigentlich zu Dr. Jaffe«, sagte ich. Sie zuckten mit den Schultern, in diesem Moment tauchte hinter ihnen ein dünner Mann mit wenigen, aber wild abstehenden schwarzen Haaren auf.

»Dr. Jaffe ist Hals über Kopf verschwunden«, sagte der Mann. »Er hat keine Adresse hinterlassen. Was haben Sie?«

»Halsschmerzen«, sagte ich.

»Kommen Sie mit.«

Ich folgte ihm in ein kleines verrumpeltes Büro, er musterte mich von weitem und verschwand. An der Wand hingen drei Diplome, die auf einen Mr. Aaron Silverstein ausgestellt waren. Eins in Kunst, eins in Philosophie, eins in Psychologie. Nach drei Minuten kam der dünne Mann mit zwei vollen kleinen Plastiktüten wieder, die mit Antibiotikakapseln gefüllt waren.

»Sie nehmen heute zwei und in den nächsten zehn Tagen jeweils eine«, sagte er. Als ich fragte, was das kostet, sagte er: »Nichts. Ich bin ja auch kein Arzt.« Einen Moment habe ich überlegt, ob ich frage, was ich habe. Aber woher sollte er das wissen. Wahrscheinlich war er auch nur Patient. Ich habe lange gezögert, die Tabletten zu nehmen. Aber sie haben geholfen.

Als wir gestern bei unserer Babysitterin Nina anriefen, meldete sich eine fremde Stimme und sagte, Nina sei weggezogen, ohne eine Adresse zu hinterlassen. Ob sie uns vielleicht weiterhelfen könne. Sie kam sofort und war gar nicht schlecht.

Nicht nur die Straßen sehen alle gleich aus. Es kommt auch nicht mehr auf die Hausnummern an.

Schlangenei

Ich habe Rolf Zuckowski vor viereinhalb Jahren im Auto eines Freundes kennengelernt. Wir waren im Amerikaurlaub, und mein Freund hatte eine Kassette von Rolf Zuckowski im Autoradio, um seine Tochter zu beruhigen. Es handelte sich um die Kassette *Rolfs Vogelhochzeit*. Ich habe sie einmal gehört und wußte gleich, daß mein Freund eine schwere Zeit vor sich hatte. Rolf Zuckowski hat die Stimme eines dieser Männer, die im Fernsehen Gruß- und Wunschsendungen mit Halbschalenbrillen und an gedeckten Kaffeetischen moderieren. Er hat eine Moppfrisur und lächelt immer. Bestimmt haßt ihn seine Frau, aber alle Kinder lieben ihn aus irgendeinem Grund so sehr, daß sie seine Lieder immer wieder hören können. Es gibt viel zu fahren in Amerika. Ich saß im Wagen hinter meinem Freund und sah seinen Kopf traurig zu Liedern wie *Poch, poch, poch, poch, poch, poch, wer klopft denn da ans Ei* schwingen.

Im vorigen Jahr kam ich eines Abends nach Hause, wo meine Tochter zu *Rolfs Vogelhochzeit* tanzte. Ich ahnte, was auf mich zukam, aber nicht, wie schlimm es wirklich sein würde. Rolf Zuckowskis Kassetten sind so was wie Kindercrack. Sie machen sofort süchtig. Ich kann sagen, daß ich Zuckowski inzwischen hasse. Er hat mein Leben zerstört.

Ich war nur noch selten zu Hause. Nachts, wenn

Zuckowski schlief. Ich fing an zu trinken, um locker zu werden. Im Februar traf ich ihn beim 70. Geburtstag von Kurt Biedenkopf im Dresdner Schloß. Ingrid Biedenkopf, die vor nichts zurückschreckt, hatte ihn als Überraschung bestellt. Zuckowski stand auf einer Bühne im Dresdner Schloß und sang mit Biedenkopfs Enkeln *Wie schön, daß du geboren bist*. Man konnte ihn kaufen, sicher sang er auch für afrikanische Könige und russische Paten. Ich wäre fast nach vorne gegangen, um ihn niederzuschlagen. Kurt Biedenkopf aber lächelte glücklich, denn wie viele alte Männer wird auch er wieder zum Kind. Er war angefixt. Bestimmt hat er inzwischen Die *Schulweg-Hitparade* und *Und ganz doll mich* auf CD.

Zu Hause in New York lief es weiter schlecht, wir fuhren mit Zuckowski in den Winterurlaub nach Vermont, ich hielt mich viel im Freien auf und ging früh schlafen. Ich bin lange unterwegs gewesen im letzten Jahr. Rückblickend kommt es mir vor wie eine Flucht.

Jetzt bin ich in Australien. Weit weg. Aber nicht sicher.

Vorgestern war ich beim Empfang des deutschen Botschafters für die Olympiamannschaft auf der *Deutschland*, die im Hafen von Sydney liegt. Auf einem Tisch mit verschiedenen Broschüren fand ich ein Faltblatt mit dem Titel: »Build your bridges with a song«. Es kündigte eine Zuckowski-Australien-Tournee für November an. Er will »Brücken zwischen Australien und Deutschland bauen und zwischen Jung und Alt«, entnahm ich dem Flyer. Er ist gefährlicher als Scientology, er ist das Weltgift. »Rolf und seine Freunde haben in den vergangenen 25 Jahren viele Klassiker geschrieben«, las ich. Rolf und seine Freunde? Offenbar war er nicht allein.

Dann ging das Licht aus, und das Kulturprogramm begann. Erst erschien der deutsche Botschafter, der Guten Abend sagte und etwas ganz Besonderes ankündigte. Eine Gruppe Aborigines, die hier überall vorgeführt werden wie Zirkustiere, um der Welt ein gutes Gefühl zu geben. Die Aborigines waren dick und nackt und wirkten auf der hübschen Bühne des MS Deutschland wie Galeerensklaven in einer Ruderpause. Sie machten den Bumerangtanz, den Steintanz und imitierten Dingo, Känguruh und Emu. Die deutschen Olympioniken saßen in ihren Samtstühlen und fotografierten für zu Hause. Am Ende holte sich der dickste der australischen Tänzer ein paar deutsche Schwimmerinnen auf die Bühne, um mit ihnen gemeinsam den Känguruhtanz zu machen. Die deutschen Schwimmerinnen legten die Hände an die Ohren und hüpften zum Gesang des nackten Mannes im Kreis. Vermutlich hatten sie das Gefühl, die australische Seele so ein bißchen besser zu verstehen oder Teil der Weltfamilie zu sein. Sie waren Känguruhs in der Olympiauniform der deutschen Mannschaft und also Botschafter und Brückenbauer.

Brückenbauer?

Ich sah mir den dicken Sänger genauer an. Er trug eine Moppfrisur und grinste.

Der Bart war sicher nur angeklebt.

Der Name der Rose

»Im Sommer scheint Sonne, im Winter da schneit's«, wußte der Schweizer Vico Torriani. Der Herbst ist die Jahreszeit, in der man Feiertage am nötigsten hat, weiß der Amerikaner. Deswegen liegt die Hälfte aller New Yorker Feiertage im Herbst. Berlin hat da den Tag der deutschen Einheit. Aber das ist kein Feiertag, den man einem Kind erklären könnte, weswegen er nicht zählt. Auf den Tag der deutschen Einheit freut sich kein Mensch. Zum Thanksgiving gibt es Truthahn, zum Tag der deutschen Einheit gibt es Reden, mehr muß man nicht sagen. Thanksgiving und Halloween sind Herbstfeste, die jedes Kind versteht, weil Bauern und Tote mitspielen. Ich habe zum ersten Mal in meinem Leben einen Kürbis gekauft, in den Fenstern unserer Nachbarn hängen Gespenster. Am Montag war Columbus Day, was auch ein Feiertag ist, den man seinem Sohn gut erklären kann. Es gibt Schiffe, Indianer und Gold. Das einzig Interessante am Tag der deutschen Einheit scheint im Augenblick Helmut Kohl zu sein. Aber vielleicht muß man noch ein bißchen warten.

Am Montag also war Columbus Day. Die Sonne schien, vor unserem Haus stand ein glatzköpfiger Mann, der mich fragte: »Wie geht's, Alexander?« Ich hätte schwören können, daß ich ihn bis zu diesem Moment noch nie gesehen habe, aber das konnte nicht sein. Er kannte meinen Namen.

»Gut«, sagte ich.

Besser wäre gewesen: »Gut, John.« Oder: »Gut, Greg.« Oder: »Gut, Jim.« »Jim« nennen Al Gore und George W. Bush den Moderator der Wahlkampfdebatte. »So sehen wir die Sache in Texas, Jim«, sagt Bush. »In Ruanda waren wir zu langsam, Jim«, sagt Al Gore. Jim tut immer so, als würde er das überhören, aber in Wahrheit fühlt er sich geschmeichelt. Jeder, der von einem künftigen Präsidenten mit Vornamen angeredet wird, fühlt sich geschmeichelt, ins Vertrauen gezogen.

Gary Hall jr. ist noch kein Präsidentschaftskandidat, aber schon Olympiasieger über 50 Meter Freistil. Er hat mich in Sydney beim Vornamen genannt. Ich weiß, daß er ihn nur von der großen Olympiaakkreditierungskarte abgelesen hat, die mir am Hals hing. Ich weiß auch, daß in der Broschüre zum Umgang mit der Presse, die jeder amerikanische Sportler mit auf die Reise bekam, der Hinweis stand: »Frage Journalisten nach ihrem Namen. Präge dir den Namen ein. Grüße sie mit dem Namen, wenn du sie triffst. Journalisten können wichtig für dich sein.« Ich weiß das alles, aber dennoch spürte ich das warme Blut in meinen Adern, als Gary Hall jr. »Alex« zu mir sagte.

»Wir sind froh, dich wieder hier zu haben«, sagte der Mann mit der Glatze, dessen Namen ich nicht kannte. »Wie war es in Australien?« Ich fühlte mich ein bißchen unwohl, denn ich wußte nichts über ihn, während er sich in meinem Leben offenbar ganz gut auskannte. Außerdem konnte ich die Frage nicht schnell beantworten, und der Mann sah nicht aus, als habe er Zeit für längere Für-und-wider-Erklärungen. Er war voller Energie, er strahlte mich an.

»Großartig«, sagte ich. »Schön«, sagte er. »Wir sehen uns, Alexander. Hallo Bill.«

Neben ihm stand jetzt mein Vermieter. Bill. Ein schwerer, rotgesichtiger Mann mit Bart, der aus Irland stammt und mit seiner Frau und seinen drei Kindern auf Long Island lebt. Ich habe ihn nur einmal gesehen, vor einem Jahr, als ich den Mietvertrag unterschrieb, aber sein Name fiel mir sofort ein. Ein William, den ich Bill nennen sollte. Der Mann mit der Glatze zog sich zurück. Bill drückte meine Hand irisch und brummte: »Hi, Alexander.« Wir kletterten zusammen aufs Dach, kontrollierten die Heizkörper, den Keller und reparierten die Wasserhähne. Ein Deutscher und ein Ire. Es war Columbus Day, und die Sonne schien. Ich hätte ihm gern auf die Schulter gehauen. »Noch irgendwelche Probleme, Alex?« fragte Bill nach einer halben Stunde.

Ich dachte an die Wasserflecken an der Küchendecke, die nicht funktionierenden Steckdosen und die kaputte Klospülung, aber das schien mir zu kleinlich. Es war Columbus Day. Wir hatten Amerika erobert. Er war Bill, ich war Alex. Ich überlegte, ob ich ihm ein Bier anbieten sollte, es war erst mittags, aber warum eigentlich nicht. Ich machte den Mund auf.

In diesem Moment erhöhte Bill die Miete für unsere Wohnung um 400 Dollar im Monat und ging, ohne sich noch mal umzudrehen.

Das Auge

Frankfurt am Main erinnert mich ein wenig an Amerika. Nicht wegen der Hochhäuser, sondern wegen der Buchmesse. Die Frankfurter Buchmesse wirkt auf mich wie eine tagelange Party in New York. Ich stehe ständig Leuten gegenüber, die mir offensichtlich nicht zuhören, aber alles »super«, »interessant« und »toll« finden, was ich sage. Sie finden auch Verrisse »vielversprechend«. Ihr Blick flackert durch die Messehallen, auf der Suche nach interessanten Gesprächspartnern. Ich habe das Gefühl mich kurz fassen zu müssen, wie ich es auch in Amerika habe, wo meine Geschichten oft zu lang und emotional scheinen. Die New Yorker fangen dann an, immer schneller zu nicken oder gucken erstaunt.

Neulich saß ich auf einer Party und schwieg, bis mich die Gastgeberin aufforderte, doch mal zu erzählen, wie es in Sydney war. Ich erzählte, daß ich es beinahe langweilig fand, daß Marion Jones immer mit so riesigem Vorsprung gewonnen habe. Es wurde ruhig am Tisch. Ich sagte, daß man sich fragen muß, wie das geht. Die Runde sah mich an, als habe ich gerade einen schweinischen Witz erzählt. Die Gastgeberin fragte übergangslos, ob sich die Yankees und die Mets wohl im diesjährigen amerikanischen Baseballfinale gegenüberstehen würden. Ich kam mir vor wie Kathleen Turner, die im *Rosenkrieg* ihre Tischgeschichte nicht zu Ende bekommt.

Wie die New Yorker rennen auch die Messemenschen ständig weg. Sie scheinen voreinander auf der Flucht zu sein. Wenn man sich umdreht, ist der Gesprächspartner plötzlich verschwunden.

Gestern war ich auf einem Empfang eines Verlages, und mein Tischnachbar schenkte mir sein Herz, er strahlte, schien vollkommen bei mir zu sein und nickte freudig, aber dann entdeckte er jemanden am anderen Ende des Raumes, stand von seinem Essen auf und verließ mich. Eine halbe Stunde lang wartete ein verlassener Teller mit Rindfleisch und grüner Soße neben mir. Ein stiller, verschrumpelnder Partner. Dann kam ein Kellner, räumte ihn ab, und ich war völlig allein.

Wie in New York fühlt man sich auf der Buchmesse auch schnell überflüssig, wenn man nicht rennt, nicht angesprochen wird oder auf jemanden einreden kann. Manchmal fragt mich jemand etwas, weil er es nicht ertragen kann, daß ich als Partyschreck herumstehe. Manchmal stelle ich mich zu Gruppen dazu, weil ich den anderen nicht den Spaß verderben will. Ich habe immer das Gefühl, lächeln zu müssen, mich aufzumuntern und die anderen. Alles ist aus Pappe und kann jederzeit abgebaut werden. Die Verlierer sitzen als abschreckendes Beispiel in klitzekleinen Verschlägen vor unbekannten Büchern unter langen, nie gehörten Verlagsnamen. Ich gehe schnell an ihnen vorbei, wie an Leprakranken. Andere bedauernswerte Verlagsmenschen müssen sich als Plüschenten oder Harry-Potter-Figuren verkleiden.

Abends sieht man abgekämpfte Frauen durch Frankfurt und New York schleichen, sie tragen schwere beutelige Taschen, sie scheinen verzweifelt, aber wenn sie ins Licht eines Festes treten, lachen sie. Ich glaube, wer nicht mitmacht, landet früher oder später in einem der klitzekleinen Verschläge.

Entsprechend dankbar war ich, als mich gestern ein Fotograf für ein mir unbekanntes Fotoarchiv porträtieren wollte. Er führte mich auf einen Parkplatz vor eine der Messehallen. Ich mußte mich zunächst neben einen Baum stellen. »Gucken Sie mal nachdenklich auf den Kran dort oben«, sagte der Fotograf. Es war früh und grau. Ich versuchte, nachdenklich auf einen Kran zu schauen. »Und jetzt mal ein Bein auf die Bank stellen und den Ellenbogen aufs Knie stützen und den Kopf in die Hand, ja aber nicht so schief. Die Thekenstellung kommt immer gut. Und jetzt wieder hoch zum Kran schauen. Wunderbar. Sie müssen sich wohl fühlen. Sie fühlen sich doch wohl?« fragte der Fotograf. »Ja«, sagte ich leise. »Sehr schön«, sagte der Fotograf. »Und jetzt mal selbstbewußt schauen.«

Ich stand auf dem Parkplatz, es war grau, ich war müde, unsicher und ängstlich. Der Fotograf wartete. Einen Moment lang sah es so aus, als würde ich im Verschlag enden. Oder als Plüschente. Eine Plüschente in Thekenstellung. Aber dann schaute ich einfach selbstbewußt auf den Kran. Ich glaube nicht, daß man auf dem Foto sieht, was ich fühlte.

Ich bin wohl ein New Yorker.

Der Sandmann

Vor vier Jahren bemängelte ich in einer Kolumne, daß die Cafés im neuen Berlin so spät öffneten. Seitdem hat sich einiges verändert. Damals gab es vor elf kein Frühstück, jetzt wird um zehn schon abgeräumt. Ich bin seit ein paar Tagen Gast in Berlin und habe es noch nicht einmal zum Frühstücksbuffet meines Hotels geschafft. Der Berliner Busfahrer schließt die Tür, kurz bevor ich sie erreiche, der Berliner Hotelkellner streicht um zehn die letzten Krümel vom Frühstückstisch. Vielleicht liegt es an meinem Jetlag, aber irgendwie scheint Berlin munterer zu sein als ich. Als ich mich am letzten Sonntagvormittag mit meinem Freund André Herzberg in einem Café am Kollwitzplatz traf, hatte der längst gefrühstückt. Er war seit Stunden auf den Beinen. Gut, es war sehr später Vormittag, eher schon früher Mittag, aber Herzberg war Rockmusiker, nicht ich, und es war Sonntag.

Ich bestellte demonstrativ Spiegeleier. Ich aß sie dann zwischen lauter aufgeweckten Prenzlauer Berger Mittagsmenschen. Sie trugen derbe Herbstspaziergängerkleidung. Die bunten Blätter raschelten unter ihrem praktischen Schuhwerk. Die Sonne schien vorwurfsvoll auf meine Spiegeleier, es war bereits Bratenzeit. Ich war ein Pfefferkuchenesser im Hochsommer. Ich passe nicht mehr in die Zeit.

Jetzt, da ich diese Kolumne schreibe, ist es gerade früh

um sieben. Ich könnte zum Frühstücksbuffet gehen, habe aber keinen Hunger. Der kommt später, wenn die Schrippen hart sind.

Anfang der Woche saß ich mit ein paar Freunden in einem Restaurant in der Kulturbrauerei. Kurz vor zwölf leerte sich die Gaststätte, als habe ein Zapfenstreich stattgefunden, den ich überhört habe. Irgendeine Art Hochfrequenzzapfenstreich, den nur Schäferhunde hören und Berliner. Alle mußten ins Bett. Die Kellner sprühten die Tische mit Desinfektionsmitteln ab. Wir tranken unser letztes Glas praktisch im Waschraum. Das Restaurant erinnerte an eine Bahnhofskneipe. Ich dachte kurz daran, daß irgendwo auf dem Gelände riesige Bettensäle versteckt waren, in die sich all die Stadtmenschen zurückgezogen hatten. Ich bin nicht der einzige, der sich verändert hat, sie haben der Brauerei die Seele rausrekonstruiert. Auf dem Hof, den wir kurz nach Mitternacht betraten, hätte in sechs Stunden ein Morgenappell stattfinden können. Das Licht schien kühl auf die sauberen Steine, es sah aus wie auf einem Kasernenhof. Ich dachte an Stillgestanden, nicht an Tanzen. Später tranken wir in einer chilenischen Bar in der Knaackstraße noch einen Absacker, es war halb zwei, der Kellner wartete, daß wir fertig wurden. Wir saßen in der einzigen Bar, die noch auf hatte. Der letzte Tisch von Prenzlauer Berg. Wahrscheinlich bereiteten sich die Menschen in den umliegenden Häusern bereits auf den Frühsport vor.

Ich bin hier überall der letzte Gast, am Tag fahre ich mit verquollenen Augen durch die Stadt, abends gähnen die Menschen, wenn ich das nächste Bier bestellen will. In der Nacht von Sonntag zu Montag erzählte mir ein Barkeeper in der Oranienburger Straße, daß nichts mehr los sei in Mitte. Ich weiß nicht, ob er sich darüber freute oder ärgerte. Ich weiß nur, daß er einen Abwaschlappen in der Hand hielt. Es war halb drei, und ich saß hinter dem letzten ungespülten Glas der Bar. Sie bleiben alle nur meinetwegen wach. Ich bin ein Gast, ein Urlauber mitten in der Arbeitszeit. Ich bin zu Besuch, während die Berliner weiterarbeiten müssen. Aufbauen, zusammenwachsen. Ich kann dabei nicht mehr helfen.

In der U-Bahn habe ich gestern nachmittag zwischen Alexanderplatz und Klosterstraße eine Frage gehört, die mir klar machte, wie fremd ich war. Eine junge, gesund wirkende Frau fragte einen jungen, gesund wirkenden Mann: »Liegt Lüdenscheid im Sauerland?« Beide sahen aus, als würden sie gut und ausreichend schlafen, ich war müde. Ich schleiche in den späten Stunden durch Berlin und passe auf, daß mich keine Frühsportler umrennen. Es ist bald vorbei, dann kann ich zurück in die Stadt, die niemals schläft. In Berlin muß sich niemand künstlich wach halten. Berlin geht früh ins Bett.

Christoph Daum sollte Hertha BSC übernehmen.

The Beach

Ich habe oft Angst, am falschen Platz zu sein. Ich glaube, es ist ein Journalistengefühl. Die Welt erwartet von uns, daß wir dort sind, wo was passiert. Deshalb klumpen sich Journalisten gern zusammen, denn so können sie selbst entscheiden, was der wichtigste Platz ist. Natürlich kann man sich einreden, daß es originell ist, da zu sein, wo die anderen nicht sind. Aber das hilft nur manchmal. Meistens scheinen die wichtigen Dinge woanders zu passieren. Im Augenblick passieren sie in Florida, wo, wenn ich alles richtig verstanden habe, gerade entschieden wird, wer der nächste amerikanische Präsident wird.

Ich aber befinde mich eine Flugstunde von Miami entfernt auf einer schmalen Insel, die nicht den USA gehört. Gestern stand ich dort ganz allein in einer Bucht. Das Wasser war türkisfarben, es gab Palmen und keinen einzigen Menschen. Der Strand war lang und weiß, in einem Reiseführer las ich, daß es hier den Windmer-Club gab, in den sich Prinzessin Diana 1980 zurückzog, als sie zum ersten Mal schwanger war. Inzwischen ist Diana tot, der Windmer-Club hat vor ein paar Jahren zugemacht. Es gibt nur zwei Flüge pro Woche hierher, dennoch war mein Flugzeug fast leer.

Es war der perfekte Strand, nur ich war falsch.

Heute morgen hielten zwei Autos direkt am Strand.

Vier Menschen in Shorts stiegen aus, zwei Männer und zwei Frauen. Eine Minute später wußte ich, daß sie aus Chicago kommen. Eine der Frauen hieß Cathy, ihr Mann war für die US-Army ein Jahr lang in einem mir unbekannten Ort in der Nähe von Regensburg stationiert gewesen. Ich habe noch keinen Amerikaner kennengelernt, der nicht wenigstens ein Familienmitglied besitzt, das irgendwann im Süden Deutschlands stationiert gewesen war. Manchmal glaube ich, sie wollen mir damit einen Gefallen tun. Aber wahrscheinlich ordnen sie auf diese Weise die Welt.

»Da«, rief einer der beiden Männer und zeigte aufs Wasser. Ich sah in zwanzig Meter Entfernung einen schwarzen Schatten durch das türkisfarbene Wasser gleiten.

»Ein Rochen«, sagte Cathys Mann.

Es hätte ein Rochen sein können, aber auch eine Schildkröte oder ein Taucher.

Cathy erzählte, daß sie gestern in dem kleinen Fischerhafen einen Rochen gesehen hätten, aus dem ein Hammerhai zwei riesige Stücken gerissen hätte. Sie malte mit dem Fuß eine Skizze des Rochens in den feinen Sand. Links und rechts malte sie die Bißstellen ein. Auch der Schwanz fehlte.

»Wo ist der Schwanz?« fragte ich.

Ich muß dazu sagen, daß ich als Kind alle sechs Bände von *URANIA Tierreich* besaß. *Säugetiere* und *Fische, Lurche, Kriechtiere* waren meine Lieblingsbände. Es gab zwei Bände mit Wirbellosen, aber dafür interessiert sich natürlich kein Kind. Ich wollte Tierarzt werden, bis mir jemand sagte, daß man als Tierarzt mehr mit Kühen als mit Leoparden zu tun habe. »Den hat der Hammerhai auch abgefressen«, sagte Cathy. »Wie groß war der Hammerhai?« fragte ich. »Der war schon weg, als wir kamen«, sagte sie, ohne verlegen zu werden. »Ach so«, sagte ich.

Es glitt wieder ein Schatten durchs Wasser.

»Das ist definitiv ein Hai«, sagte Cathys Mann. Wir standen sicher am Ufer. Der Schatten zeigte seine Rükkenflosse. Es war ein Hai. Das sahen jetzt alle, weswegen Cathys Mann hinzufügte: »Es ist ein Ammenhai.« Keine Ahnung, woher er das wußte. Aber irgendwie schien es nun so zu sein. Vor einer Stunde war ich hier noch ganz allein, jetzt legten ein paar mittelalte Amerikaner mit Shorts die Dinge fest. Meines Wissens lagen weder Regensburg noch Chicago am Meer. Hier auf der Insel herrschte Linksverkehr, und in den Geschäften gab es gute, englische Orangenmarmelade. Ich hätte als Europäer ein bißchen selbstbewußter auftreten können. Ich hätte auch zoologisch mitreden können, denn in *Fische, Lurche, Kriechtiere* gab es Farbfotos von Ammenhaien. Außerdem beobachtete ich kürzlich im Aquarium von Sydney mehrere Ammenhaie aus nächster Nähe. Aber welchen Zweck sollte das haben? Es hätte ein Ammenhai sein können. Der Mann aus Chicago sah mit unzerstörbarem Selbstbewußtsein aufs Meer. Man kann sich gut an Amerika anlehnen. »Die Welt kann ruhig schlafen«, erklärte Bill Clinton gerade irgendwo in Asien zur verfahrenen Präsidentenwahl. »Die Welt«, sagte er.

Und so lag ich auf meiner kleinen Insel wieder richtig.

Helden wie wir

Gestern fragte mich ein karibischer Tankwart, wo ich herkomme. Das ist keine leichte Frage, denn ich habe eine weite Reise hinter mir. Wir standen an einer einsamen Zapfsäule vor einem winzigen Lebensmittelladen auf seiner kleinen Insel, und es war sehr heiß. Ich hatte keine Lust, über den Fall der Mauer zu reden. Der Tankwart hatte dunkelbraune Haut. Ihm fehlte ein Schneidezahn, der Dreier, glaube ich. Aber er trug ein so kunstvoll rasiertes Bärtchen wie David Niven, und sein Englisch klang britisch.

»Aus New York«, sagte ich, denn dort ist meine Wohnung. Außerdem klingt New York cool. Ich sage das gern. Aus New York, New York City. Viel besser kann man die Frage, wo man herkommt, nicht beantworten, finde ich. »Ach«, sagt er und grinste. »Was sagen Sie zu den Wahlen?«

Keine Fragen nach der Wiedervereinigung, aber es wird nicht besser. Ich hasse die Wahl. Sie macht alles klein. Seit Tagen erlebe ich hier abends Rechtsanwälte auf CNN, denen man nicht ansieht, ob sie Al Gore vertreten oder George W. Bush. Und wahrscheinlich ist es ihnen auch egal. Es sind Rechtsanwälte, sie haben keine Überzeugungen. Ich kann den Ton wegdrehen, ihre kalten Augen angucken oder das unangebracht aufgeregte Mienenspiel der CNN-Reporter, während draußen das Meer rauscht.

Gelegentlich kann ich das Wort »historisch« von ihren Lippen lesen. Dazwischen zeigen sie Leute, die auf Lochkarten starren wie Schweine ins Uhrwerk. Historisch. Ich mag jetzt nicht mal mehr Al Gore. Das haben sie geschafft.

Der Tankwart sah mich mit einem Blick an, als würde ich ihm sehr, sehr leid tun. Ich und mein doofes Amerika. Hätte ich Berlin gesagt, könnte ich immer noch mit ihm lachen.

Ach Deutschland. Mir fiel ein, wie ich vorgestern ein hellblaues Badehandtuch auf einer hölzernen Strandtreppe abgelegt hatte, um es vor der anrückenden Flut in Sicherheit zu bringen. Dann ging ich mit meiner Frau und meinen Kindern baden. Eine halbe Stunde später wollte ich das Handtuch wieder von der Treppe nehmen. Oben stand jetzt ein Mann mit einer Säge, wahrscheinlich wollte er mit dieser Geste darauf aufmerksam machen, daß er der Hausherr ist. Ich kenne dieses Wachhundeverhalten von Berliner Bungalowbewohnern, die sofort an den Gartenzaun rennen, wenn sich ein paar Spaziergänger ihrer Grundstücksgrenze nähern. Ich schaute also freundlich zu ihm hinauf, vielleicht deutete ich ein Nicken an. Sicher bin ich nicht. Er sägte halbherzig am Geländer seiner Strandtreppe herum. Von hier unten ergab sich kein Anlaß für Sägearbeiten dort oben. Er reagierte nicht, ich nahm das Handtuch und ging.

»Typisch deutsch«, sagte meine Frau, aber sie meinte nicht den Säger, sie meinte mich. Sie imitierte eine unterwürfige Geste, mit der ich mir angeblich das Handtuch geholt habe. Sie machte einen buckligen Zwerg nach. Einen deutschen Leisetreter im Land der Heißblüter. »Typisch deutsch« ist das fieseste Argument, das ich kenne.

Wenn ich laut »Mahlzeit« gebrüllt hätte, wäre das sicher auch typisch deutsch gewesen. Ich will nicht typisch deutsch sein, und meine Frau weiß das. Aber was soll ich machen.

Ich trug ein hellblaues Frotteebadehandtuch und hatte einen leichten Sonnenbrand, weil ich mich am Vortag in einem Anfall südlichen Temperaments für einen zu geringen Lichtschutzfaktor entschieden hatte. Wenn ich am Strand entlanglaufe, fällt mir das Lied *Deine Spuren im Sand* von Howard Carpendale ein. In zehn Jahren werde ich aussehen wie Gerd Fröbe in *Die tollkühnen Männer mit ihren fliegenden Kisten*. Ich werde ein starrköpfiger weißhäutiger Deutscher mit Pickelhaube sein. »Ein deutscher Offizier kann alles«, ruft Fröbe und fällt in die Sickergrube. Der Franzose reißt ständig Frauen auf. Der Japaner ist schrullig. Der Deutsche ist fest.

Kürzlich habe ich mich nach einer Party von allen Leuten mit Handschlag verabschiedet, obwohl ich schon beim zweiten gemerkt habe, daß niemand damit rechnet. Aber ich war nun mal dabei. Ich schüttelte zu Ende. Am Ende kam ich mir vor wie ein Staatsgast aus Deutschland. Ich will nicht so sein wie ich bin. Ich glaube, deswegen wollte ich auch immer nach New York.

»Verrückte Wahlen«, sagte ich zu dem karibischen Tankwart mit dem David-Niven-Bärtchen. »Aber dafür ist bei uns das Benzin billiger.«

Das Apartment

Vor genau einem Jahr bekam ich zum ersten Mal Besuch in New York. Ich war selbst gerade angekommen, da standen zwei Berliner Freunde vor der Tür. Sie hatten eine Flasche Whiskey und ein Kartenspiel dabei. Wir holten eine Kiste Budweiser dazu. Ich sollte erwähnen, daß sich meine Möbel irgendwo auf dem Atlantik befanden. Meine Familie war noch in Berlin. Die Wohnung war leer bis auf meinen Kulturbeutel und die Luftmatratze, auf der ich schlief. Es gab Wasser, Heizung, und das Licht ging auch. Wir standen also in der Küche und spielten bis früh um fünf Karten auf einer Art Anrichte. Es sah von draußen bestimmt ziemlich verwegen aus. Meine Freunde sind starke Raucher, und es gab keine Gardinen. Gegen vier fragte einer meiner Freunde, ob er vom Balkon in den Hinterhof pinkeln dürfe.

Wir waren alle ein bißchen betrunken, und die Toilette war im ersten Stock, weit weg. Die Idee schien mir nicht so abwegig zu sein. Weil aber in ein paar Fenstern auf der anderen Seite des Hofes noch Licht brannte, bat ich ihn, es nicht zu tun. Ich glaubte damals, daß New York die Stadt der Anonymen ist. Deutsche, die hier lebten, versorgten mich mit ihren Weisheiten. Nach New York käme nur, wer reich und berühmt werden wollte. Niemand interessiere sich hier für dich. Man nimmt so was schnell an, wenn man neu und ängstlich ist.

Erst später habe ich begriffen, daß es nicht überall stimmt. In meiner Gegend ist New York noch die Stadt der Siedler, wo der Nachbar mit der Rohrzange und guten Ratschlägen vor der Tür steht, wenn man ankommt. Jeder Neuankömmling wird gemustert und gewertet.

Gerade wird im Nebenhaus ein Apartment für die neuen Besitzer renoviert. Sie soll Journalistin sein, er arbeitet für die grüne Partei, sie sollen Geld haben, woher auch immer. Die Nachbarschaft ist wieder aufgeregt. Nachdem meine Familie kam, wurden wir zu einem Begrüßungsessen eingeladen. Es war sehr nett, aber auch ein bißchen so, als wollte man sich vergewissern, daß wir nicht die Hunde vergiften. Sie mögen meine Frau und die Kinder, ich gelte immer noch als ein bißchen eigentümlich. Wahrscheinlich brauchen sie Zeit, um dieses teuflische Bild aus unserer Küche zu verarbeiten. Ich kenne niemanden in der Gegend, der raucht, genausowenig wie ich Bush-Wähler kenne. Wahrscheinlich sind die alle bei den Karten spielenden Rauchern im Landesinnern zu finden. Es heißt, George W. Bush würde in der Mittagspause Patience an seinem Computer spielen. Karten also. Ich möchte nicht wissen, was sie damals geredet haben. *Es sollen Deutsche sein, sie rauchen und spielen Karten.* Der Gedanke, daß mein Freund vom Balkon hätte pinkeln können, läßt mir das Blut in den Adern gefrieren. Meine ersten Gäste blieben zehn Tage da, wir spielten noch ein paar Mal Skat, aber es war nicht mehr so wie früher. Beim Abschied sagte einer meiner Freunde traurig: »In einem Jahr wirst du auch diese ekligen grünen Säfte trinken und durch den Park rennen.«

Ich weiß bis heute nicht, welche Säfte er meint, aber ich renne durch den Park. Eben habe ich da meinen Nachbarn Terry getroffen. Der ist Schauspieler und spielt einen Gefängnispsychologen in der Fernsehserie *Oz*, die hier sehr erfolgreich ist. Terry erzählt, daß er in Kanada ein Theaterstück inszeniert habe, was demnächst in die Stadt kommt. Dann laufen wir.

»Unser Hund stirbt«, sagt Terry plötzlich. Ich schaue erschrocken. Sie haben zwei Hunde, ich bringe ständig ihre Namen durcheinander, im Augenblick habe ich sie völlig vergessen. Ich würde gern ein bißchen Anteilnahme zeigen, aber es geht nicht. Ich mag keine Hunde, will das aber nicht zeigen. Ich kann nichts dafür, daß Terrys Hund stirbt. Wirklich nicht. Ich hoffe, er weiß das. Ich will nicht in Verdacht geraten. Wie trauert man um den Hund seines Nachbarn, den man nie leiden konnte?

Ich habe verschiedene Magazingeschichten über New Yorker gelesen, die sich nachts gegenseitig beobachten. Durchschnittlich besitzt wohl jeder Haushalt mindestens ein Fernglas. Ich bin nicht allein. Ich bewege mich nachts wie auf einer Bühne durch meine Wohnung. Der Mann schräg gegenüber arbeitet immer bis in die Morgenstunden. Ich sehe ihn regungslos in seinem Zimmer sitzen. Es ist Tom, er beschäftigt sich mit Abrüstungsfragen.

Sagt er.

Weißer Jäger, schwarzes Herz

Als ich vor zehn Jahren zum ersten Mal in New York war, überwältigten mich zwei italienische Elektrowarenhändler. Ich stand einen Augenblick zu lange vor einer Stereoanlage. Das war es. Einer der Männer lobte die Stereoanlage, und ich hatte keine Einwände. Sie sah gut aus und war sehr günstig, wie er mir versicherte. Ohne daß ich ihn dazu aufforderte, machte er sie nochmal hundert Dollar billiger. Der andere Italiener packte sie bereits ein. Eine Viertelstunde später stand ich mit sechs großen Paketen auf der Straße. Zwei davon waren für die Boxen. Der Taxifahrer bekam seinen Kofferraum nicht mehr zu, als ich und meine Stereoanlage an Bord waren.

Man muß dazu sagen, daß ich Teil der ersten Journalistendelegation der DDR war, die von der Informationsagentur der US-Regierung nach dem Fall der Mauer zu einer vierwöchigen Rundreise eingeladen worden war. Eigentlich war mein Chefredakteur eingeladen worden, aber der konnte nicht. Am nächsten Tag trafen sich die fünf ostdeutschen Abgesandten in der Lobby unseres New Yorker Hotels, von wo aus es weiter nach Boston gehen sollte. Wir wurden in Harvard erwartet. Ich werde nie den Blick unserer amerikanischen Betreuerin vergessen, als sie mich neben dem Berg von Pappkartons sah. Es mußte ein zusätzliches Fahrzeug bestellt werden, das uns zum Flughafen brachte. Ein Kleinbus.

Ich bin kein Händler. Ich habe einen Freund, dessen Gangart sich ändert, wenn er einen Flohmarkt betritt. Es ist, als besteige er einen Boxring. Er gockelt. Mich nervt das. Er sagt, ich sei ein Jäger, er ein Sammler. Er hat mich im letzten Jahr einen Tag lang durch Chelsea geschleift, an dessen Ende er drei alte Holzpuppen mit chinesischen Gesichtern zum Preis von zwei Holzpuppen mit chinesischen Gesichtern erwarb. Er war glücklich, ich war müde. Mich beruhigt es, daß eine Sache ihren Preis hat. Ich möchte nicht darüber nachdenken, ob ich sie woanders noch billiger bekommen kann.

New York ist die Hölle, denn es gibt hier pausenlos Geschäfte zu machen. Meine Manteltaschen sind voller Gutscheine, die mir Vorwürfe machen, weil ich sie nicht einlöse. Gestern habe ich im Kino einen Coupon fürs kostenlose Nachfüllen eines Popcornbechers bekommen. Dazu hätte ich mir allerdings erstmal einen Popcornbecher kaufen und leer essen müssen. Drei oder viermal dachte ich während des Filmes daran rauszugehen, um mir Popcorn zu kaufen, das ich mir kostenlos nachfüllen lassen könnte, obwohl ich überhaupt keinen Hunger hatte. Ich besitze Coupons, mit denen ich meine erste Yogastunde zum Preis von fünf Dollar machen könnte. Seit Ostern liegt ein Truthahn in unserem Tiefkühlfach, den wir geschenkt bekommen haben, weil wir in unserem Supermarkt einen Achtzig-Dollar-Einkauf genau an jenem Tag hatten, als man für einen Achtzig-Dollar-Einkauf einen Truthahn bekam. Wir brauchten den Truthahn bis jetzt nicht, aber er starb ja irgendwie für uns. Ein Freund von mir arbeitet als Dekorateur im Kaufhaus *Macy's*, weswegen er mir einen Mitarbeitergutschein schenkte, mit dem man am vorigen Wochenende zwanzig Prozent

Rabatt auf alle Artikel des riesigen New Yorker Warenhauses bekam. Ich habe einen schrecklichen Sonntag im *Macy's* verbracht, bis ich merkte, daß ich nichts brauche. Kurz bevor ich ging, habe ich mir ein sehr teures schwarzes Jackett gekauft, weil ich es nicht ertragen konnte, ohne Rabatt zu gehen. Es sieht genauso aus wie meine anderen schwarzen Jacketts. Ich kaufe immer ähnliche Jacketts, genau wie ich immer wieder dunkelblaue T-Shirts und halbhohe schwarze Schuhe kaufe. Aber manchmal kommt auch ein neues Stück dazu.

In der vorigen Woche habe ich in Moskau eine riesige schwarze Schapka erworben. Der Händler hat sie mir ungefragt aufprobiert, während ich versuchte zu fliehen. Er rannte mit einer großen Tasche neben mir her, probierte mir verschiedene Mützen auf, die immer billiger wurden. Irgendwann waren sie so billig, daß ich nicht mehr anders konnte. Meine Frau lacht Tränen, wenn ich die Mütze trage. Meine Tochter glaubt, ich bin eine Figur aus ihren Kinderbüchern. Aber die Mütze war günstig.

Ich höre, in Deutschland darf jetzt auch gehandelt werden. Viel Spaß.

Ich laufe mit meiner großen schwarzen Moskauer Bärenfängermütze als Warnung durchs kalte New York. Ein Jäger der verlorenen Zeit.

Das Rußlandhaus

Ich sitze in einem gut geheizten Hotelzimmer in Moskau. Mein Schreibtisch hat geschwungene Beine, durchs Fenster sehe ich den Roten Platz im Abenddunst, durch den Türgucker zwei breitschultrige, junge Russen, die seit einer Stunde vorm Lift warten, der ins Fitneßcenter führt. Ihr Boß ist in der Sauna. Er geht jeden Tag um diese Zeit in die Sauna. Ein kleiner, dicker Mann mit einem haarigen Nacken, der im zu engen Anzug steckt. Er könnte bei der Mafia sein oder in der Politik. Auf meinem hübschen Schreibtisch liegt der Herbst-Winter-Prospekt des Hotels, in dem es viele Bilder von prominenten Menschen gibt, die hier zu Gast waren. Joe Cocker und Patricia Kaas schliefen im Hotel, unter der Überschrift »Zwei große Kulturen wachsen zusammen« ist Kulturminister Naumann abgebildet, und sogar Christoph Daum ist da und lacht fröhlich. Es würde nicht weiter stören, wenn jetzt auch Max Streibl und Harry Tisch im Prospekt auftauchen würden. Im Foyer sitzen lauter Leute, die bei der Spendenaffäre der CDU oder beim Wahlbetrug der Nationalen Front hätten mitmachen können. Sie sind bestimmt alle aus Deutschland geflüchtet, weil es dort zu langweilig geworden ist.

Die alten Männer, die in Berlin geblieben sind, fallen sofort auf. Als ich bei der Zwischenlandung von New York nach Moskau in die Berliner Mitte fuhr, traf ich dort zweimal innerhalb weniger Stunden auf Herrn Dussmann. Herr Dussmann ist Besitzer eines Kulturkaufhauses, er hat viel Geld, was man ihm aber nicht ansieht, so könnte er gut in einer Neuverfilmung von *Wie heiratet man einen Millionär* mitspielen. Herr Dussmann trägt Anzüge aus grellblauen Stoffen, die vermutlich nicht brennen, wenn man sie ins Feuer wirft, sondern schmelzen. Es besteht der Verdacht, daß es immer derselbe grellblaue Anzug ist. Dussmanns Haare sind zu lang, und er hält sich beim Laufen so tapfer aufrecht wie ein betrunkener Mann, der zum Kneipenklo schreitet. Aber er ist nicht ohne. Einmal besuchte mich ein ehemaliger Mitarbeiter von ihm in der Redaktion, um die Wahrheit auszupacken. Der junge Mann zitterte wie Espenlaub und erzählte, daß Dussmann in einem Schloß in Brandenburg wohne, das von früheren Agenten bewacht wird. Er solle seine Angestellten gnadenlos ausbeuten. Mit anderen Worten: Dussmann ist der Dagobert Duck von Berlin.

Beim ersten Mal entdeckte ich ihn Unter den Linden neben einem Herrn, der aussah als würde er bei ntv oder der *Welt* arbeiten. Er war groß, gepflegt und irgendwie leer im Gesicht. Dussmann gestikulierte hektisch, er schien dem Mann eine Obdachlosenzeitung verkaufen zu wollen. Der große Mann lächelte interessiert. Beim zweiten Mal stand Dussmann still in der Ecke seines Kaufhauses, wo Helmut Kohl gerade sein Buch signierte. Dussmann schaute ergriffen, Kohl war da.

Er signierte regungslos, von Zeit zu Zeit schoben ihm Leute irgendwelchen Unsinn unter, Kohl schaute dann irritiert, manchmal unterschrieb er trotzdem. Dann gingen die Leute weg und kicherten. Ich weiß nicht, wie ich es sagen soll, aber es zerriß mir fast das Herz. Kohl wirkte so anständig und sturköpfig wie ein älterer Herr, der zufällig in eine Fernsehshow geraten war, die zu schnell für ihn ist. Es herrschte eine Jahrmarktatmosphäre. Kohl war eine Attraktion für die Leute, wie der Elefantenmensch oder Bobby, der berühmteste Berliner Gorilla. Ein vernunftbegabtes Tier. Die Leute standen an, um ihn anzuglotzen. Sie wollten ihn berühren, atmen sehen. Die Witzbolde mißachteten ihn, seine kritiklosen Fans mißverstanden ihn, die Journalisten warteten, daß was passiert. Dann warf ein Idiot mit Windbeuteln, und alle waren erleichtert.

Helmut Kohl sollte die Berliner Mitte vergessen und mal Rußland besuchen. Ich habe ihn nie so glücklich gesehen wie damals mit Gorbatschow, Schewardnadse und Jelzin. Das war kein Zufall. Kohl sollte sich nachts auf den Roten Platz stellen und die Augen schließen. Es gibt das Leninmausoleum, alte Frauen verkaufen um Mitternacht Bier und Zigaretten, junge Männer Pelzmützen, an der Kathedrale stehen Liebespaare, die roten Sterne leuchten auf den Kremltürmen, und im GUM leuchtet die Reklame von Calvin Klein und Estée Lauder. Es ist weit, mächtig, und es lebt.

Hier ist noch Platz für ihn.

Die Olsenbande fährt nach Jütland

Wer nach New York zieht, wird oft besucht. Der New-York-Besuch erinnert mich manchmal an Egon Olsen. Man hat ihn lange nicht gesehen, und er hat einen Plan. Am Anfang stehe ich mit meiner Frau und den Kindern immer am Flughafen wie der Rest der Olsenbande vor dem Gefängnistor. Wir winken dem Besuch aus Deutschland zu. Am ersten Abend hat der Besuch noch Jetlag, am nächsten Morgen wacht er früh auf und will anfangen, denn in Berlin ist es bereits mittags. Wir hier sind für die Kleinigkeiten zuständig und für das Wetter.

Zu Ostern war mein Schwager mit seiner Familie da, und es regnete. All die Pläne wurden ganz naß. Meine Schwägerin sah mich jeden Morgen traurig an. Die weite Reise und dann das.

In Berlin schien seit Wochen die Sonne, sie überprüften das im Internet. Ein paar Wochen später kam ein Freund, der gerade eine halbjährige Probezeit überstanden hatte. Er wollte den sensationellen New Yorker Sommer genießen, von dem ich immer erzählt hatte. Es regnete wieder, jetzt wurde es aber auch noch kalt. Mein Freund redete nicht viel, er dachte mehr nach. Gerade sind meine Eltern angekommen, um die berühmte New Yorker Weihnachtszeit zu erleben. Am Tag, bevor sie landeten, war der letzte Schnee getaut. Zur gleichen Zeit hatte es in Berlin angefangen zu schneien, wie ich von mehreren Telefonaten mit der zurückgebliebenen Verwandtschaft wußte.

»Wir haben hier weiße Weihnachten«, riefen sie freudig durchs Telefon wie damals im Mai, als sie die Temperaturrekorde vermeldeten. »Und ihr?«

Ich sah raus auf den Bürgersteig, wo sich an den Mülltonnen ein paar schmutzige Schneereste behaupteten.

»Wir auch«, log ich. Wenigstens schien die Sonne.

»Heute laufen wir über die Brooklyn Bridge«, beschloß mein Vater am ersten Weihnachtsfeiertag. Draußen war es kalt und windig, aber es gab viel zu tun. Wir fuhren durch eine Geisterstadt. Niemand war bei diesem Wetter unterwegs. Der Himmel war so blau und weit, wie er nur in New York sein kann, aber es gab keinen Schnee. Leider fand ich auch die Brooklyn Bridge nicht gleich. Ich verwechselte sie mit der Manhattan Bridge, sie liegen sehr dicht beieinander. Über die Manhattan Bridge allerdings führt kein Fußgängerpfad. Ich parkte das Auto auf einem verlassenen Fabrikhof in Brooklyn. Mein Vater informierte uns darüber, daß der Konstrukteur der Brücke aus Deutschland stammte. »Er starb während der Bauarbeiten«, rief er in den Wind, als wir an einer Leitplanke vor einer zugigen Autobahnzufahrt anlangten. Das ist ein weiteres Phänomen des New-York-Besuchs: Er kennt die Stadt scheinbar besser als ich.

»Sind wir hier richtig?« fragte meine Mutter. Wir waren offensichtlich falsch, und sie wußte das, wollte uns aber nicht die Hoffnung nehmen. »Der Sohn des Konstrukteurs führte die Arbeit seines Vaters fort«, sagte mein Vater. Ich überlegte, ob sich darin ein Vorwurf versteckte. Ich leitete meine Eltern über struppige Abhänge, sie sahen mich mitleidig an. Der Junge findet die Brooklyn Bridge nicht. Als wir eine Stunde später endlich die richtige Brücke betraten, fragte mein Vater: »Wann ist die eigentlich fertig geworden?«

Es gab sicher diese Metalltafeln. In der Mitte der Brücke fanden wir die ersten. Sie informierten über verschiedene Rekonstruktionen und die Dicke der Kabel, aber nirgendwo stand das Erbauungsdatum. Wir liefen über die Brücke, auf der anderen Seite war auch kein Datum. Es war eisig-windig, ich spürte meine Nase nicht mehr. Das Wasser im East River begann schon dick zu werden. Ich dachte an den treuen Sohn des Konstrukteurs. Ich hätte gern gewußt, wann die Brücke gebaut wurde. Meine Mutter rief: »Eine wunderschöne Stadt, und so wunderschönes Wetter.« Aber meine Mutter sagt auch: »Der Kaffee ist gar nicht stark«, wenn sich alle am Tisch in Magenkrämpfen winden. Wenn niemand mehr an Rettung glaubt, lobt meine Mutter die Umstände.

Als wir zu Hause ankamen, rief mein Schwager an, um die neuesten Berliner Schneehöhen durchzugeben. Er wohnt in Steglitz und hatte nun auch mal die Nase vorn. Dreißig Zentimeter in Steglitz. »Wir sind völlig eingeschneit«, rief er fröhlich. Ich dachte an glückliche Berliner im Pulverschnee und sah bestimmt sehr verzweifelt aus.

»Was für ein schöner Ausflug das heute war«, sagte meine Mutter schnell.

Twister

In der letzten Woche beklagte ich an dieser Stelle, daß es in New York nicht schneit. Meine Eltern waren in der Stadt, und ich hätte ihnen gern ein bißchen New Yorker Winter geboten. Ich sah in den Himmel, bevor ich die Kolumne abschickte. Er war hellblau, nichts roch nach Schnee. Am nächsten Abend aber begannen sich die Dinge geringfügig zu verändern. Zunächst war unser Supermarkt viel voller als sonst. Eine Frau, die mit glühenden Wangen und vielen Taschen herausstürzte, rief mir zu: »Wir kaufen alle für den Schneesturm ein.«

»Welchen Schneesturm?« fragte ich.

»Den Schneesturm«, sagte sie.

Im Fernsehen hatte der Bürgermeister von New York die Bewohner seiner Stadt gerade aufgefordert, Vorräte einzukaufen. Er schien zu befürchten, daß wir wochenlang von der Umwelt abgeschnitten sein würden. Ein Schneesturm. Es war immer noch warm, etwa null Grad. Der Himmel war wolkenlos. Meine New Yorker Nachbarn schienen sich das Unglück zu wünschen, Amerikaner wollen leben wie im Abenteuer. Im Sommer 1991 fuhr ich mit einem Freund durch die kalifornische Wüste. Schilder und Reiseführer erinnerten uns immer wieder daran, genug Wasser mitzunehmen. Irgendwann glaubten wir, daß wir uns auf einem lebensgefährlichen Ausflug befanden, obwohl wir die Touristenpfade nie verließen. Unser Kofferraum war ordnungsgemäß mit Wasserkanistern vollgepackt. Wir ritten mit prallen Satteltaschen westwärts in den Sonnenuntergang, meine Nachbarn bereiteten sich auf den Kältetod vor.

Sobald irgend etwas vom Himmel fällt, das sich von dem unterscheidet, was die New Yorker gewohnt sind, verhalten sich alle, als seien sie in einen Actionfilm geraten. Sie rennen. Im Sommer fiel eine tote Krähe über Staten Island vom Himmel, in den Gesichtern der Menschen stand: Wir sind die nächsten! New York stirbt aus! Die Leute in der Kaufhalle waren von Panik befallen. Meine Rolle wäre es gewesen, sie zu warnen. Ich hätte wie Roy Scheider im *Weißen Hai* durch die Halle springen müssen. Leider fehlt mir der Mut zu diesen Dingen. Ich sah noch wie Terry, mein Nachbar, mehrere Container Thaifood entgegennahm. Dann fuhr ich ins Theater. Auf Roy Scheider hatte ja auch niemand gehört. Als ich um elf Uhr abends wieder den Broadway betrat, war der Himmel noch wolkenlos, aber das ist er in den Wirbelsturmfilmen am Anfang auch immer. Zunächst fällt nur ein toter Vogel vom Baum.

Ich fragte den Taxifahrer nach dem Schnee.

»Um fünf Uhr früh kommt der Schneesturm«, brummte der Mann. Ein italienischer Einwanderer, ein Europäer wie ich, aber bereits infiziert. Schneesturm. Schon das Wort klang wie aus der Werbung. Es war, als erwarteten wir einen Bombenangriff.

»Woher wollen Sie das wissen?« fragte ich.

»Es ist das, was sie sagen«, brummte er.

Mehr muß man über Amerika nicht wissen. Es vertraut sich selbst.

Als ich am nächsten Tag aufstand, war alles weiß. Der

Schnee fiel unaufhörlich aus dem Himmel. Leiser, weicher Schnee wie aus dem Bilderbuch. Im Fernsehen brachten sie Sondersendungen. Reporter schwärmten aus, um Bürger in Fastfoodrestaurants nach ihrer Meinung zu fragen. »Oh. Wow«, sagten die Bürger, »was für ein Schneesturm.« Diese Form der Bürgerbefragung ist im amerikanischen Fernsehen sehr populär, wenn es um Naturwunder geht. Zuletzt kommentierten unzählige Rentner aus Floridas Fastfoodrestaurants die Präsidentschaftswahlen. Das hat zur Folge, daß sich auch alle anderen so verhalten, als seien sie im Fernsehen. »Mann, so viel Schnee hatten wir seit zehn Jahren nicht mehr«, erzählt mir meine Nachbarin Roxanne, als habe ich ein Mikrofon in der Hand. »Damals waren die Kinder noch klein.« Auf der Straße lag der Schnee jetzt einen halben Meter hoch.

Das war am Tag, an dem in Berlin meine Kolumne erschien, in der ich um ein bißchen Schnee bat.

Die Verwandtschaft ruft an und fragt, ob wir noch leben. Meine Eltern haben Angst, daß sie nicht mehr nach Hause kommen. Im Fernsehen vermelden sie gerade, daß Menschen beim Freischippen ihrer Autos oft Herzinfarkte erleiden. Dazu zeigen sie einen dünnen alten Mann aus New Jersey, der mit einer großen schweren Schippe vor einem Schneehügel steht, unter dem sich wohl sein Auto verbirgt.

Das habe ich alles nicht gewollt.

Das Schweigen der Lämmer

Vor ein paar Tagen stand ich im Foyer eines Bürohochhauses im Zentrum von Miami und erkannte, wie klein die Welt geworden ist, in der ich lebe. Es war kurz vor neun am Morgen, und die Büroangestellten kamen, manche hatten Pappbecher mit Kaffee in der Hand, andere Wasserflaschen. In Amerika bringen sich viele Leute, die in Büros arbeiten, Wasser mit zur Arbeit, als erwarteten sie, dort von einer Dürre heimgesucht zu werden. Vor allem Frauen sind von dem Gedanken besessen, Wasser mit sich herumzuschleppen. Kurz bevor ich Berlin verließ, traf ich in unserem Verlagshochhaus auch schon die ersten Wasserträgerinnen im Fahrstuhl. Der schwarze Mann in der Lobby grüßte alle freundlich, nur mich grüßte er nicht, denn ich gehörte nicht hierher. Ich stand allen im Weg.

Ich wartete auf Barbara Becker.

Um neun sollte sie kommen, um eine Zeugenaussage in die Videokamera der Anwälte ihres Mannes zu sprechen. Die Kanzlei befand sich im neunzehnten Stock. Die Beckers wollten sich in Miami scheiden lassen, was ich hier machte, war mir noch nicht ganz klar. Ich hatte eigentlich keine Frage an Barbara Becker, womöglich wollte ich sehen, ob sie noch lebte. Oder überhaupt lebte, jemals gelebt hat. Manche Fragen stelle ich mir einfach nicht mehr, weil sie mir sofort alle Energie aus den Knochen ziehen würden. Ich bewege mich erst einmal los und sehe dann weiter. Auf diesem Weg hatte ich heute morgen bereits Elvira Becker im Hotelrestaurant getroffen. Mutter Becker. Ich kann sagen, daß es sie gibt. Ich hatte keine Frage an sie. Ich hatte auch keine Frage an ihre Schwiegertochter, die hier gleich erscheinen würde. Ich hoffte, daß sie nicht kommt, und ich fürchtete es. So ist das manchmal.

Ich stand also rum und wunderte mich, wo all die anderen deutschen Journalisten waren, die Miami in diesen Tagen verstopften. Das Foyer war menschenleer bis auf mich und den schwarzen Mann. Irgendwann hielt ein silberfarbener Mercedesgeländewagen draußen auf dem Bürgersteig, aus dem Boris Becker stieg. Ich fühlte mich wie die Agentin Clarice Starling. Im Film *Das Schweigen der Lämmer* gibt es eine Szene, in der schwerbewaffnete FBI-Männer ein Haus umstellen, in dem sich offenbar der Frauenmörder befindet. Einer der FBI-Männer klingelt, aber als der Mörder öffnet, steht ihm an einem ganz anderen, verlassenen Ort Amerikas die Agentin Clarice Starling gegenüber. Der Mann, den alle suchten, kam, und ich war nicht darauf vorbereitet. Becker machte die Tür auf und lief langsam auf mich zu. Mir fielen zwei Sachen ein.

Die eine war, daß man als Großstädter lässig auf Prominente reagiert. Die andere war, daß mir Boris Becker vor elf Jahren versprochen hatte, sich mein Gesicht zu merken. Nach einem Schauturnier in Hamburg hatte ich ihn um ein Interview gebeten. Er hatte gesagt, es sei jetzt ungünstig, aber in einem halben Jahr solle ich ihn noch mal fragen. Er würde sich mein Gesicht merken. Ich hielt das für Unsinn, aber jetzt war ich mir nicht mehr sicher. Becker sah mich an, ein bißchen interessiert, ein bißchen staunend, mit schief gelegtem Kopf, so guckt der T. Rex, bevor er zuschnappt. Vielleicht dachte er an Hamburg, damals, als es noch keine Vaterschaftsklagen gab, keinen Ehevertrag, keine fiesen Anwälte, aber Gützi Bosch, Ion Tiriac und Karen. Ich dachte daran, daß die Mauer gerade gefallen war, damals. Wir waren beide fremd hier, es war früh, er steckte in Schwierigkeiten, die Distanz fiel endlich von mir ab.

Ich sagte: »Hallo.«

Der Klang meiner eigenen Stimme machte mir Angst. Wer, dachte ich, war ich. Ich stand da wie ein Idiot, ein Kind. Ein fremder Mann, eine fremde Stadt, eine fremde Angelegenheit und ein Hallo. Becker ging schweigend an mir vorbei, und das einzige, was zuschnappte, waren die Fahrstuhltüren in seinem Rücken. Ich war wieder allein mit dem schwarzen Portier. Mein Hallo schwebte durch das Foyer des hübschen Bürohauses, das auch in Charlottenburg hätte stehen können oder in Lichtenberg. Wahrscheinlich würde ich es nachts hören, wie Clarice die Lämmer schreien hörte. In diesem Hallo floß alles zusammen, die Angst und der Größenwahn. Ich war Journalist und Fernsehzuschauer in einem, ein Opfer meiner eigenen Berichterstattung. Ich hatte keine Fragen mehr. Nur noch einen letzten Gruß an die Welt.

Hallo.

Die letzte Vorstellung

Am vorigen Sonntagabend wollte ich mir in einem Supermarkt in Little Rock ein Bier, eine Banane, einen Twix-Schokoladenriegel und eine Büchse Rasierschaum kaufen. Little Rock ist die Hauptstadt von Arkansas. Es war kurz nach elf, ich war gerade angekommen, als mir einfiel, daß ich keinen Rasierschaum hatte. An dieser Stelle sagt man gern: »Das ist ja das Praktische an Amerika, man kann dort zu jeder Zeit einkaufen.« Um ehrlich zu sein, gibt es für mich kaum etwas Frustrierenderes, als nachts einen amerikanischen Supermarkt zu betreten. Es riecht nach Desinfektionsmitteln, die wenigen Kunden sehen aus, als würden sie sich das Leben nehmen, bevor die Sonne aufgeht, und zwei, drei übernächtigte Angestellte kramen, von Neonlicht bestrahlt, in den Regalen rum. Als ich mit meinem Einkauf an der Kasse stand, sagte die Kassiererin: »Sie sind wohl nicht aus Arkansas?«

Gute Frage. Vor acht Jahren hatte ich noch geglaubt, Arkansas würde hinten heraus wie Kansas ausgesprochen. Als Bill Clinton Präsident der USA werden wollte, sorgte der Bundesstaat, aus dem er stammt, auch bei den deutschen Nachrichtensprechern für eine kurze Phase der Verwirrung, in der sie Arkansas so verschieden aussprachen wie sie zehn Jahre zuvor Walesa ausgesprochen hatten. Irgendwann wußten aber alle, daß es richtig

»Wuawensa« und »Oarkensah« heißt. Vielleicht ist dies der größte Dienst, den Bill Clinton seinem Staat leistete. Vielleicht auch nicht. Womöglich war es dem Staat ja ganz recht, daß die Auswärtigen ihn immer falsch aussprachen. So wie die New Yorker es gern haben, wenn man ihre Houston Street erstmal falsch ausspricht. Man behält was für sich. Einen letzten Vorsprung. Ich fand es auch immer sehr befriedigend, daß die Westler den Stadtbezirk Friedrichshain falsch betonen.

»Nein«, sagte ich.

»Warum?«

»Heute ist Sonntag«, sagte sie.

»Und?« sagte ich.

»Das Bier«, sagte sie. Ich starrte auf meinen armseligen Einkauf. »Es gibt kein Bier am Sonntag in Arkansas.«

»Warum nicht?« fragte ich. Auf dem Band stand eindeutig ein Bier.

»Staatsgesetz«, sagte sie.

Das ist das Schöne an Amerika. Man ist im Handumdrehen ein Staatsfeind. Im Flugzeug sagen sie an, daß das Rauchen auf den Toiletten per Bundesgesetz verboten ist, und es klingt, als würde man bei Zuwiderhandlungen ohne Fallschirm rausgeschmissen. Von der Kasse schien es nur ein kurzes Stück bis auf den elektrischen Stuhl zu sein. Arkansas liegt im Süden. Ich überlegte einen Moment, ob ich demonstrativ die eine Stunde bis Montag warten sollte, aber Montag war Martin-Luther-King-Tag. Die Kassiererin war schwarz, die Dinge hätten schnell in eine völlig falsche Richtung laufen können. Sie wartete. Es gab keinen anderen Kunden in der fußballfeldgroßen Halle. Ich nahm mein Budweiser Bier, brachte es den langen Weg zurück zu den Getränkeregalen, wo ich es als kleine Racheaktion zu den Sprite-Büchsen stellte. Irgend jemand der übernächtigten Angestellten würde es später zurückstellen müssen, fiel mir auf dem Weg zu meinem Motel ein. Es trifft nie die Richtigen.

Ich fuhr durch die Innenstadt von Little Rock. Das Capitol war beleuchtet, die Straßen waren leer, im Radio erzählte ein Lkw-Fahrer aus Ohio, daß er seine Frau rauswerfen würde, wenn sie ihm nicht gehorcht. Es gebe genug andere Frauen, die es besorgt haben wollen. Der Moderator stimmte ihm zu. Bei McDonalds ging das Licht aus, was etwas Beunruhigendes hatte. Im Foyer des Motels wartete tapfer Eve hinter der Sperrholzrezeption. Eve war um die achtzig, trug aber eine Frisur in den Farben einer Dreißigjährigen. Sie wollte munter wirken, weil das Leben mit sechsundsechzig erst anfängt und weil sie vielleicht nicht rentenversichert ist. Als ich den Fernseher anmachte, redete Liz Taylor mit Larry King darüber, daß Ronald Reagan sich gerade einen Hüftknochen gebrochen hatte. Liz Taylors Frisur sah aus wie die von Eve, aber wenigstens wirkte die Taylor nicht munter. Ihr Blick hätte Tennessee Williams gefallen. Die Lokalnachrichten brachten, daß in Arkansas morgen ein Mann zum Tode verurteilt werden sollte.

In Washington räumte Präsident Clinton sein Büro. Ich aß meine Banane und die Hälfte meines Twix . Die andere Hälfte hob ich mir für morgen früh auf. Denn morgen war auch noch ein Tag. Auch wenn es im Augenblick nicht so aussah.

Hair

In New York arbeiten viele Menschen in Berufen, die sie wohl nicht gelernt haben. Sie befinden sich irgendwo auf dem Weg vom Tellerwäscher zum Millionär, der sie einst in diese Stadt führte. Vor sechs Monaten stemmte ein schwarzer Mann unsere Küchendecke auf. Er trug einen Arbeitsanzug und schien keine Selbstzweifel zu haben. Nachdem er ein badehandtuchgroßes Loch geschaffen hatte, verschwand er, um Material zu holen, wie er sagte. Er kam nie wieder, womöglich hatte er auf dem Weg ins Lager ein besseres Angebot bekommen.

Der Mann, der behauptete, er sei Kühlschrankmonteur, trug ein beachtliches Meßinstrument am Gürtel. Er warf einen kurzen Blick auf unseren alten Kühlschrank, lächelte und sagte, daß die Sache in einer Viertelstunde erledigt sei. Zwei Stunden später verkündete er: »We are running into a major problem here.« Was ungefähr soviel heißt wie: »Wir haben die Sache wohl etwas unterschätzt.« WIR. Ich hatte gar nichts unterschätzt, ich wollte nur, daß der Kühlschrank wieder geht. Irgendwann schlug er vor, einen neuen Kühlschrank zu kaufen. Vielleicht plante er eine Karriere als Elektrogerätehändler.

Aus meinem Bürofenster beobachte ich junge Männer einer Lieferfirma, die Kisten auf einen Wagen stapeln, von dem sie sofort wieder runterfallen. Überall in der

Stadt fallen Menschen in Lieferservice-Overalls unentwegt Kisten runter, weil sie in Gedanken bereits weiter sind. Auf einer Bühne, an der Börse, in einem Park-Avenue-Apartment, was weiß ich. Durch die U-Bahn laufen alte chinesische Herren, die aussehen wie Buchhalter, aber in einer mir unverständlichen Sprache kleines flimmerndes, jaulendes und ratterndes Plastespielzeug anpreisen. Manchmal steht ein trauriger Lieferant vor unserer Tür, der Essenpakete abliefern will, die wir nie bestellt haben. Ich erkläre ihm das, aber er schaut mich nur flehend an. Einmal habe ich zwanzig Minuten später durch die Gardine geschaut, er stand immer noch da. Das Essen war lange kalt. Menschen in Uniformen geben Auskunft über Dinge, die sie nicht verstehen. Schon auf dem Flughafen schicken einen die ersten Leute mit energischen Bewegungen in falsche Richtungen.

Igor heißt ein Friseur auf der Fifth Avenue, den ich besuchte, nachdem meine Frau verschiedene Friseure in unserer Nachbarschaft ausprobiert hatte, die offensichtlich erst seit kurzem Friseure waren. Sie kam immer mit Mütze nach Hause und ging sofort duschen. Die Fifth Avenue ist eine gute Adresse, dachte ich. Igors Haarschnitt sah wenig vertrauenerweckend aus, aber das sehen die Haarschnitte von Friseuren ja oft nicht. Igor fing erst mal an. Er redete kaum, er konzentrierte sich auf seine Maschine.

Igor kam aus Kasachstan und benutzte keine Schere. Er benutzte nur diesen elektrischen Apparat, mit dem man Nacken ausrasiert. Igor nahm ihn für alles. Ich hätte ihn fragen wollen, warum er keine Schere benutzt, aber ich traute mich nicht. Friseure flößen mir Respekt ein wie Zahnärzte und Automechaniker. Ich erzählte, daß ich aus

Ost-Berlin komme, um ein bißchen menschliche Wärme herzustellen, aber Igor sah mich nur verständnislos an. Wahrscheinlich hat Ost-Berlin nur wenig mit Kasachstan zu tun, ich war nie da. Igor hielt mir am Ende keinen Spiegel vor den Hinterkopf, aber ich sah auch von vorn, daß es auf hinten nicht mehr ankam. Igor lächelte schief. Mir fielen all die Männer mit scheußlichen Haarschnitten ein, selbst im Fernsehen, wo die Ansager Zementfrisuren wie Al Gore tragen. David Letterman hat seine Haare ganz kurz rasiert, um nicht zu enden wie zwei andere große Männer dieser Stadt. Al Pacino und Bob Dylan bekamen am letzten Sonntag Golden Globes überreicht. Ihre Frisuren erinnerten an die von Liz Taylor, die ganz zum Schluß über die Bühne irrte. Dylan und Pacino gehen nicht mehr zum Friseur, vielleicht haben sie aufgegeben.

Mein Haarschnitt kostete vierzig Dollar. Das sind über achtzig Mark, und weil Igor aus Kasachstan kommt und wir in New York sind, gab ich nochmal zehn Dollar Trinkgeld. Man muß sich hier unterstützen. Das ist ein anderes Prinzip der Stadt. Am Ende gab mir eine Dame am Friseurtresen einen Coupon, mit dem ich nach sechs Frisuren die siebte umsonst bekomme. Ich dachte daran, ihn später zu verbrennen. Igor näherte sich mit dem Gerät seinem nächsten Opfer.

Vielleicht war er von Hause aus Schäfer.

Mister President

Vor ein paar Wochen betrat ich mit einem Rechtsanwalt ein Lagerhaus in Arkansas, das mit zerstörten Autos vollgestellt war. Zu jedem Autowrack erzählte mir der Anwalt traurige Geschichten. Die traurigste gehörte eigenartigerweise zu einem Krankenwagen, der gar nicht kaputt aussah. Aus dem Krankenwagen war bei voller Fahrt eine Krankenschwester gefallen, die gerade einen Schwerverletzten versorgte. Die Türen waren einfach aufgegangen, die Schwester ist tot. Aus irgendwelchen Gründen hatte der Anwalt ausgerechnet diesen Fall verloren. Das macht aber nichts, denn er hat gerade einen Sieg gegen die Ford Motor Company errungen. Er hat bewiesen, daß die Ford-Explorer-Geländewagen sich öfter überschlagen als andere Autos. Das hat den Anwalt auf die Titelseite des *New York Times Magazin* gebracht. Seit zehn Jahren kämpfte er gegen Ford, seit anderthalb Stunden erklärte er mir, wie gefährlich Geländewagen sind. »Sie befriedigen nur den Macho im Amerikaner«, sagte er. »Amerikaner tun gern so, als seien sie besonders mutig.«

»Jaja«, sagte ich. Ich besitze selber einen Geländewagen, verschwieg das aber.

»Es soll ja sogar New Yorker geben, die mit den Dingern rumkurven«, sagte er.

»Ach was«, sagte ich.

»Wozu braucht man in der Stadt einen Geländewagen?« fragte er.

Ich zuckte mit den Schultern. Ich hatte keine Ahnung. Unser Geländewagen ist groß und schwarz und bewegt sich nicht. Er ist da, und man kann einen Kinderwagen darin aufbewahren oder einen Sonnenstuhl. In New York kommt man schneller mit der Subway, dem Taxi oder zu Fuß voran. Der Wagen ist ein glänzender Mistkäfer, für den wir 1000 Dollar Steuern im Jahr bezahlen. Wir benutzen ihn nur noch, wenn die Straßenreinigung kommt und der Straßenrand frei gemacht werden muß. Montags muß die rechte Seite frei sein, dienstags die linke, jeweils von acht bis elf Uhr vormittags. Um acht Uhr eins kommt der erste Polizeiwagen und klebt 25-Dollar-Tickets an die Autos, die noch da sind. Manchmal kommt er auch schon früher. Ich stürze am Wochenanfang auf die Straße und führe den Wagen für drei Stunden aus wie einen großen Hund. Überall sitzen Menschen in ihren Autos und warten, daß es elf Uhr wird und sie wieder zurück dürfen. Man kann das nur verhindern, indem man montags auf der Dienstagsseite steht und dienstags auf der Montagsseite. Es kann zu einer Aufgabe werden, einer Aufgabe, die wichtiger scheint als viele andere Aufgaben im Leben. Meine Gedanken kreisen um freie Parkplätze.

Es gibt mir Frieden, wenn ich am Sonntagabend auf der Dienstagsseite stehe, aber am allerschönsten ist es, am Dienstagnachmittag auf der Dienstagsseite zu stehen. Es bedeutet eine Woche Ruhe. Ich schaue aus dem Fenster und freue mich an meinem Parkplatz wie an einem hübschen Kind. Ich nehme Züge meines Vaters an, der früher nur noch ungern das Haus verließ, wenn er einen guten Parkplatz hatte.

Am letzten Sonntag aber fuhren wir ins Kino, um uns *Hannibal* anzusehen. Es war kalt und spät, wir nahmen das Auto. Als wir kurz vor Mitternacht wiederkamen, war die Dienstagsseite natürlich komplett zugeparkt. Ein qualmender Wagen wartete am Ende der Straße wie ein Raubtier auf jemanden, der doch noch wegfährt. Ich hatte nach all dem Gemetzel im Kino keine Nerven mehr, ich nahm was auf der Montagsseite. Als ich am nächsten Morgen, nach einer Nacht blutiger Träume, auf die Straße trat, standen alle Autos da. Niemand parkte um. Vielleicht waren meine Nachbarn tot. Ich wartete bis zehn nach acht. Nichts. Keine Polizei.

»Vielleicht ist irgendein Feiertag«, sagte meine Frau. An unserem Kühlschrank hängt eine Liste mit allen Feiertagen, an denen nicht umgeparkt werden muß.

Richtig, Lincoln hatte Geburtstag, Abraham Lincoln. Ach, Abe. Ich wünschte ihm alles Gute und ging zurück in meine warme Wohnung, wo ich feststellte, daß am nächsten Montag George Washingtons Geburtstag sein wird. Unser schwarzer Wagen steht auf der Montagsseite wie festgeschweißt. Drei Wochen lang besteht keine Gefahr, sich mit dem Auto zu überschlagen. Die Präsidenten passen auf mich auf. Amerika schützt mein Leben.

Gott segne Amerika.

Wild at heart

Anfang der Woche saß ich auf dem Ronald-Reagan-Airport von Washington und wartete auf einen Flug nach New York. Hunderte Flüge fielen aus, weil der Wetterbericht seit Tagen einen Schneesturm angekündigt hatte, der dann aber gar nicht stattfand. Das ist frustrierend für alle Beteiligten. Für uns Fluggäste sowieso. Für das Flughafenpersonal muß es so sein, als würden sie mit einem großen weißen Hasen sprechen, den niemand außer ihnen sieht. Draußen schien die Sonne, wir spielten Sturm. Ich spielte ihn an der Flughafenbar und guckte dabei CNN ohne Ton. Irgendwann sah ich Dick Cheney im Fernseher. Cheney ist der Vizepräsident der Vereinigten Staaten, aber viele sagen, er sei der eigentliche Präsident. Dick Cheney hat Herzprobleme, und gestern, als ich in Washington angekommen war, ging es ihm gar nicht gut. Er hatte eine verstopfte Ader und mußte ins Krankenhaus. Ich hätte ihn in einem Schlafanzug vermutet, aber jetzt winkte er mir in einer Strickjacke fröhlich zu. Leute, die anderen weismachen wollen, es gehe ihnen wieder gut, tragen oft Strickjacken.

Cheney tat mir leid. Ich hatte eine Grippe, und das sah man auch. Cheney war fast doppelt so alt und durfte nicht leiden, obwohl er schon vier Herzinfarkte hinter sich hatte. Er mußte mit ansehen, wie sie im Fernsehen den Zustand seines Herzmuskels diskutierten. »Vielleicht fällt er in drei Wochen wieder um, vielleicht auch erst in sechs Monaten«, sagte eine Frau. Schlimmer traf es nur noch den New Yorker Bürgermeister Rudolph Giuliani, dessen Geschlechtsorgane im Querschnitt in der *New York Post* erschienen, als klar war, er leide unter Prostatakrebs. Gestern gab die amerikanische Regierung eine Erklärung heraus, in der es hieß: »Der Präsident hat den Vizepräsidenten heute nacht angerufen und ihm alles Gute gewünscht. Während ihres fünfminütigen Telefongespräches sagte der Vizepräsident dem Präsidenten, daß er sich gut fühle und sich wieder auf die Arbeit freue.« Fünf Minuten. Wer stoppt die Gespräche eigentlich mit? Ich glaube, diese Sachen sind komplett ausgedacht, um das Volk zu beruhigen, weil sonst eine Revolution ausbrechen könnte.

»Prognose ist gut«, schrieb die *New York Times* beschwörend in die Überschrift. »Vizepräsident hatte keine Herzattacke.« Wenn die beste Zeitung der Welt vermeldet, daß jemand keine Herzattacke hat, muß es schlimm stehen.

In dem Film *Dave* fällt der amerikanische Präsident tot um und wird von einem Doppelgänger ersetzt, der normalerweise Automärkte eröffnet. Bei Boris Jelzin hatte ich den Eindruck, er sei ausgestopft worden, bis man einen Nachfolger gefunden hat. Wir, das Volk, wollen das so. Ich erinnere mich an einen Besuch von Günter Mittag im Werkzeugmaschinenkombinat 7. Oktober. Mittag war der Wirtschaftschef der Sozialistischen Einheitspartei Deutschlands, und es hieß, ihm seien beide Beine amputiert worden. Es hieß auch, er habe hochkomplizierte Prothesen aus dem Westen. Importprothesen sozusagen. Genau konnte mir das allerdings nie jemand bestätigen.

Jedenfalls nahm ich damals an dem Rundgang teil. Mittag schlich. Wir liefen wie in Zeitlupe, aber weil Günter Mittag sehr mächtig war und auch als cholerisch galt, taten alle so, als sei dies ihr normales Tempo. Manchmal hielt Mittag an, gab den Werkzeugmachern einen Hinweis, und alle taten so, als würden sie ernsthaft darüber nachdenken. Dann stapfte Mittag mühsam weiter. Er wußte, daß alles zusammenfällt, wenn er jetzt umkippt. Und wir wußten das wahrscheinlich auch. Letztlich hatte Herbert Grönemeyer alles Wichtige zu dem Thema gesagt. Männer sind so verletzlich. Männer sind auf dieser Welt einfach unersetzlich.

Ich saß neben den anderen Schneesturmkomparsen in der Hauptstadt der Welt wie auf einer Bühne. Der Flughafen heißt Ronald-Reagan-Flughafen, aber so nennt ihn niemand. Die jungen Männer hatten Hauptstadtblicke und Hauptstadtgesten, die ich auch von Bonnern und Berlinern kenne. Sie schlagen die Zeitung auf, als wüßten sie bereits, was drin steht. Sie lassen sich nicht überraschen, sie wollen unverletzbar sein. Draußen flatterten amerikanische Fahnen im Frühlingswind. Cheney steckte in seiner zünftigen Strickjacke und lachte so tapfer zu mir rüber, als wolle er jetzt rausgehen und die Straße vor seinem Haus freischaufeln. Es lag zwar kein Schnee.

Aber darauf kam es nicht mehr an.

König der Fischer

Vor einem guten Jahr traf ich auf dem Weg zur Subway einen Mann, der mit seinem Auto liegengeblieben war. Er hatte kein Benzin mehr und sein Portemonnaie vergessen. Im Auto warteten seine Frau und zwei Kinder auf ihn, sagte er. Der Mann war dick und sah verzweifelt aus. Ich gab ihm fünf Dollar, aber er sagte, das reiche nicht. Er müsse ja auch noch einen Kanister kaufen, der koste allein sechs Dollar. Ich gab ihm nochmal fünf, auch weil ihm die Haare ausgingen und er wirklich sehr verzweifelt aussah. Ich weiß, daß es nicht für mich spricht, aber ich brauche manchmal solche Begründungen. Er bedankte sich und ging um die Ecke, wo seine Frau und die beiden Kinder auf ihn warten mußten. In der Subway rechnete ich nach, daß er für vier Dollar, die nach dem Abzug des Kanistergeldes übrigblieben, etwa acht Liter bekommen würde. Selbst wenn er einen Truck fahren sollte, würde das bis nach Long Island reichen, und wer fuhr schon weiter als bis nach Long Island. Ich fühlte mich gut.

Vor ein paar Wochen traf ich den Mann wieder. Er stand an derselben Straßenecke, er hatte denselben Gesichtsausdruck, und er erzählte dieselbe Geschichte. Diesmal war ich mit meiner Frau unterwegs.

»Das haben Sie mir vor einem Jahr schon mal erzählt«, sagte ich wütend.

Er sah mich traurig an.

Meine Frau schwieg. Einen Block weiter erklärte ich ihr, daß der Mann ein Lügner war. Sie nickte, aber der Schwung des Abends war weg, bevor er angefangen hatte. Es gibt Ecken, aus denen man in vier, fünf Stunden nicht rauskommt. Wir hätten uns den Babysitter sparen können. Am meisten ärgerte mich, daß meine Geschichte so unromantisch ausgegangen war.

Vor ein paar Jahren hat mir mal ein Penner vorm Bahnhof Friedrichstraße erzählt, er sei der Bruder von Anneliese Rothenberger. Er sagte, daß seine Schwester kaltherzig und für seinen Absturz verantwortlich sei. Der Mann hatte einen Personalausweis, der bewies, daß er Rothenberger hieß. Ich gab ihm fünf Mark, ohne darüber nachzudenken. Ich unterstützte das Opfer einer blonden Operettensängerin, was will man mehr. Ich hätte auch Jeff Bridges und Robin Williams was in den Hut geworfen, deren Lebensläufe im Film *Der König der Fischer* abstürzen, weil ein Wahnsinniger ein Blutbad in einer Bar anrichtete. Jeff Bridges war der Radiomoderator, der den Amokläufer zuvor ermuntert hatte, mal seine Gefühle rauszulassen, Robin Williams verlor seine Frau in der Bar. Es muß ja nicht gleich jemand sterben, aber der Ansatz stimmt. Am Ende lachen die beiden Männer in den New Yorker Sternenhimmel.

So einfach ist es nicht immer. Gestern abend war ich auf einer Lesung in einem alten, vornehmen Klub am Grammercy Park, dem letzten Privatpark Manhattans. Der Klub ist mit schweren Möbeln vollgestellt, und in der Galerie hängen die Bilder der Klubmitglieder. Tom Wolfe, John Updike, Arthur Miller, Glenn Close, Placido Domingo und auch Kurt Masur. Es gab Roastbeefschnittchen mit Parmesan, und dann las eine Frau in einem lachsfarbenen Kostüm und mit einer versteinerten blonden Frisur eine Geschichte vor, die in einer Armensiedlung im Mittelwesten spielt. Die Frau las mit unbeweglichem Gesicht und lächelte am Ende ganz kurz, vielleicht weil sie aussah wie das Gegenteil einer Wohnwagensiedlung im Mittelwesten. Ich trank ein Zehnmarkbier und ging runter, um ein Taxi anzuhalten. An der Ecke zur Park Avenue stand eine dicke schwarze Frau in einer Lederjacke und fragte mich, ob ich ihr ein paar Dollar geben könne. Sie wolle Windeln kaufen. Es war kurz vor elf, eigentlich keine Windelzeit, aber was wußte ich denn. Es hielt ein Taxi, ich kramte in der Tasche und gab ihr flüchtig einen Geldschein. Wir dachten beide, es sei ein Dollar, aber dann stellten wir fest, daß es zwanzig waren. Die Frau strahlte mich an, es war ein Irrtum, das Taxi wartete, ich konnte schlecht das Geld zurückfordern.

»Gott schütze dich, mein Sohn«, sagte die Frau. Ich nickte, stieg ins Taxi und dachte, daß ihre Lederjacke bestimmt nicht billig gewesen war. Zwanzig Dollar für Windeln. Was für ein Windelpaket. Es würde für Monate reichen. Mein Spenderherz war noch hart, aber dann fuhren wir über die Manhattanbridge, die warme Stadt funkelte im schwarzen Wasser und gab mir das nötige romantische Gefühl.

Ich ließ meine zwanzig Dollar los. Ich war ein König der Fischer.

Die Nadel

Vor etwa fünfzehn Jahren wurde durch ein betrunkenes und sehr hübsches Mädchens namens Rita die Alarmanlage eines Leipziger Studentenwohnheimes ausgelöst, in dem ich gerade Nachtwache hatte. Ich war ebenfalls betrunken. Der Direktor der Sektion Journalistik an der Karl-Marx-Universität erteilte mir dafür einen strengen Verweis. »Es herrscht Kriegsangst«, sagte er zur Begründung. Ich war zur Gefahr für den Weltfrieden geworden. Ich habe manchmal das Gefühl, das könnte wieder passieren.

Vor ein paar Tagen geriet ich in eine Sportsendung des amerikanischen Fernsehsenders CBS. Nicht ich direkt, sondern ich als Deutscher vor Ort. Ich saß mit vielleicht dreißig Sportreportern im Pressezelt eines Damentennisturniers in South Carolina, und auf einem großen Fernsehbildschirm lief die Zusammenfassung des Spiels von Jennifer Capriati und Marlene Weingärtner. Weil gerade nicht viel passierte, erzählte der Reporter, daß Marlene Weingärtner, die hier Weingartner heißt, heute im Internatszimmer von Boris Becker schläft. Er sagte, daß Wein so viel wie »Wein« heißt und Gärtner »Garten« bedeutet. Das ist zwar Quatsch, aber was soll man auch sonst sagen. Dann erzählte er, daß sogar ein deutscher Reporter hier sei, um über die deutsche Spielerin zu schreiben. Das stimmte zwar auch nicht, denn ich war wegen Jennifer

Capriati hier. Aber sollte ich aufstehen und die Dinge geraderücken? Ich hatte nicht den Eindruck, daß das jemanden interessieren könnte. Ich war eine Randfigur, ein Füllsel wie der Kinderübungsleiter aus Johann-Georgenstadt, den Heinz Florian Oertel von der Vierschanzentournee grüßte, wenn gerade der Anlauf verkürzt oder verlängert wurde. Ein Deutscher in South Carolina, na so was. Bei einem Abendessen erzählte mir ein dicker älterer Herr, daß sein Sohn Ringer sei, nachdem ich erwähnte, ich sei Deutscher.

»Ach«, sagte ich.

»Ja«, sagte er. »Klassischer Stil.«

Gestern war ich in dem Broadway-Stück *The Producers*, das hier gerade sehr erfolgreich ist. Zwei Produzenten wollen eine schreckliche Show mit einem schrecklichen Regisseur inszenieren, um die Steuer zu betrügen, und dann mit den Millionen nach Rio durchbrennen. Sie machen die Show *Springtime for Hitler*. Die Deutschen tragen Stahlhelme, Hitlerbärte, sie jodeln und führen Schuhplattlertänze auf. Manche tragen Bierkrüge und Bratwürste auf dem Kopf, so wie die kapitalistischen Hochhäuser in den DDR-Karikaturen Mercedessterne auf dem Dach trugen, damit man gleich weiß, wo sie herkommen. Sie reden nicht deutsch. Sondern irgendwas, das in den amerikanischen Ohren wie deutsch klingt. Ein Preßlufthammergeräusch. Mir fiel ein, daß mir vor ein paar Tagen der Vater eines Schulfreundes meines Sohnes die DVD von *Gladiator* mitgab, weil er wissen wollte, was die teutonischen Barbaren am Anfang des Filmes brüllen, bevor ihnen Russell Crowe die Köpfe abschlägt. Sie schreien irgendwas wie »Ihr Hunde sollt sterben«, aber es ist kaum zu verstehen, weil es Amerikaner schreien. Ich frage mich oft, warum sie sich nicht mal die Mühe machen, dafür ein paar Deutsche einzustellen. Es ist so ein teurer Film, alle Rüstungen müssen stimmen, sie bauen römische Städte nach, da kann der eine Schrei doch auch richtig deutsch klingen.

The Producers ist sehr komisch. Aber ich lachte, als sei es noch komischer. Vielleicht, damit niemand darauf kommt, daß ich Deutscher bin. Ich kam mir vor, als sei ich versehentlich hinter die feindlichen Reihen geraten wie Charlie Chaplin in *Der große Diktator*. Ich war ein Kundschafter, der mitlachte, um nicht aufzufallen. Es ist nicht mal so, daß ich mich schämen würde. Es ist nur so, daß ich mit dem Gefühl, die anderen könnten denken, ich schäme mich, nicht zurechtkommen würde. Das ist bestimmt ein sehr deutsches Verhalten, aber was soll ich machen. Irgendwann fiel der Frau, die im Theater neben mir saß, ihr Regenschirm runter. Sie wühlte unter meinem Stuhl herum, dann hatte sie ihn endlich und fragte, ob sie mich gestört habe.

»Not at all«, sagte ich, aber es klang wie »Jawoll«. Als ich zur Subway ging, hatte ich das Gefühl zu marschieren.

Es herrscht wieder Kriegsangst. Ich bin wieder eine Gefahr für den Weltfrieden. Tut mir leid.

Dead Man Walking

Im Sommer 1989 bildete ich gemeinsam mit einem Kollegen vom *Morgen* einen Demonstrationszug durch Pjöngjang. Pjöngjang ist die Hauptstadt der Koreanischen Demokratischen Volksrepublik, *Der Morgen* war das Zentralorgan der Liberaldemokratischen Partei Deutschlands, der Demonstrationszug fand anläßlich der Weltfestspiele der Jugend und Studenten statt. Weil es so viele schwer aussprechliche Namen mit sich rumschleppte, brach das sozialistische Lager bald darauf zusammen. Aber in jenem Moment stand es noch.

Mein Freund und ich kamen zu spät zum großen Umzug. Er war bereits durchmarschiert, aber die Leute, die das Spalier bildeten, waren noch da. Zehntausende Nordkoreaner standen da am Straßenrand. Als wir eintrafen, fingen sie an zu jubeln. Sie wirbelten ihre Tücher und Fahnen durch die Luft und brachten Hochrufe auf uns aus. Wir winkten zurück. Erst verlegen, dann selbstbewußter. Für mich war es die beeindruckendste Demonstration meines Lebens. Wir hatten die richtige Demonstrationsgröße.

Zwei Freunde.

Ich fühle mich nicht wohl in großen Demonstrationen. Als Kind führten sie mich in unbekannte Berliner Stadtbezirke wie Lichtenberg, es war zu früh, zu kalt, und ich ahnte zum ersten Mal, wie beunruhigend groß meine

Stadt war. Ich fühlte, daß mich nichts mit den Menschen verband, mit denen ich da zusammen die Straße entlanglief. Selbst in der berühmten Demonstration vom 4. November 1989, von der alle so schwärmen, habe ich mich fremd gefühlt. Leute mit Sonntagsgesichtern hielten selbstgebastelte Transparente mit Reimen hoch und pfiffen Markus Wolf aus, jetzt, wo es nicht mehr gefährlich war. Ich fühlte mich wie ein Komparse in einer Dokumentation über die friedliche Revolution.

Demonstrationen mit mehr als zwei Mann bergen immer Mißverständnisse.

Gestern fand in meiner Straße eine Demonstration statt. Es ging gegen eine Buslinie, die für ein paar Monate durch die Carroll Street führen soll, in der ich wohne. Es ist eine hübsche kleine Straße mit Townhäusern aus braunem Stein und Bäumen vor der Tür. Man kann hier romantische Komödien mit Meg Ryan drehen. Der Bus wurde wegen Bauarbeiten auf seiner eigentlichen Strecke in diese freundliche Welt umgeleitet. Es ist aber so, daß er auch bei uns hält und die Leute im Bus oft aus nicht so guten Wohngegenden unterwegs sind in andere nicht so gute Wohngegenden. Sie könnten aussteigen. Niemand will das. Nicht mal für drei Monate. In New York kann es Tausende Dollar monatlich kosten, in einer guten Gegend zu wohnen. Und die Leute aus der Carroll Street haben bezahlt.

In der wöchentlichen Lokalzeitung stand, daß am Tag, an dem die Umleitung beginnt, die Leute aus der Carroll Street demonstrieren würden. Aber als ich gestern meine Tochter in den Kindergarten brachte, standen dort nur fünfundzwanzig Polizisten, ein paar Frauen mit müden Demonstrantengesichtern und ein verwirrter, dicker

Mann, der nicht aussah, als würde er in unserer Straße wohnen. Ich schlich an ihnen vorbei wie ein Streikbrecher, denn eigentlich hätte auch ich es besser gefunden, wenn der Bus nicht bei uns durch muß. Die Parkplatzsituation in unserer Straße ist sehr angespannt, die Bushaltestelle kostete drei weitere Parkplätze. Andererseits bin ich ein Freund des öffentlichen Nahverkehrs. Wer gegen Busse ist, ist womöglich auch für Waffen. Gesellschaftliche und persönliche Interessen rangen in mir. Ich ging mit meiner Tochter scheinbar gleichgültig an den Demonstranten vorbei, wünschte ihnen aber innerlich Erfolg.

Als ich zurückkam, waren die wenigen Demonstranten verschwunden. Es war nur noch Polizei da. Und eine Fotografin mit dem verzweifelten Ausdruck im Gesicht. Der erste Bus rollte brummend durch unsere Straße, ein paar schwarze Frauen guckten interessiert aus den Busfenstern. Ich stand wie zufällig auf dem Bürgersteig. Die Bäume blühten, die Polizisten traten von einem Bein aufs andere, die Fotografin fotografierte den Bus. Demonstranten waren nicht zu sehen. Ich war da. Ich hätte ein Demonstrant sein können, aber auch nicht. Ich war Freund und Feind. Nie sind meine Interessen stimmiger vertreten worden. Zwischen gesellschaftliche und persönliche Interessen paßte kein Haar. Es war besser als in Korea. Es war die perfekte Demonstration.

Jurassic Park

Am 16. März 1961 traf Konrad Adenauer im New Yorker Hotel Waldorf Astoria den israelischen Ministerpräsidenten David Ben-Gurion. Es war eine besondere historische Situation, denn Deutschland und Israel trennten damals Welten. Der Premier stieg über die Feuerleiter, um den vielen Journalisten auszuweichen, die auf den Hotelgängen herumlungerten. Vierzig Jahre später traf ich im Waldorf Astoria den Enkelsohn Adenauers. Ich mußte nicht auf die Feuerleiter, ich nahm den Fahrstuhl zum 18. Stock, wo der 125. Geburtstag Konrad Adenauers gefeiert wurde. Helmut Kohl hielt die Festrede.

Im Flur gab es einen langen Tisch, an dem alte amerikanische Damen mit Gästelisten saßen. Es waren bestimmt freiwillige Helfer, sie blätterten ahnungslos in den Listen. Überall standen Männer mit Frisuren, die ich schon auf anderen deutschen Veranstaltungen in New York sah, in Berlin aber nie. Es handelt sich um spezielle Scheitel, graugelbsilbrige Helmut-Schmidt-Walther-Leisler-Kiep-Scheitel. Es sind Fliegerscheitel, Pfeifenraucherscheitel, was weiß ich. Der Mann vor mir würde später vielleicht auch mal so einen Scheitel tragen, jetzt aber waren seine Haare noch blond.

»Adenauer«, sagte er zu einer der alten Damen mit den Gästelisten.

»Pardon me?« fragte die alte Dame laut.

»Adenauer«, sagte er mittellaut.

»Aahhau?« brüllte die alte Dame. In diesen Momenten möchte man freiwillige Helfer abschaffen. Beim dritten Mal sprach er den Namen Adenauer als Hilferuf aus, was half.

Ich mußte meinen Namen viermal sagen, bis die alte Dame ihn zwischen zwei Afrikanern fand. Weil mein Name mit O beginnt, steht er oft bei den Afrikanern, manchmal auch bei den Iren. Später beobachtete ich Adenauer, wie er im Festsaal sein Tischkärtchen suchte. Er tat mir leid, weil er diesen Namen mit sich rumschleppen mußte.

»Was machen Sie denn so, beruflich?« fragte ich.

Adenauer setzte zu einer langen Antwort an, die damit endete, daß er einen Baubetrieb leitet. Ich fragte, was er baut, und Adenauer begann wieder auszuholen. Er redete über Baustrategien und Projektierungsmethoden, über Wohnungsbau, aber auch Bau von Tonstudios.

»Sie sind also ein großes Unternehmen?« sagte ich, um ihm mal eine Frage anzubieten, die er mit Ja oder Nein beantworten konnte.

»Das kann man so nicht sagen«, sagte Adenauer. »Wir sind eher ein mittelständisches, mittelgroßes Unternehmen, wir .«

Ich nickte und dachte, daß er wahrscheinlich viel mehr mit sich rumschleppen muß als diesen Namen. Vielleicht glaubt er, alles, was er sagt, muß vor seinem Großvater bestehen. Die Geschichte drückt. Das gilt auch für Helmut Kohl, der über eine Stunde redete und mittendrin gestand, daß er immer in Adenauers Zimmer schläft, wenn er in New York ist. Kohl wuchs und wuchs, am Ende hatte sein riesiger dunkelblauer Anzug keine Falten mehr am Rücken. Kohl gab den Amerikanern außenpolitische Hinweise, auch den Briten, er redete von Vadschlaff Havvel und Magrett Zetscher, die Gegenwart kam nicht vor, sie blubberte irgendwo außerhalb des Saales, über dem sich eine Zeitglocke schloß. Erst jetzt fiel mir auf, daß die Decke mit Fabelwesen geschmückt war. Pegasusse und Einhörner hingen dort, es war wie im Märchen, all die Menschen mit den ausgestorbenen Frisuren nickten. Irgendwann betrat auch Henry Kissinger den Saal, der auf wundersame Weise an allen Großveranstaltungen dieser Welt teilnimmt. Er ist immer da. Sogar als ich in Sydney war, saß Kissinger am Nebentisch.

»Schön daß du da bist, Henry«, sagte Kohl. Vielleicht kann man ihn bestellen wie den Partyclown zum amerikanischen Kindergeburtstag, oder er ist auf der Flucht wie Kohl.

Kohl redete und redete, schaffte es aber nie weiter als bis zum 3. Oktober 1990, nur einmal noch sprang er in einen Satz, den er selbst in Essen 1994 gesagt hatte, und schleppte ihn mit in die Zeitglocke. Er war mein Kanzler im Waldorf Astoria. Er redete, wir saßen verzaubert in den achtziger Jahren fest. Ich wurde wach, als ein muffliger New Yorker Hotelkellner die Decke von meinem Tisch riß. Der Saal war fast leer, Henry Kissinger betrat bereits am anderen Ende der Welt irgendeinen Festsaal, und Helmut Kohl schlüpfte in Adenauers Bett.

Im Fahrstuhl nach unten merkte ich wieder, daß ich am Leben war.

Fame

Die Leute, die mich in New York besuchen, treffen häufig Stars. Zufällig. Kürzlich war eine Kollegin für drei Tage in der Stadt. Nach zwei Tagen hatte sie bereits Frank McCourt und Bret Easton Ellis getroffen. Zufällig. Der eine hat *Die Asche meiner Mutter* geschrieben, der andere *American Psycho*. Zwei Weltbestsellerautoren in zwei Tagen. Im Februar hat ein Potsdamer Freund Cindy Crawford getroffen. Das habe ich einer Freundin aus Berlin erzählt, die gerade hier ist. »Die habe ich auch schon jetroffen«, sagte sie. »Ich hätt se fast fotografiert. Aber dann war der Film alle.«

Ausgerechnet Cindy Crawford. Ich dachte bisher, die lebt gar nicht in New York. Ich bin auf einem Empfang mal dicht an Courtney Love vorbeigelaufen, aber das ist über ein Jahr her. Auf derselben Veranstaltung habe ich Danny De Vito von oben auf den Kopf geguckt. Ich beneide meine Besucher ein bißchen, aber ich mißtraue ihnen auch. Ich glaube, wenn man einen mittelalten, grauhaarigen Mann in Manhattan lange genug anstarrt, sieht er auch aus wie Robert De Niro. Manchmal glaube ich, den Schatten De Niros zu sehen. Der Druck ist doch sehr groß. Am Dienstag habe ich Marcia Gay Harden getroffen. Sie hat in dem wunderbaren Film *Pollock* mitgespielt und dafür gerade einen Oscar bekommen. Wir wurden uns durch Maximilian Schell vorgestellt, auch ein wunderbarer Schauspieler, der gerade in New York ist.

»Max!« sagte sie.

»Marcia!« sagte er.

»Alexander«, sagte ich.

»Marcia Gay Harden«, sagte sie und schüttelte meine Hand.

Wo war mein Nachname geblieben? Ich hatte mich mit dem Vornamen vorgestellt. Einer Oscar-Gewinnerin. Sie sah wunderschön aus, viel schöner als im Film. Was glaubte ich, wer ich war? Pele? Donovan?

Mein Nachname hämmerte in meinem Kopf, aber es war zu spät, ihn nachzureichen.

Schell und Marcia Gay Harden plauderten über ihre Töchter. Ab und zu sah sie mich an, nicht uninteressiert. So wie man einen Menschen ansieht, der einem Rätsel aufgibt. Ich trauerte meinem Nachnamen hinterher. Ich habe auch Kinder, ich hätte mitreden können. Aber ab einem bestimmten Punkt ist man der Schweiger.

Ich habe neulich ein siebengängiges Menü mit zehn Personen am Tisch schweigend durchgestanden. Ich hatte am Anfang die Frage eines Amerikaners zu Joschka Fischers Vergangenheit nicht beantworten können und dachte den ganzen Abend darüber nach, wie peinlich das war. Ab und zu hat jemand versucht, mich wieder einzuspannen, aber es ging nicht mehr. Auch der Mann von Marcia Gay Harden schwieg lange, aber irgendwann sagte er, daß er Scheel heißt, wahrscheinlich weil es so ähnlich klingt wie Schell.

»Es gab mal einen deutschen Bundespräsidenten, der so hieß«, sagte Schell geistesgegenwärtig.

»Ja«, sagte Scheel. »War er denn gut?«

»Keine Ahnung«, sagte Schell. »Ich glaube, er war ganz okay.«

Dann sahen mich die drei einen Moment an. Ich war der einzige Deutsche, Schell hat immer nur Deutsche gespielt, ist aber eigentlich Schweizer. Mir fiel ein, daß Walter Scheel *Hoch auf dem gelben Wagen* in der Sendung *Der Große Preis* mit Wim Thoelke gesungen hatte. Aber ich wußte nicht mehr ganz genau, ob es wirklich *Der Große Preis* gewesen war. Weswegen hätte Scheel in *Der Große Preis* singen sollen. Es hätte eher zu *Wetten, daß?* gepaßt. Man kann unglaublichen Mist denken innerhalb einer Sekunde.

»Ganz okay«, sagte ich wie ein sprechender Hund.

Das nächste, was ich sagte, war eine ganze Weile später: »Auf Wiedersehen.«

Marcia Gay Harden winkte leicht, ihr Mann schüttelte mir heftig die Hand, wahrscheinlich weil er endlich mal jemanden getroffen hatte, der noch weniger redete als er. Irgendwann stand ich allein auf dem Bürgersteig, es war nachts um eins, und ich überlegte, was von dieser Geschichte übrigbleibt. Nicht viel, aber was will man mit einem Schnappschuß von Cindy Crawford?

Meine Kollegin hat Frank McCourt angelächelt, sie ist überzeugt, daß er zurückgelächelt hat. Aber ich glaube, McCourt lächelt immer. Und Bret Easton Ellis saß neben ihr an der Bar des Russian Tea Rooms. Als sie sich eine Zigarette ansteckte, kramte auch Ellis seine Zigaretten raus und sagte dann: »Wie angenehm.«

Später im Taxi übte ich meinen vollen Namen. Für Robert De Niro.

Natural Born Killers

Vor einem Monat wurde unser Fernsehbild plötzlich schlecht. Ich wartete erst mal. Das ist das, was ich immer mache, wenn ich Probleme mit Maschinen bekomme. Ich hoffe, daß es von alleine besser wird. Es gibt Geräte, die von alleine besser werden. Mein erstes Auto gehörte dazu, ein Polski Fiat. Er sprang manchmal an, manchmal nicht. Er war siebzehn Jahre alt, ich wartete einfach. Manchmal wartete ich drei Tage. Zwischendurch fuhr ich mit der S-Bahn. In einer längeren Wartephase baute allerdings jemand alle vier Reifen ab, sonst hätte ich das Auto heute noch.

Unser Fernsehbild aber wurde nicht besser.

Nach drei Wochen riefen wir den Service an. Es handelt sich dabei um die Firma Time Warner. Time Warner ist nach verschiedenen Verschmelzungen zu einem einzigartigen Konzern angewachsen. Man kann hier in New York niemand anderen anrufen, wenn das Fernsehbild schlecht ist. Time Warner ist so was wie ein riesengroßes DDR-Dienstleistungskombinat. Dementsprechend sind die Servicezeiten. Die Time-Warner-Monteure kommen zwischen acht und zwölf Uhr vormittags oder zwei und sechs Uhr nachmittags. Die meistens reden wenig und scheinen eine lange Reise hinter sich zu haben.

Der erste war ein freundlicher, weißhaariger Mann mit osteuropäischem Akzent. Er rüttelte hier und da, drückte verschiedene Knöpfe und sagte dann, daß wir einen neuen Termin bräuchten. Es läge nämlich nicht an der Kabelbox. Niemand hatte behauptet, daß es an der Kabelbox liegt, aber offensichtlich war er davon ausgegangen. Er hatte nur Kabelboxwerkzeug dabei. Es liege am Kabel, sagte er.

Das sagte ich der Frauenstimme am Time-Warner-Telefon, nachdem ich mich durch eine halbstündige Warteschleife gewunden hatte. Sie schickte drei Tage später den nächsten Kabelmann. Er war dick, schwarz und hatte ziemlich dreckige Schuhe, konnte aber auch nichts machen, weil das Kabel durch die Mauer lief. Er hatte nicht das richtige Werkzeug dabei. Der dritte war nur für Neuverlegungen zuständig und hatte so Neuverlegungswerkzeug dabei. Ein Irrtum. Der vierte kam zwei Wochen nach dem ersten Anruf, er starrte skeptisch auf die Mauer, durch die das defekte Kabel lief. Ich wurde ein bißchen hibbelig.

»Mauern fassen wir prinzipiell nicht an. Dürfen wir gar nicht«, sagte er. »Ich würde meinen Job verlieren, wenn ich das machen würde. Und ich habe eine Familie.«

»Sie bleiben hier«, schrie ich.

»Sie sind mir jetzt viel zu ärgerlich. So kommen wir sowieso nicht weiter«, sagte er, während er ruhig seine viel zu kleine Werkzeugtasche schloß.

»Ich werde mich über Sie beschweren«, rief ich.

Er warf mir einen belustigten Blick zu. Er war ein Time-Warner-Kabelmann. Es gibt keine anderen Kabelfirmen. Man landet mit jeder Beschwerde bei Time Warner. Alle stecken unter einer Decke. Es ist wie in die *Drei Tage des Condor*, als Robert Redford am Ende nicht mal mehr weiß, ob die unbestechliche *New York Times* seine Geschichte druckt. Die Telefonfrauen hören sich meine Beschwerden an, und wenn ich denke, sie verstehen mich, sagen sie: »Okay, ich verbinde Sie weiter.« Ich lande bei der nächsten Linda, Debbie, Kathy, ich muß wieder von vorne anfangen, solange bis von meiner Erregung nichts mehr übrig ist. Die Time-Warner-Kabelschlange hat sie gefressen. Am Ende bin ich ein Kaninchen, das um seinen nächsten Termin bettelt.

Am letzten Wochenende kam der fünfte Kabelmann und richtete es.

Das Bild war wieder scharf. Wahrscheinlich hatte es politische Gründe, denn am nächsten Morgen wurde Timothy McVeigh hingerichtet. Niemand durfte dem entfliehen. Auf allen Kanälen standen Reporter wie Henker. Die Journalistin auf NBC spielte im Frühstücksfernsehen vor, wie McVeigh die Augen wegrollten, als er starb. Der CNN-Korrespondent fragte einen der Verteidiger: »Was ging zum Schluß in McVeighs Kopf vor?« Keiner zweifelte. Ich haßte sie alle. Die Kabelmänner, die Reporter. Sie stecken unter einer Decke. Sie sind eine Armee. Man muß die Maschine zerstören. Ich muß alle Kabel durchschneiden und den Fernseher aus dem Fenster werfen. Man muß Time Warner töten.

Ich warte jetzt erst mal. Das ist das, was ich immer mache, wenn ich Probleme mit Maschinen bekomme. Ich warte.

Im Namen des Vaters

Neulich hat mich mein Sohn in unserem Supermarkt gefragt, ob ich für die Mets oder die Yankees bin.

Die Mets und die Yankees sind die beiden besten New Yorker Baseballmannschaften. Ich interessiere mich nicht für Baseball. Ich begreife den Zauber des Spiels nicht, aber ich merkte wie sich die Ohren der Männer in unserer Kassenschlange röteten und spitzten. Mets oder Yankees? Jetzt mußt du Farbe bekennen, alter Junge, dachten sie wohl.

»Weißt Du«, sagte ich, als würde ich zu einer längeren Erklärung anheben, stoppte aber, als ich begriff, daß es nichts zu erklären gab. »Sie sind mir eigentlich beide egal«, sagte ich.

Die ratternden, uralten Kassen unseres Supermarktes schienen für einen Moment zu schweigen. Es war, als hätte ich meinem Dozenten für dialektischen und historischen Materialismus, Professor Kranepuhl, die materialistische Grundfrage mit einem Achselzucken beantwortet.

»Das versteh ich nicht«, sagte mein Sohn. Er mag die Mets, weil sein bester Freund die Mets verehrt. Allerdings gibt es in seiner Klasse fast nur Yankeesfans, und sein Lieblings-T-Shirt war lange Zeit das Trikot von Derek Jeter, der für die Yankees spielt. Yankees oder Mets.

Sein oder Bewußtsein. Er wollte eine Orientierung, die ich ihm nicht geben konnte.

Er ist acht Jahre alt, ich verliere ihn langsam an Amerika.

Er gibt mir kleine Lektionen in amerikanischer Geschichte, und neulich hat mir unser Nachbar Tom stolz erzählt, daß der Junge jetzt seinen deutschen Akzent verloren hat. Ein letzter, klitzekleiner Rest war wohl noch da, denn als ich das Kind vorige Woche von einem Playdate abholte, erzählte mir die Mutter seines Freundes Ryan, daß der R-Sound meines Sohnes jetzt perfekt sei. Sie hatte mit ihm geübt.

»Sag Ryan«, sagte sie. Er sagte Ryan. Sie strahlte.

Sie hatte seinen R-Sound weggeschliffen. Nicht genug, daß er sich zu »Playdates« verabredet wie alle Kinder in dieser Stadt, jetzt war auch noch der gute alte deutsche R-Sound weg. Ich lächelte tapfer. Wahrscheinlich war ich nur neidisch. Mein R-Sound wird immer schlimmer, und ich ahne, daß ich auch seine Matheaufgaben bald nicht mehr lösen kann.

Es ist beunruhigend, sein Kind so wegtreiben zu sehen. Aber es ist auch schmeichelhaft, denn es ist die Idee New Yorks. Ich habe mich auch gefreut, als mich mein Autohändler für einen Russen hielt. »Dein Akzent klingt genauso komisch wie meiner«, sagte er. Und der Möbelpolsterer aus der Atlantic Avenue sagte mir, daß er auch deutsche Wurzeln habe, obwohl seine Haut schwarz ist wie die Nacht. Er erzählte mir eine wilde Seefahrergeschichte seines Urgroßvaters und zeigte mir abschließend die dunklen Locken unter seiner Wollmütze. Als Beweis für seine deutsche Herkunft.

Wer in den »Schmelztiegel« springt, schmilzt.

Neulich habe ich meinem Sohn ein Bild vom Brandenburger Tor gezeigt, das wir vor nicht allzu langer Zeit noch aus unserem Küchenfenster sehen konnten. Er nannte es jetzt »Brantorburger«. Es klang, als könne man es essen, es klang wie Hamburger. Das Wort ist geschmolzen. Unser gutes altes Berliner Wahrzeichen. Der Junge lachte, als würde er mir einen Gefallen tun. Ich kam mir vor, als würde ich in meinem Kriegsfotoalbum blättern. Man redet mit seinen Eltern über die guten alten Zeiten, weil man ahnt, daß sie darüber reden möchten. Sie wollen einem irgendwas weitergeben, aber man versteht sie nicht mehr richtig.

Mein Nachbar John hat einen Großvater, der mit siebzehn aus Deutschland nach New York kam. John hat aber vergessen, wo er genau herkam. Irgendwo aus dem Norden wohl. John weiß noch, daß sein Opa im Krieg und in den Jahren danach allen erzählt hat, er sei Däne. Sein Nachname ist Jensen, das paßte gut. Johns Großvater ist jetzt ein sehr alter Mann, er kann kein Deutsch mehr, er kann fast gar nicht mehr reden, aber er hat noch den harten R-Sound. Vielleicht passiert das den deutschen Einwanderern instinktiv. Sie werden zu Opas mit R-Sound. Die Kinder ihrer Kinder wissen nicht mehr, wo die Großväter herkommen. Aus dem Norden wohl, aus der Nähe von Dänemark. Die Enkel werden Yankeesfans sein.

Schwermütige Yankeesfans, vielleicht.

Berlin – New York

The World is not Enough

Dieses Buch beginnt am 11. September 2001, dem Tag, an dem ich meine letzte Kolumne schrieb. Wenigstens dachte ich das damals. Ich nahm an, die Zeit für Kolumnen sei nun vorbei, und ich würde künftig Leitartikel schreiben müssen. Ich war in New York und hatte den Staub des World Trade Centers auf meinen Schultern. Die Welt sah auf diese Stadt. Alles schien so riesig, viel zu groß und zu schwer für die kleine, leichte Kolumne.

Ich schrieb in meiner letzten Kolumne: »Nichts wird mehr so sein, wie es war.« Ein Satz, der an diesem Tag oft gesprochen wurde. Heute will das natürlich keiner mehr wahrhaben, aber ich habe das wirklich gedacht. Als ich am Abend des 11. September zurück nach Brooklyn lief und in den kleinen Lebensmittelladen ging, neben dem ich am Morgen mein Auto geparkt hatte, hätte ich mir fast eine Schachtel Zigaretten gekauft. Ich hatte seit vier Jahren nicht mehr geraucht, aber vor acht Stunden war die Welt untergegangen, jetzt konnte ich eigentlich wieder anfangen. Wahrscheinlich begriff ich in diesem Moment, dass es doch weitergehen würde wie immer, denn ich kaufte mir statt Zigaretten zwei Äpfel und eine kleine Flasche Wasser.

Sieben Tage später schrieb ich dann auch wieder eine Kolumne. Und habe seitdem nicht damit aufgehört.

Natürlich war nichts mehr, wie es war, aber es blieb auch alles beim Alten.

Ich hatte Angst, mit der Subway zu fahren, und dachte eine Zeit lang ernsthaft daran, mir einen kleinen Fallschirm für die Aktentasche zu kaufen oder wenigstens eine Gasmaske. Ich habe auf dem Flug von Kuwait nach Frankfurt mal eine Stewardess darauf aufmerksam gemacht, dass mein Sitznachbar verdächtig lang auf der Toilette blieb, und musste bei der Einreise in New York zum ersten Mal in meinem Leben meine Fingerabdrücke hinterlassen. Bei Besuchen in Deutschland fragen mich Menschen jetzt nach der Lage im Nahen Osten. Jahrelang galt ich dort als Experte für die ostdeutsche Seele, inzwischen werde ich als Fachmann für amerikanische Außenpolitik eingeladen. Manchmal auch für beides zusammen. Kürzlich erreichte mich eine Anfrage für eine 3sat-Talkshow auf einem sächsischen Landschloss, wo ich zusammen mit Gesine Schwan, Daniel Cohn-Bendit und Hans-Dietrich Genscher über die Osterweiterung der EU diskutieren sollte. Es gibt nichts, von dem ich weniger Ahnung hätte. Ich war seit fünfzehn Jahren nicht in Tschechien, ich könnte nicht mal die neuen EU-Mitgliedsländer nennen. Aber die Redakteurin sagte, ich sei ein Topgast zum Thema Europa.

Warum?

Weil Sie in Amerika leben und aus dem Osten kommen, sagt sie.

Sowjetmacht plus Elektrizität ist Kommunismus, sagt Lenin. Ossi plus Nutella ist Nudossi, sagt Wiglaf Droste. USA plus Ostberliner ist Europäische Gemeinschaft, sagt 3sat.

Ein Jahr nach dem 11. September bin ich während der Fußball-Weltmeisterschaft drei Tage lang mit Franz Beckenbauer durch Japan gezogen. Beckenbauer hat fünf Jahre in New York gelebt, kann aber kaum fehlerfrei ein

Gericht aus einer englischsprachigen Speisekarte bestellen. Er ist dennoch der internationalste Mensch, den ich jemals kennen gelernt habe. Beckenbauer empfindet die Welt, er analysiert sie nicht. Er war fast in allen Ländern Afrikas, er kann sich die Namen nicht merken, aber er fühlt, wo das Problem ist. Er nannte mich in Japan den »Halbchinesen vom *Spiegel*«, weil mein Name in seinen Ohren irgendwie asiatisch klang. »Halbkinese«, sagte Beckenbauer, und ich nahm es ihm nicht übel. Wahrscheinlich beschreibt mich das am besten.

Anderthalb Jahre nach dem 11. September bekam ich Hausverbot im UNO-Gebäude, weil ich mich dort mal mit abgelaufener Presseakkreditierung reingeschlichen hatte und anschließend solange mit einem dieser amerikanischen Wachpolizisten in UNO-Faschingsuniform diskutierte, dass er an seinem Pistolenhalfter nestelte. Ich habe verschiedene Anläufe unternommen, wieder in die Weltgemeinschaft aufgenommen zu werden. Ich habe mich entschuldigt, ich habe mich in aller Form entschuldigt, ich habe um Gnade gebettelt, aber es half nichts. Sie konnten den Krieg im Irak nicht verhindern, aber in meiner Frage bleibt die UNO hart. Während die Regierung meines Landes immer mehr an Stellenwert gewinnt, habe ich inzwischen bei den Vereinten Nationen ein Ansehen wie Kim Jong Il und Idi Amin.

Zwei Jahre nach dem 11. September fuhr ich in den Irak. Ich nahm keine schusssichere Weste mit, weil sie zu schwer war. Die Dame von der Hertz-Autovermietung in Kuwait City empfahl mir für die Reise ins Krisengebiet den größten Wagen ihrer Flotte, einen GM-Truck. Der amerikanische Fotograf, den ich in Basra traf, sagte, es sei selbstmörderisch, mit einem amerikanischen Geländewagen mit kuwaitischem Nummernschild in den Irak zu fahren. Ich stieg zu ihm und seinem Fahrer in einen 30 Jahre alten Nissan. Der Wagen hatte keine Klimaanlage, der Fahrer rauchte ununterbrochen und hatte auf jedem freien Platz einen gefüllten Reserve-Benzinkanister untergebracht. Ich kam mir vor wie Yves Montand in *Lohn der Angst*, aber der Fahrer dachte nicht an Explosionen. Er fürchtete nur die Dunkelheit. Wenn wir nicht vor Einbruch der Nacht zurück im Hotel seien, würden uns von Straßenräubern die Hände abgeschnitten, sagte er zwischen zwei Zigaretten immer wieder. Ich weiß nicht, ob das stimmte, aber manche Sachen muss ich nicht überprüfen. Der sicherste Platz im Irak schien also das Hotel in Basra zu sein, wo ich meinen GM-Truck untergestellt hatte. Der Mann an der Rezeption hatte eine Kalaschnikow unterm Tresen und hätte bei Zimmermangel ein paar Gäste erschießen können, ohne irgendwelche Konsequenzen befürchten zu müssen. Ich fühlte mich am wohlsten in der Gegenwart von britischen und amerikanischen Soldaten, vielleicht, weil sie hier so wenig verloren hatten wie ich. Sie waren meine Jungs, so falsch das jetzt klingen mag.

Ich bin nach dem 11. September viel in der Welt herumgefahren. Ich kann nicht sagen, dass ich große Zusammenhänge verstanden hätte. Ich habe festgestellt, dass sie in japanischen Hotels beheizbare Toilettenbrillen haben. In kubanischen Hotels habe ich mehr Amerikaner getroffen als sonst irgendwo auf der Welt, obwohl Amerikaner ja gar nicht nach Kuba reisen dürfen. Patty Smith hat mich gefragt, ob ich zusammen mit ihr an einer Aktion mitarbeiten möchte, bei der alle Menschen auf der Welt zur gleichen Zeit einen Schrei ausstoßen. Ich glaube, es war »Peace«. Wohl nicht »Fuck«.

Ich habe festgestellt, dass mein deutsches Handy in

Kuwait, auf Guadeloupe, aber nicht im Irak und auf Kuba funktioniert, mein amerikanisches Handy geht auf den Bahamas, aber nicht im Monument Valley an der Grenze zwischen Arizona und Utah.

All diese Dinge passen nicht in Leitartikel, aber sie scheinen mir dennoch irgendwie Teil eines großen universellen Puzzles zu sein, das ich im Moment noch nicht zusammenbekomme.

Auch wenn man 50 Kolumnen zusammenfasst wie in diesem Buch, ergeben sie keinen übergreifenden Sinn. Das ist für einen Verleger natürlich schwer zu verkraften. Deswegen hat mein Verleger dieses Buch »Berlin – New York« genannt.

Ich habe eingeworfen, dass längst nicht alle Texte in Berlin und New York spielen, sondern auch in Pjöngjang, Eberswalde, Los Angeles, Havanna, Acapulco, Tokio und Kuwait City.

Mein Verleger sagte dann: »Es gibt jede Menge Orte zwischen New York und Berlin.«

Ich habe einen Moment überlegt, diese Diskussion weiterzuführen.

Wenn wir über den Atlantik gehen, passen Kuba, die Bahamas und Guadeloupe zwischen Berlin und New York. Gehen wir den Umweg über den Stillen Ozean, sind es ein paar mehr Länder. Wir hätten die Erdkugel hin und her drehen können wie Charlie Chaplin in *Der große Diktator*. Aber ich hatte keine Lust dazu. Es gab keinen Sinn.

Fast drei Jahre nach dem 11. September endet dieses Buch, am Tag, als Ronald Reagan starb.

Hätte ich vor 20 Jahren den FAZ-Fragebogen ausfüllen dürfen, hätte ich bei den Figuren, die ich historisch am meisten verachte, vielleicht Ronald Reagan statt Stalin hineingeschrieben. Jetzt ist er tot, und die ganze Welt liebt ihn. Auf einem der letzten Bilder, die ich von ihm im *people*-Magazin sah, sprang er auf einem weißen Pferd über ein Hindernis. Der Sternenkrieger ist der weiße Ritter. Michail Gorbatschow, vor 20 Jahren meine Hoffnung auf eine bessere Welt, rennt als bestellter Reagan-Grabredner durch Washington.

Manche Sachen werde ich nie verstehen.

Womöglich ist das die Klammer, die dieses Buch zusammenhält.

Manhattan

Am Dienstagmorgen stand ich auf der Brooklyn Bridge, und die Zeit blieb stehen. Als sie wieder anfing zu laufen, war alles anders.

Ich lief von Brooklyn, wo ich lebe, nach Manhattan. Ich glaube, ich war der Einzige, der sich in diese Richtung bewegte, keine Ahnung, was ich dort wirklich suchte. Ich laufe immer erst mal los, weil ich weiß, dass sowieso tausend Gründe dagegensprechen. Die Brücke war voller Menschen, beide Türme brannten. Einige von den Leuten, die mir entgegenkamen, hatten bereits Staub auf ihren Anzügen, manche hielten sich Taschentücher vors Gesicht. Sie liefen zügig, aber nicht panisch. Sie unterhielten sich, sie fluchten. Es war schrecklich, aber ich glaube, die Welt war noch in den Fugen. Es sah immer noch so aus, als könne man alles reparieren.

Dann fiel der erste Turm des World Trade Centers zusammen.

Es war wie ein orangeroter Reißverschluss, der in der Mitte des Turmes aufgezogen wurde. Der Turm schien einen Moment ungläubig zu verharren wie ein angeschlagener Boxer, aber dann brach er doch zusammen, und es war nichts mehr da. Er war verschwunden. Er war einfach weg. Ich blieb stehen, auch die Leute, die mir entgegenkamen, blieben stehen. Sie schauten über ihre Schultern. Als sie wieder nach vorn schauten, hatten sie andere Gesichter. Sie weinten, sie schrien, sie rannten.

Ich hatte an diesem kurzen Morgen oft an einen Film gedacht. Der Tag hatte angefangen wie ein Katastrophenfilm, mit den lustigen bunten Morgenszenen in Brooklyn, mit gelben Schulbussen, fröhlichen Schülerlotsen, Männern mit Aktentaschen und einer kleinen schwarzen Wolke, die schnell wuchs. Ich denke mein ganzes Leben an Filme, wenn irgendwas Besonderes passiert. Aber in diesem Moment gingen mir die Filmbeispiele aus, ich stand auf der Brücke, und mir fiel kein Film mehr ein. Es gab nur noch früher und jetzt. Die Lücke, die der Turm riss, war riesig. Es würde nie mehr so sein wie früher.

Es war eine neue Zeit angebrochen.

Es gehörte zu den schönsten Momenten meines Lebens, von Brooklyn nach Manhattan zu fahren. Immer wieder könnte ich das tun. Es versöhnte mich mit der Stadt, wenn sie zu heiß war, zu laut und zu dreckig. Selbst die Subway kam auf dem Weg zu meiner Arbeit kurz hoch, um über die Manhattan Bridge zu poltern. Ich bekam gute Laune auf diesem kurzen hellen, gewaltigen Stück. Die Kraft dieser Stadt sieht man von hier am besten. Wenn wir nachts mit dem Taxi ins Theater fuhren, war ich so stolz, hier leben zu dürfen. Ich habe hier oft begriffen, warum New York so vielen Menschen Mut machte, ein neues Leben zu beginnen. Es war nicht umsonst das Erste, was sie sahen.

Es gab jetzt keine unschuldige Ankunft mehr.

Wir haben meinem Sohn die Stadt mit den beiden großen Türmen angepriesen, bevor wir hier vor zwei Jahren herzogen. Wir haben ihm Fotos gezeigt. Da darfst du wohnen. Du bist der König der Welt. An dem ersten Weihnachtsmorgen, den wir in New York verbrachten, als unsere Kinder ihre Freunde und ihre Großeltern vermissten, fuhren wir mit ihnen auf die Promenade nach Brooklyn

Heights. Man kann von hier Manhattan am besten sehen. Wir wollten ihnen zeigen, dass sie auch was bekommen haben, etwas, für das es sich lohnt, so weit zu fahren. Es war ein eiskalter, klarer Morgen. Der Himmel war so hoch, wie er nur in New York ist. Von diesem Morgen an zeichnete mein Sohn die Skyline von Manhattan, es gibt Hunderte Zeichnungen von ihm mit den beiden Türmen. Es sind die Zeichnungen eines Kindes aus anderen Zeiten.

Mir fiel ein, dass ich nie oben auf der Plattform des World Trade Centers war. Es war vorbei.

Ich bin dann weitergegangen nach Manhattan, das schon ganz leer war, ganz weiß und ganz leise. Ein paar Minuten später brach der zweite Turm zusammen. Er hätte mich fast verschüttet, ich habe mit einem Dutzend Menschen in einem Keller gehockt wie im Krieg. Ich sah Leute bluten, jammern und schreien. Ich bin in eine Mondlandschaft zurückgekehrt. Es war furchtbar, aber der Moment auf der Brücke war der schlimmste Moment, weil er alles zeigte. Von da an ging es nicht mehr zurück.

Mein Bild ist kaputt.

Erst am Abend habe ich von Brooklyn Heights noch mal rübergeschaut auf Manhattan. Die stolze Insel rauchte, zahnlos wie eine alte Frau. Ich stand dort zwischen Menschen mit Atemmasken und Videokameras. Sie waren ruhig, aber am Leben.

Ich lief erst mal weiter.

Casper

Am vorigen Sonntag ging ich zur ersten Halloween-Party der Saison. Es war ein bisschen zu früh, aber das ist ja immer so.

Die Sonne schien, am Vormittag hatte ich bereits am traditionellen Spukspaziergang im Park teilgenommen. Leute aus unserem Viertel verkleiden sich als Gespenster, sie hocken zwischen Büschen. Einige sehen wirklich sehr erschreckend aus, weswegen freiwillige, unmaskierte Helfer am Eingang allen Kindern sagen, dass die Geister von ihnen ablassen, wenn sie deutlich die Finger kreuzen. Am furchtbarsten sahen jene Gespenster aus, die regungslos im Gras lagen, wie – man wagt es kaum auszusprechen – Opfer einer Biowaffenattacke. Manchen hingen falsche Schlangen aus dem Mund, ein Mädchen zappelte in einem Spinnennetz, eine alte Frau hielt ein totes Baby im Arm. Ältere Herren warteten wie halbtote Sexmonster im Unterholz. Sie schienen Spaß daran zu haben, man fragt sich, in welcher Nachbarschaft man eigentlich wohnt. Ich hatte die Finger in den Manteltaschen gekreuzt. Meine Tochter schrie hier und da. Glücklicherweise nahm auch unsere Freundin Deborah teil, sie führte eine Vampirgruppe an. Sie versuchte uns zu grüßen und für die anderen weiter ein ernst zu nehmender Vampir zu sein. Das ging nicht. Es gibt keine diplomatischen Gespenster, es gibt kein politisch korrektes Halloween.

Irgendwie beflügelte mich dieser Gedanke, als ich zwei

Stunden später meinem Sohn für die erste Halloween-Party der Saison mit einer Faschingssprühdose die Haare rot färbte. Ich beschloss, mich auch ein bisschen aufzutakeln. Meine Frau schminkte sich gerade ihr Gesicht weiß. Als sie nach der grauen Hexenperücke suchte, griff ich mir den Schminkkasten. Meine Frau probierte verschiedene schwarze Kleider, ich entschied mich für den dunkelsten Lippenstift ihrer Sammlung und zog einen alten Anzug an.

Während meine Frau mir auf dem Balkon die Haare knallrot färbte, versicherte sie noch mal, dass bei Chris' Halloween-Party im letzten Jahr alle verkleidet gewesen seien. Vielleicht wollte sie sich selbst Mut machen, denn am Ende sahen wir aus wie die Addams Family. Meine Frau bat mich, das Auto abzuholen, das nur eine Straße entfernt stand. Ich wurde nicht misstrauisch. Ich fuhr mit dem Wagen vor, meine Familie sprang hinein, als rette sie sich auf eine Insel. Es war eben die erste Party der Saison. Ich fühlte mich gut. Das änderte sich ein bisschen, als Chris die Tür aufmachte.

Der Gastgeber der Halloween-Party trug Kordhosen, ein kariertes Hemd und seine normale Brille. Er hatte nicht mal einen Hut auf. Nichts. Auch Beth, seine Frau, sah aus wie immer. Ein paar verkleidete Kinder schossen durchs Haus. Wir begegneten weiteren Erwachsenen in Jeans und T-Shirts. Sie sahen uns erstaunt an. Meine Frau verschwand kurz, um die Mäntel aufzuhängen, wie sie sagte. Als sie wiederkam, hatte sie auch ihre graue Hexenperücke abgelegt. Es war eine Kinderparty, aber ich war mehr verkleidet als alle anwesenden Kinder. Ich hätte die Wahl zum schönsten Kostüm gewonnen, ich war ein ehrgeiziger Erwachsener, der Siebenjährige beim Sackhüpfen schlagen will. Auch meine Frau sah mich jetzt belustigt an, sie wechselte die Seiten. Sie ging immer wieder mal raus und verlor jedes Mal mehr Schminke. Nur ich hockte mit brennender Frisur und schwarzen Lippen in der Küche, wo die Erwachsenen jetzt ernsthafte Gespräche begannen. Beth brachte Häppchen, meine Frau diskutierte mit einem lesbischen Paar über Schulpolitik, ich stand bei den Männern, ein Bier in der Hand, eine Tunte auf einem Harley-Davidson-Treffen. Chris holte die Fotos von »Ground Zero«, die er aus seinem Bürofenster gemacht hatte, er arbeitet direkt neben dem World Trade Center. Sie mussten evakuiert werden. Die Bilder sahen schrecklich aus. Er erzählte noch mal seine Geschichte vom 11. September und von einem befreundeten Polizisten, der immernoch um sein Leben kämpfte.

Es war, als wolle er mich demütigen. Aber vielleicht wusste er einfach nicht, dass ich auch noch da war. Aus den Augenwinkeln sah ich, dass meine Frau und das lesbische Paar nun über mich redeten. Eine sagte, ich erinnere sie an David Bowie. Sie lachten, als rechneten sie nicht mehr damit, dass ich sie höre. Mein Sohn sah mich traurig an, so wie der kleine Junge in *The Sixth Sense* die Toten ansieht. Wahrscheinlich würden alle in meiner Nähe gleich Atemwolken ausstoßen. Ich war ein Geist.

Es hatte funktioniert.

Totmacher

Vor einem Monat lud man mich zu einer Talkshow zum Thema Tod ein. Die Talkshow wurde aus einem Ludwigsburger Barockschlösschen vom SWR aufgezeichnet. Der exakte Titel lautete »Tod und Sterben – Vom Umgang mit einem Tabu«. Es war mir nicht sofort klar, warum sie mich dazu einluden. Ein anderer Gast sollte die todkranke Regine Hildebrandt sein. Ich habe vor Jahren mal mit Regine Hildebrandt in einer Talkrunde gesessen, die ich total versaut habe. Ich konnte die erste Frage nicht richtig beantworten, danach wurde ich nie wieder was gefragt. Erst neulich hat mir Gregor Gysi erklärt, dass es gar nicht um die Fragen geht. Man müsse sich nur darauf konzentrieren, was man rüberbringen will. Ich wusste nicht so richtig, was ich zum Thema Tod rüberbringen wollte, aber ich hätte gerne wieder mal mit Regine Hildebrandt in einer Talkshow gesessen. Außerdem bezahlten sie den Flug aus New York, und Barockschlösschen klang auch ganz vielversprechend.

Ich sagte schnell zu.

Ein paar Tage später rief mich eine Redakteurin der Talkshow an. Sie müsste etwa zwanzig Minuten mit mir sprechen, um festzustellen, ob ich für die Sendung geeignet sei. Sie stelle jetzt mal das Telefon auf Mithören. Es waren offenbar noch andere Leute im Raum, irgendwo in Stuttgart am Nachmittag. Ich saß in New York am Morgen und schaute auf einen bunten Laubbaum. Ich hatte zwanzig Minuten, um ein paar ARD-Redakteure davon zu überzeugen, dass ich ein guter Gast zum Thema Tod war.

Ich habe ihnen vom 11. September in New York erzählt und davon, wie drei Tage später die Schuldirektorin in die Klasse meines Sohnes kam, um den Kindern mitzuteilen, dass ihre Klassenkameradin Chloe jetzt keinen Vater mehr hat. Ich habe von einer jungen Witwe aus der Upper East Side erzählt, die mir immer wieder die letzte Nachricht vorspielte, die ihr Mann aus dem brennenden Nordturm auf ihren Anrufbeantworter sprach. Sie saß auf dem Sofa, spulte zurück, dann hörte man ihren Mann schreien, dass er sie liebe und überall Feuer sei. Dann spulte sie wieder zurück. Sie war im fünften Monat schwanger, von dem Mann auf dem kleinen Tonband. Irgendwann fiel mir auch das Interview ein, dass ich vor fünfeinhalb Jahren mit der sterbenden Sängerin Tamara Danz geführt hatte. Ich erzählte den Redakteuren in Stuttgart, wie wir den Tod ausgeklammert hatten, obwohl er der Anlass des Interviews war.

Ich redete eine Stunde lang über den Tod. Ich war ein überraschend guter Kandidat für ihre Show.

Am Ende sagte die Redakteurin, dass sie sich jetzt zur Beratung zurückzögen. In 14 Tagen würde mich dann noch der Moderator der Show anrufen, um mit mir zu reden. Dann würden sie ein endgültiges Urteil fällen.

In den zwei Wochen, die mir noch blieben, habe ich mit zwölf Leuten geredet, die aus dem Nordturm fliehen konnten. Manche haben Kollegen verloren, manche Familienmitglieder. Ich war auf zwei Beerdigungen. Ich bereitete mich auf eine Talkshowrolle vor.

Am letzten Montagmorgen las ich im Internet, dass Volker Handloik in Afghanistan erschossen worden war.

Er war ein Kollege, ich kannte ihn nicht sehr gut. Aber er hat mal ein Buch herausgegeben, für das ich einen Text schrieb. Deswegen habe ich mal für zwei Stunden in seiner Berliner Küche gesessen und mit ihm gefrühstückt. Er war ein großer, blonder Mecklenburger, der leise sprach. Das Buch hieß »Die DDR wird 50«. Handloik wurde 40. Drei Stunden, nachdem ich erfahren hatte, dass er tot ist, redete ich mit einem freiwilligen Feuerwehrmann auf einer Halbinsel in Queens über die Toten, die er in dem brennenden Flugzeug gesehen hatte, das dort gerade abgestürzt war. »Sie waren in allen möglichen Zuständen«, sagte er. »Manche waren gut erhalten, andere gar nicht mehr.« Dann brannte er sich eine Zigarre an.

Als ich auf die Subway vom Unglücksort zurück wartete, rief mich die SWR-Redakteurin auf dem Handy an. Sie sagte, ich könne jetzt mit dem Moderator der Talkshow sprechen. Sie klang optimistisch. Es war eine der hohen Subway-Stationen auf Stelzen, die Gene Hackman in *French Connection* hinaufjagt. Auf der einen Seite sah man Manhattan, auf der anderen den Atlantik. Es war kalt, ich war der Sensenmann für den Südwestrundfunk. Ich war perfekt vorbereitet, aber möglicherweise genügte es ihnen immer noch nicht.

Ich sagte schnell ab.

Unter Verdacht

Vor ein paar Tagen holte mich das FBI morgens aus dem Bett. Es war kurz nach sieben, das Telefon klingelte, und eine ausgeschlafene Stimme meldete sich. »Guten Tag, das ist FBI-Special-Agent Matthew Laird.« Guten Tag? Es war früh um sieben. Aber wahrscheinlich hatte Special Agent Matthew Laird bereits seine morgendlichen Schießübungen hinter sich.

»Guten Tag«, sagte ich, denn ich war jetzt auch sehr wach.

»Haben Sie vor ein paar Wochen eine Packung Cipro in Deutschland bestellt?« fragte Laird.

Cipro.

Ich hatte ewig nicht an das Milzbrand-Präparat gedacht. In den letzten Tagen hatte sich die New Yorker Angst ja eher auf Atombombenanschläge bezogen. Ich weiß nicht, wie man sich dagegen schützen kann. Bei der Nationalen Volksarmee hatten wir so einen grünen Plastikumhang in unserer Gasmaskentasche, unter den wir uns im Falle eines Atomschlages zurückziehen sollten. Oberfähnrich Lau stoppte die Zeit, in der wir es schafften, uns unter den kleinen grünen Kutten zu verstecken. Wenn alles stimmte, sah man am Ende aus wie eine Räucherkerze. Die Planen waren alle gleich groß. Einer der Küchensoldaten aber war fast zwei Meter. Die Plane reichte ihm gerade so bis zum Bauch. Er wäre untenrum voll verstrahlt worden. Daran hat damals niemand von uns gedacht, obwohl es ja den NATO-Doppelbeschluss gab. Aber darüber wollte ich mit FBI-Special-Agent Matthew Laird nun wirklich nicht ins Gespräch kommen. Ich glaube, er hätte mich komplett missverstanden.

»Cipro?« fragte ich, als wolle ich Zeit schinden. »Richtig«, sagte der Special Agent. Ich glaube, er schöpfte Verdacht. Wahrscheinlich war unser Haus bereits umstellt. Ist eigentlich schon jemandem aufgefallen, dass Osama und Osang verdammt ähnlich klingen? Ich kriege oft einen Schreck, wenn ich die Boulevardzeitungen aufschlage, weil ich denke, es geht um mich.

Natürlich hatte ich ein Päckchen Cipro aus Deutschland bestellt. Aber inzwischen war schon wieder ein Flugzeug abgestürzt, in Kabul spielten die Kinder Gameboy, und die Zahl der Toten im World Trade Center hatte sich halbiert. Anthrax, richtig, Anthrax. Das waren noch Zeiten. Mir fiel wieder ein, wie wir vor Wochen einen verdächtigen Brief mit Krakelbuchstaben nach Hause bekommen hatten. Es war kein Absender drauf, keine Briefmarke, und die Schrift sah so aus wie die auf dem Anthrax-Brief, den der demokratische Senator Daschle bekommen hatte.

Wir riefen die Polizei an. Sie sagten uns, wir sollen den Brief in eine Plastiktüte stecken. Wenig später kamen zwei Polizisten, sie parkten ihr Auto direkt vor unserem Haus, der blaurote Balken auf dem Dach flimmerte. Ich war froh, dass wenigstens die Sirene schwieg. Die Polizisten liefen breitbeinig und langsam zu uns herüber. Es war ziemlich peinlich. Bestimmt dachten einige unserer Nachbarn, ich verprügele meine Frau. Oder meine Frau verprügelt mich. Oder wir hören Nazilieder, oder was weiß ich. Jedenfalls sahen die beiden dicken Cops sich den Brief an. Einer sagte: »Hey. Das ist genau die Schrift wie bei Daschle.« Ich freute mich, weil ich offenbar nicht einer dieser grundlosen

Panikmacher war. Leider war der zweite Polizist weniger beeindruckt. »Ich hab keine Angst vor dem Scheiß«, sagte er, nahm den Brief, ging auf unseren Balkon und riss ihn auf. Wir standen alle ziemlich dicht zusammen, meine Tochter tanzte um seine Beine, während er den Brief aufmachte. Wenn Sporen drin gewesen wären, hätte es die ganze Familie erwischt. Es war dann aber nur eine Einladung zu einer Lesereise nach Holland. Die Polizisten verließen unsere Wohnung noch breitbeiniger, als sie sie betreten hatten, so, als hätten sie da drinnen gerade Sundance Kid erschossen.

In diesen Tagen hatte ich Cipro bestellt.

»Ja«, sagte ich zu Special Agent Matthew Laird. »Vor ein paar Wochen.« »Mhhh«, machte der Special-Agent. Hätte ich ihm die ganze Geschichte erzählen sollen? Sind Leute, die zu lange Geschichten erzählen, nicht eher verdächtig? Wir schwiegen. »Danke«, sagte Special Agent Matthew Laird. Er wartete noch einen Moment, aber ich traute mich keine Fragen zu stellen. Dann legte er auf.

Gerade haben sie eine Rentnerin, die einsam auf dem Lande in Connecticut lebt, positiv auf Lungenanthrax getestet. Ich denke jetzt wieder an Cipro. Meine Bestellung ist immer noch nicht da. Bin ich verdächtig oder gefährdet? Ich weiß nicht, wie ich mich verhalten soll.

Und mein Special Agent schweigt.

Good Will Hunting

Am Morgen, als das Flugzeug auf Queens krachte, an das sich jetzt kaum noch jemand erinnert, rief mich ein Freund aus Südamerika an und fragte, ob es uns gut gehe. Es war kurz vor neun.

»Wieso?« fragte ich.

Er sagte, ich solle mal den Fernseher anmachen. Der Fernseher lief bereits. Meine Tochter sah ihre tägliche Lieblingssendung. Sie heißt Clifford und handelt von einem riesigen roten Hund, der immer nur Gutes tut. Am Ende jeder Sendung gibt der Hund das Motto für den Tag. »Cliffords Motto für heute ist: Seid fair.« Ich hasse den roten Hund. Ich würde mich nicht wundern, wenn die Show mit Scientology-Mitteln produziert wäre. Ich schaltete auf CNN um, es rauchte in Queens, auf dem Spruchband unter den Bildern teilten sie mit, dass alle Brücken abgesperrt waren. Meine Tochter wollte ihren guten Hund wiederhaben. Ich schaltete zurück zu Clifford.

»Ist das nicht bei euch in der Nähe?« fragte mein Freund.

Von Rio aus gesehen stimmte das sicher, aber von hier aus war es doch weit weg. Es war in Queens. Es ist, als säße man am Leninplatz, und ein Flugzeug fällt auf Zehlendorf.

»Ja«, sagte ich. »Fast.« Wir waren eben auf verschiedenen Kontinenten. Was soll man da sagen. Die Entfernungen sind so groß geworden, alles geht sehr schnell, aber niemand gibt sich eine Blöße. Zwei Wochen später redete ich auf wieder einem anderen Kontinent über die Bedeutung der Naturwissenschaften.

Ich stand in einer Küche in Berlin-Lichtenberg. Um mich herum standen die Freunde meines Sohnes, die er zu seinem 18. Geburtstag eingeladen hatte. Es war schon ziemlich spät, vor allem für mich. Ich war ja gerade erst gelandet. Irgendeiner der Abiturienten hatte erklärt, dass Naturwissenschaften ihm überhaupt nichts bringen. Ich widersprach ihm gerade. Das ist erstaunlich, denn eigentlich war ich immer genau derselben Ansicht gewesen.

Vielleicht hatte ich schon ein bisschen viel getrunken, aber wahrscheinlich wollte ich nur irgendwas Angemessenes sagen. Es war der 18. Geburtstag meines Sohnes, ich war aus Amerika angereist, ich war zwanzig Jahre älter als sie. Es musste doch einen Unterschied geben.

Ich redete von den Vorzügen konkreter Wissenschaften, von Dingen, die feststehen, Erkenntnissen, an denen man sich festhalten kann. Ich behauptete, dass man manche Dinge einfach lernen müsse, um feststellen zu können, ob man Talent hat. Ich kam mir vor wie ein Standesbeamter, wie einer der besoffenen Onkels, die auf Jugendweihen das Wort ergreifen. Ich hätte jetzt ein Beispiel aus meiner naturwissenschaftlichen Vergangenheit benötigt. Ich ahnte, dass ich nicht mit dem Satz des Pythagoras kommen konnte. Ich hätte gern wie Matt Damon in Good Will Hunting eine schwierige Formel an die Wand geschrieben, aber ich hatte alles vergessen. Ich kannte nicht mal mehr die Formel von Kraft, ich wusste nur noch die Klassendefinition von Lenin.

Plötzlich tauchte aus dem Dunkel einer der sinnlosesten Merksätze auf, die ich jemals gehört hatte. Die Definition von Osmose. »Osmose ist Diffusion durch eine halb durchlässige Membran«, hieß es, wenn ich mich recht erinnerte. Es hätte auch umgekehrt sein können, aber ich hatte keine Chance, ich brauchte ein Beispiel, und ich war müde. Ich sagte: »Ich werde zum Beispiel nie vergessen, was Osmose ist.« Sie sahen mich überrascht an. Ich sagte meine winzige Definition auf.

Dann stellte mir die Freundin meines Sohnes eine Nachfrage zur halb durchlässigen Membran, die ich nicht beantworten konnte, und mein 16-jähriger Neffe wartete mit einer völlig anderen Osmosedefinition auf. Irgendjemand sagte, die komme ihm weitaus bekannter vor als meine. Ich habe mich selten so hilflos gefühlt. Sie sahen mich spöttisch an. In diesem Moment hatte ich das Gefühl, nichts mehr zu verstehen. Die Entfernungen waren so groß geworden. Ich kannte weder den Islam noch das Periodensystem der Elemente. Ich war völlig leer, ausgelaufen. Ein umgekippter 39-jähriger Eimer auf der Geburtstagsfeier seines 18-jährigen Sohnes. Aber auf meinem Grund lag noch eine winzige Erinnerung an den Chemieunterricht. H_2SO_3. Alles, was ich hatte, packte ich in die nächste, letzte Frage, auf die ich eine Antwort hatte: Kennt jemand von euch die Formel von schwefliger Säure?

Anschließend löste ich mich auf.

Dr. Dolittle

Ich hatte in meinem ganzen Leben keinen Hausarzt. Der Hinweis »Fragen Sie Ihren Hausarzt« hat mich immer verunsichert. Ich stelle mir einen silberhaarigen Mann mit Lachfalten vor, der mich kennt, seit ich ein Kind war. Er macht meinem Körper Mut, sagt aber immer auch ein paar lobende Worte zu meinen letzten Artikeln. Ich brauche einen Hausarzt. Ich fühle mich oft krank, manchmal richtig krank, todkrank, habe aber niemanden, mit dem ich darüber reden kann. Meine Frau taugt nicht zum Hausarzt.

Mein ganzes Leben bin ich zwischen Ärzten hin und her gejagt. Es gab mal einen in der Greifswalder Straße, der krankschrieb, ohne zu untersuchen. Er fragte immer nur: »Wie lange?« Für ernste Fälle war er nicht zu gebrauchen. Ich habe Ärzte in Köpenick, Strausberg, Leipzig, Kuba und Nordkorea besucht, hier in Amerika war ich selten beim Arzt. Eigentlich nie.

In New York praktizieren die Ärzte nicht in der Beletage wie in Berlin, sondern im Souterrain, also fast im Keller. Man kann sie schnell übersehen. Ich habe lange nicht an Ärzte gedacht, bis ich in die Staubwolke des World Trade Centers geriet. Ich hatte seitdem verschiedene Symptome, die alle in Richtung Krebs wiesen. Zunächst Lungenkrebs, zuletzt Lymphdrüsenkrebs. Ich versuchte, meine Frau in ein Gespräch über meine tödliche Krankheit zu verwickeln. Sie verstand mich nicht. Ich nahm leise Abschied von der Welt. Am Montag träumte ich, wie ich nach meinem Tod als Maus in unser Apartment zurückkehre. Ich versuchte, auf mich aufmerksam zu machen, während ich von unserer Katze gejagt wurde. Es war furchtbar.

Am nächsten Morgen rief ich Dr. Jaffe an.

Dr. Jaffe praktiziert drei Straßen von uns entfernt und wurde vom Stadtmagazin *New York* unter die 25 besten New Yorker Familienärzte gewählt. Ich ließ mich von der Auskunft in seine Praxis verbinden. Eine Schwesternstimme gab mir einen Termin für Dienstagmittag.

Als ich Dr. Jaffes Souterrain betrat, erwartete mich dort niemand. Die Schwester rieb mit ihrem Finger auf dem Terminheft herum, ich buchstabierte immer wieder meinen Namen. Sie fand ihn nicht. Im Warteraum saß noch ein Mann. Es war Paul Auster. Auster ist ein weltbekannter Schriftsteller, der bei uns um die Ecke wohnt.

Die Schwester sagte, dass es noch einen anderen Dr. Jaffe in Brooklyn gebe, der sei allerdings Tierarzt. »Wahrscheinlich warten die da gerade auf Sie und Ihren Cockerspaniel«, sagte die Schwester und lachte. Mir fiel ein, dass ich vorletzte Nacht eine Maus gewesen war. Vielleicht hätte ich ja einen Tierarzt gebraucht, einen Dr. Dolittle. Ich hatte allerdings keine Lust, darüber in Gegenwart der Weltliteratur zu diskutieren. Wahrscheinlich wurde ich schon jetzt zu einem komischen Charakter einer Auster-Geschichte. Ein schrulliger Patient mit deutschem Akzent, der sich zum Tierarzt verirrt. Auster hat das Drehbuch zu *Smoke* geschrieben, das von schrulligen Charakteren wimmelt.

Die Schwester nahm mich an. Ich setzte mich, Auster las in einem kleinen weißen Buch, vielleicht tat er auch nur so. Er war offensichtlich erkältet, er schniefte und hüstelte. Irgendwann sagte er der Schwester, dass er für eine Woche nach Europa fliege.

»Spanien, London und wieder zurück.« »Haben Sie keine Angst vorm Fliegen?« »Doch«, sagte Auster. »Aber keine krankhafte.« »Ich kann noch nicht wieder fliegen«, sagte die Schwester. »Manchmal ist es gut, einfach zu Hause zu bleiben«, sagte Auster.

Das war ein wahrer Satz, dachte ich. Zwei Minuten später holte ihn Jaffe ab. »Hey, Ken«, sagte Auster und schlug dem Doktor freundschaftlich auf die Schulter. Offensichtlich hatte Paul Auster seinen Hausarzt gefunden. Er hatte auch eine ordentliche Krankheit, es ist einfach zu sagen, dass man Husten hat. Ich stotterte zwanzig Minuten später ziemlich rum, als ich mein Krankheitsbild erläuterte. Jaffe lächelte. Er untersuchte mich, meine Lymphknoten waren in Ordnung, meine Lunge klang auch gut. Wir redeten noch ein bisschen über Journalismus und den Tod, am Ende sagte Jaffe: »Ich hoffe, ich konnte Ihnen helfen.« Ich nickte heftig und zahlte gern 115 Dollar für die guten Nachrichten. Im Wartezimmer plauderte Auster mit der Schwester übers Subway-Fahren. Er fährt gern Subway. Das schrieb er auch kürzlich im Magazin der *New York Times*. Er nickte mir kurz zu. Ich war geheilt. Ich muss keine Maus werden.

Noch nicht.

Quizshow

Gestern fragte mich eine ältere Dame in Ribnitz-Damgarten, wie die arabische Welt auf die Angriffe der Amerikaner reagieren werde. Ich saß in einer Galerie unterm Dach eines Klosters, vor mir saßen etwa 120 Leute. Es wurde ruhig. Die arabische Welt in Ribnitz-Damgarten. Ich weiß nicht genau, warum, aber in letzter Zeit bekomme ich oft solche Fragen gestellt. »Ist es eher Vergeltung oder Wut, was die Amerikaner bewegt?« fragte mich vorgestern ein Fernsehmoderator. Vorvorgestern wollte ein Berliner Bürger wissen, ob ich die Militärschläge begrüße und wenn nicht, wie ich anstelle der USA reagiert hätte.

Ich anstelle der USA.

So muss sich Peter Scholl-Latour ständig fühlen. Scholl-Latour erklärt den Lesern der *Bild*-Zeitung gerade, wann es in Afghanistan anfängt zu schneien und warum man dort bei Schnee schlecht kämpfen kann, obwohl er aussieht, als verlasse er das Haus nur noch selten. Sein Gesichtsausdruck ist seit Jahrzehnten unverändert. Vielleicht verwandelt er sich in ein Expertendenkmal. Peter Scholl-Latour ist das Vorbild für all die Menschen, die jetzt in Fernsehstudios rumsitzen, weil die Kriegskorrespondenten vor Sandhügeln stehen und sagen, dass sie nichts sehen können.

Es werden Experten aus allen Bevölkerungsschichten gebraucht. Die *Bild*-Zeitung fragt Thomas Gottschalk:

»Wie wird der Krieg in Afghanistan weitergehen?« Gottschalk, ein Mann, der in einer Mühle in Malibu wohnt, sagt: »Ich gehe nach wie vor von einem begrenzten Konflikt aus. Die Reaktion der internationalen Koalition hat bisher Augenmaß.«

Wofür brauchen wir eigentlich Joschka Fischer?

Gerade sah ich auf n-tv eine sympathische junge Biochemikerin, die über Milzbrand redete. Die Moderatorin fragte: »Und wie wirken die anderen chemischen Waffen?« Ich sah in den Augen der Biochemikerin, dass sie keine Ahnung hatte. Aber sie war im Fernsehen. »Die Viren sind nicht so überlebensfähig wie beim Milzbrand«, sagte sie, aber es klang wie eine Frage.

Noch vor kurzem rief man mich an, wenn es ein Jubiläum des Mauerfalls gab, aber weil ich jetzt in Brooklyn lebe, galt ich in Ribnitz-Damgarten als Nahost-Experte. Ich war nur einmal für ein paar Tage zum Schnorcheln in Ägypten. Ich erinnere mich an ein totes Kamel auf der Straße und an lustig aussehende Fische, die man keinesfalls berühren durfte.

Die alte Dame unterm Klosterdach sah mich interessiert an.

Neulich bin ich durch die Atlantic Avenue gezogen, um die arabische Welt New Yorks kennen zu lernen, nachdem irgendein Hinterwäldler in Arizona einen pakistanischen Tankwart erschossen hatte. Ich traf den libanesischen Besitzer eines Lebensmittelladens, der vor fünfzig Jahren in New York geboren wurde, und einen jemenitischen Hilfsarbeiter mit zwei Kindern, der vor dreißig Jahren in die Stadt kam. Einer sagte mir, New York sei weltoffen und solidarisch, der andere sagte, er schicke seine Kinder nicht mehr in die Schule, weil er um ihr Leben fürchte. Nicht mal die arabische Welt in der Atlantic

Avenue in Brooklyn war überschaubar. Das Land ist so groß, von der Welt ganz zu schweigen.

Manchmal ruft jemand aus Hamburg an und fragt mich: »Sollen wir eine Geschichte zu der Sache in Cleveland machen, oder ist die durch?« Cleveland. Cleveland? Keine Ahnung, welche Sache in Cleveland er meint.

»Tja«, sage ich. »Interessante Frage.« Oder: »Eine Geschichte ist es immer. Die Frage, was für eine.«

Manchmal überlege ich, wie lange man als New Yorker Journalist in der Wohnung hätte sitzen können, ohne mitzubekommen, dass das World Trade Center brennt. Die ganze Welt ist in Panik, und unser Mann in New York liegt noch im Bett. Das hätte gut sein können, schon wegen der Zeitumstellung.

Ich habe der alten Dame gesagt, dass ich das nicht weiß. Sie war ein bisschen enttäuscht.

Jetzt sitze ich in einer kleinen Pension beim Frühstück, und der Wirt erzählt mir aus seinem schweren Leben. Er ist 49, war dreimal verheiratet, und seine Bandscheibe ist im Eimer. Er kann nicht mehr als Zimmermann arbeiten, deswegen hat er die Pension mit zwei Zimmern. Seine letzte Frau war aus Hamburg und wollte noch ein großes Geschäft mit einer Kneipe machen. Seit einem Jahr ist die Kneipe zu und die Frau weg. »Hamburg ist eben nicht Ribnitz-Damgarten«, sagt der Wirt.

Hamburg ist nicht Ribnitz-Damgarten. Mehr muss man nicht wissen. Sie sollten ihn anrufen.

Forrest Gump

Ich habe ein einziges Mal Golf gespielt. Es war vor neun Jahren in North Carolina, wo ich ein Semester lang als Stipendiat lebte. Mein Kommilitone Naburo hatte mich überredet, er sagte, Golfspielen sei wunderbar. Er stammte aus Tokio und nutzte jede freie Minute, um imaginäre Schwünge auszuführen. Naburo sagte, man könne als Journalist wichtige Kontakte auf dem Golfplatz machen. An einem Morgen führte er mich dann auf einen sehr vornehmen 18-Loch-Privat-Kurs. Ich habe große Teile davon mit meinem Golfschläger zerhackt. Manchmal, wenn ich aus vollem Schwung den Ball verfehlte, hatte ich das Gefühl, es zerreiße meinen Körper. Es ist ein schwieriger Sport. Ich habe viel Zeit in den Wäldern North Carolinas zugebracht, um nach meinen Bällen zu suchen. Ich habe keine wichtigen Kontakte gemacht.

Als wenig später in Brandenburg die Golfplätze wuchsen, dachte ich mit einem Freund darüber nach, es zu lernen. Wir haben drei-, viermal darüber geredet, dann nie wieder. Wir wohnten damals beide in Ost-Berliner Neubauwohnungen. Wahrscheinlich konnten wir uns beide nicht vorstellen, den Fahrstuhl mit einem Golfsack zu betreten. Ich kenne einen Mann meines Alters aus Potsdam, der Golf spielt. Manchmal erwähnt er es in der Kneipe, es klingt immer unpassend. Ich stelle ihn mir auf einem dieser Wägelchen vor. Die Schuhe sehen ulkig aus, die

Hosen auch. Auch die jungen Golfspieler wirken, als wischen ihnen ihre Mütter den Mund mit einem feuchten Taschentuch ab, bevor sie das Haus verlassen. Sie tragen Pullunder. Man muss sich einen Golfspieler mal ansehen, wie er nach dem Schwung seinem Ball nachsieht. Ein Bein hängt für Sekunden unvorteilhaft verdreht hinterm Körper, als sei es dort vergessen worden.

Golf ist nichts für mich, glaube ich. Ich würde gern Tennis spielen können. Das ist schwer genug. Ideologisch, aber auch körperlich. Ich falle oft in meine alten Bewegungen zurück. Ich mache Tischtennisbewegungen. Tischtennis spielt man aus dem Handgelenk, Tennis mit dem ganzen Arm. Dort, wo ich herkomme, machte man Tischtennisbewegungen. Kurze, schnelle Bewegungen aus dem Handgelenk. Walter Ulbricht spielte Tischtennis, vielleicht war es ursprünglich eine Parteisache. Man brauchte nicht viel Platz zum Tischtennis, die Kellen waren einfach herzustellen. Schaumgummikellen kamen aus Vietnam. In einer oberen Etage des Berliner Verlages war zu DDR-Zeiten ein ganzer Großraum leer gemacht worden, um drei Tischtennisplatten aufzubauen. Dort verbrachten mein Freund André, ich und auch Hans, der Bauredakteur der *Berliner Zeitung*, so manche Arbeitsstunde. Man konnte Tischtennis auch während der Arbeitszeit spielen. Es war, als würde man kurz eine rauchen gehen.

Wir waren ein Tischtennisvolk.

Leider kann man davon heute wenig Gebrauch machen. Wenn man zum Beispiel Tennis lernen will, ist es nur ein weiterer Teil einer sperrigen Vergangenheit. Neulich haben meine Frau und ich bei einem internationalen Tischtennisturnier in Mexiko die Plätze zwei und drei belegt. Um ein Haar hätten wir beide zusammen im Finale gestanden. Es waren bestimmt vierzig Urlauber beteiligt.

Ich glaube, wir waren ihnen ein bisschen unheimlich. Ein überlegenes, ostdeutsches Paar. Wie bei den Rodlern.

Vor einer Woche habe ich mit Katarina Witt Tischtennis in St. Louis gespielt. Sie tourt gerade mit der Revue *Stars on Ice* durch Amerika. Es sind jede Menge Olympiasieger und Weltmeister dabei. Und eine Tischtennisplatte. Die Platte reist mit, weil immer viel Zeit zwischen Training und Auftritt ist. Die russischen Eiskunstläufer sind gute Spieler, vor allem Ilja Kulik, der aktuelle Olympiasieger. Katarina Witt ist auch ziemlich gut. Wir haben am nächsten Tag in Chicago weitergespielt. Die amerikanischen Olympiasiegerinnen Kristi Yamaguchi und Tara Lipinski schauten manchmal verwundert zu uns rüber. Katarina Witt sagte ihnen, dass die Ostdeutschen alle gut spielen können. Tara Lipinski lächelte höflich. Sie ist 19 Jahre alt, wahrscheinlich hält sie uns für ein Volk von Forrest Gumps.

Forrest hatte Tischtennis in Vietnam gelernt. Vielleicht kommen wir tiefer aus dem Osten, als wir dachten.

Speed

Vor ein paar Tagen stand ich beim olympischen Mannschaftsspringen direkt neben Karl Malden. Karl Malden hat früher zusammen mit Michael Douglas das Polizistenpärchen in *Die Straßen von San Francisco* gespielt. Er trug an diesem Morgen die orangefarbene Uniform der deutschen Olympiamannschaft und war, wie ich auf seinem Akkreditierungsschild las, auch gar nicht Karl Malden, sondern Klaus Kotter. Klaus Kotter ist der Chef des deutschen Bob- und Schlittenverbandes.

Er war die paar Meter von der Rodelbahn rüber zum Skispringen gekommen, konnte aber nicht raus aus seiner Haut. Die Leistung des kasachischen Springers, der ganz am Anfang dran war, kommentierte er mit den Worten: »Das ist ja auch ein armes Schwein. Kasachstan, du liebe Güte. Schlechte Anlaufgeschwindigkeit.« Kotter redete in den folgenden zwei Stunden ausschließlich über Anlaufgeschwindigkeiten. Das ganze Mannschaftsspringen lang. Immer wenn ein Springer unten war und alle auf die Noten der Punktrichter warteten, las Kotter die Anlaufgeschwindigkeit von der Anzeigetafel. Er murmelte Stundenkilometer. »Vierundneunzigdrei km/h.« Es erinnerte mich ans Autokartenspielen.

Bei den Bobfahrern hängt viel von der Anlaufgeschwindigkeit ab, bei den Skispringern nicht so viel.

Kotter wirkte fremd und einsam hier an der Schanze. Ein Fisch auf dem Land. Ein Rodler unter Springern.

Ich habe vor ein paar Tagen in Salt Lake City einen alten Studienfreund getroffen, der früher Rodeln und Bob fürs Fernsehen kommentierte. Er hat das vor ein paar Jahren aufgegeben. Es ging nicht mehr. Nach ein paar Bieren gab er zu, dass er auch nur die Zwischenzeiten vom Bildschirm ablas wie wir alle. Was soll man auch machen. Kein Mensch kann einschätzen, was eine optimale Bobfahrt ist. Bobreporter ist so, als würde man bei der Telekom die Zeit ansagen. Wenn die Uhr ausfällt, kann man einpacken. Nur sehr ruhige Männer wie Harry Schulze, der früher beim DDR-Fernsehen Bobsport kommentierte, sind für diesen Beruf geeignet.

Die meisten Menschen glauben, sie könnten auch Bob fahren. Niemand würde auf die Idee kommen, mal von der Großschanze zu springen. Aber jeder Lokalpolitiker traut sich eine Bobfahrt zu. Auch Salt Lake Citys Bürgermeister saß schon im Viererbob. Weil niemand weiß, worin ihre eigentliche Leistung besteht, vergisst man die meisten Bobsportler auch recht schnell. Am schnellsten vergisst man die Fahrer, die hinten sitzen. Vor ein paar Tagen nannte der NOK-Sprecher Klaus Angermann hier einen deutschen Bobsportler den »Bremser des Jahrzehnts«. Ich habe den Namen des Ausnahmebremsers bereits wieder vergessen, und wahrscheinlich ist ihm das recht. In der kleinen Broschüre, die alle deutschen Olympiateilnehmer von Salt Lake City auflistet, gibt der Bremser Sven Peter als seine Hobbys an: »Sport und Essen.« Sven Peter hat sein Hobby zum Beruf gemacht, wenn man so will. Ein Bremser muss kurz kräftig schieben und dann viel wiegen.

Essen und Sport. Ähnlich ist es wohl beim Rodeln. Mein Freund hat mir erklärt, dass im Doppelsitzer der Rodler der Schwerere immer oben liegt. Es geht um irgendwelche Ansaugkräfte. Manchmal denke ich, die Rodler liegen nur auf dem Schlitten, weil man jemanden braucht, dem man später die Medaillen umhängen kann.

Die einzige Chance, bekannt zu werden, hat man, wenn man vom Schlitten fällt.

Iginia Boccalandro aus Venezuela zum Beispiel ist in Salt Lake City eine kleine Berühmtheit. Sie ist 41 Jahre alt, 85 Kilogramm schwer und gleich nach dem Start des Damenrennens vom Schlitten gefallen. Sie schlitterte wie ein Belugawal über die Bahn. Ihr herrenloser Schlitten schnitt einem Helfer den Finger ab. Ein Kollege von mir hat zwei Tage lang versucht, mit Iginia Boccalandro zu reden. Es ging nicht. Sie hat inzwischen drei Telefonnummern und ist den ganzen Tag unterwegs. Kurzzeitig sah es so aus, als könne er sie zwischen zwei Fernsehterminen sprechen, aber das zerschlug sich. Sie ist ein Star, man bekommt nicht mal mehr ein Interview mit dem Mann, dem ihr Schlitten den Finger abtrennte.

Die deutschen Doppelsitzer-Olympiasieger dagegen würden bestimmt den ganzen Abend Skat mit mir spielen.

Leider habe ich ihre Namen vergessen.

Der letzte Tycoon

In der Nacht, als in Los Angeles die Grammys vergeben wurden, erklärte Fritz Pleitgen in New York, wie das öffentlich-rechtliche Fernsehen Deutschlands bald den amerikanischen Markt erobern werde.

Fritz Pleitgen ist der Vorstandsvorsitzende der ARD. Er trug eine riesige Brille, mit der er es spielend in die Letterman-Comedy »Warum tragen alte Leute immer zu große Brillen?« geschafft hätte, und stand vor dem Ölgemälde eines schnurrbärtigen Mannes in einem Herrenklub der Upper East Side. Im Hintergrund klapperten livrierte Kellner mit Teegeschirr. Im Publikum saßen siebenundsiebzig deutsche Gäste, sechzig von ihnen waren älter als fünfzig. Fritz Pleitgen war vom Deutschen Verein New York hierher eingeladen worden.

Der Deutsche Verein galt im vorvorigen Jahrhundert mal als eine der ersten Adressen der Stadt, er besaß ein Haus direkt neben dem Plaza, aber dann verschwanden die Deutschen aus Scham immer mehr im Schatten von New York. Heute mietet sich der Verein einmal im Monat diesen Versammlungsraum in einem Herrenklub, dessen Namen man nicht nennen darf.

Der Deutsche Verein wird im Herbst 160 Jahre alt und hat seine besten Jahre wohl hinter sich. Wenn man was an der Bar bestellt, muss man mit einem Füllfederhalter den Namen des Klubmitglieds auf eine gelbe Pappkarte schreiben, das für den Drink bürgt. Der Barkeeper ist schwerhörig und sieht aus, als spiele er das hier. Es ist eine der Upper-East-Side-Gesellschaften, von denen man immer nur liest. Vor zehn Jahren hätte ich die Gäste mit den schnarrenden Stimmen sicher für Reaktionäre gehalten, aber sie waren harmlos. Es waren Museumsdeutsche. Sperrige, alte Herrschaften. Seit vier Jahren sind im Deutschen Verein sogar Damen zugelassen.

Fritz Pleitgen war ihr Unterhaltungsprogramm für Februar.

Pleitgen erinnerte an Billy Crystal im Film *Mister Saturday Night*, der als greiser Komödiant im Altersheim die Toupets seines Publikums testet. Allerdings wurde Pleitgen vom Vorsitzenden des Deutschen Vereins nicht als »Mister Saturday Night« vorgestellt, sondern als »Mister German Television himself«.

Pleitgen widersprach nicht, er sagte: »Das föderale System im deutschen Fernsehen weiß ich sehr zu schätzen. Sehr zu schätzen.« Diese Art der Wiederholung erinnerte mich an Pleitgens Namensvetter Fritz Wengler, der in den 80er Jahren erster stellvertretender Chefredakteur der *Berliner Zeitung* war. Als Wengler einmal einen Abteilungsleiter verteidigte, der besoffen Auto gefahren war, sagte er: »Das ist ein guter Genosse. Guter Genosse.« Kurz bevor die DDR zusammenfiel, sagte Wengler noch: »Die tschechischen Genossen sind unsere Freunde. Unsere Freunde.« Seitdem glaube ich, dass was faul ist, wenn alte Männer die wörtliche Wiederholung einsetzen.

Pleitgen erzählte jetzt, dass sie ein deutsches Fernsehprogramm für Amerika entwickelt haben, in dem die Nachrichtensendungen und Magazine laufen, aber auch *Tatorte*, Fernsehspiele und Shows wie *Wetten dass...?*. Es sei das Beste, was das deutsche Fernsehen zu bieten habe. Ab

1. März könne man das hier sehen, für 15 Dollar im Monat.

Eine neue »Deutsche Welle« rollt auf Amerika zu.

25 Prozent aller Amerikaner haben deutsche Vorfahren. In Wisconsin ist es sogar die Hälfte, sagt ein alter Herr hinter mir. Schimanski kam nach New York. Der Deutsche Verein strahlte. Jeden Abend Tagesschau in der Upper East Side. Endlich.

»Es ist wichtig, dass man auch hier in New York weiß, wie wir über die Welt denken«, sagte Pleitgen. Dann fragte jemand, wie man das Programm in Manhattan empfangen könne. »Pffhhh«, machte Pleitgen. »Sie haben ja keine Satellitenschüsseln hier, was? Nein. In Deutschland haben wir ja ausgebildete Techniker. Aber hier ...« Das Publikum kicherte. Ich sah in Gedanken den völlig leeren Gesichtsausdruck eines New Yorker Fernsehinstallateurs vor mir, den ich nach der »Deutschen Welle« fragte.

»Am besten, Sie bleiben in Kontakt mit den New Yorker Büros von ARD und ZDF«, sagte Pleitgen, bevor er den gemieteten Raum mit schnellen Schritten verließ. Er wurde beim Auslandsgastspiel des ARD-Rundfunksymphonieorchesters erwartet. Bei der Grammy-Verleihung in Los Angeles sang *U2 Walk on*.

Im Klub gab es noch Tee und Kekse. Die deutsche See war wieder ruhig.

Der Eismann

Es gibt ein paar Sachen, die mir zeigen, dass ich nicht so bin, wie ich eigentlich immer sein wollte. Dazu zählt der Kluburlaub.

Ich bin vor kurzem fünf Stunden von New York nach Mexiko geflogen, anschließend hat mich ein altersschwaches mexikanisches Taxi noch zwanzig Kilometer zu einem kleinen, gut umzäunten Urlaubsgelände gefahren, von dem ich schon vorher wusste, wie es aussieht. Dann fiel eine Tür hinter mir ins Schloss.

Alles, was ich brauche, befindet sich innerhalb der Mauern. Tennisplätze, Swimmingpools, Kindergärten, ein weißer Strand und ein Fußballfeld. Das Essen wird zum großen Teil aus Frankreich antransportiert, die Köche auch. Früher habe ich den FC Bayern München dafür verurteilt, dass er mit eigenem Koch zu Auslandsspielen reiste. Vor allem habe ich ihn dafür verachtet, dass er den Koch mit zum Europacupspiel nach Magdeburg brachte. Heute bin ich selbst eine Art FC Bayern München. Man könnte sagen, dass das Meer mexikanisch ist, die Haie und die Palmen, von denen mexikanische Angestellte die Kokosnüsse entfernen, damit sie den Kluburlaubern nicht auf den Kopf fallen. Einmal in der Woche kochen die französischen Köche ein mexikanisches Büfett. Es werden auch Exkursionen in die Welt außerhalb der Mauern angeboten. Aber eigentlich könnte der Platz überall sein. Sogar in New York, wo es jetzt schneit.

Die meisten Urlauber kommen sowieso aus Amerika, und in den Fernsehern in der Bar laufen die Play-offs im American Football.

Dennoch kann man hier drin was über die Welt lernen.

Vor ein paar Tagen saß ich mit einem kanadischen Polizistenehepaar beim Lunch. Die beiden hatten sich für fünf Jahre zum Dienst in einer Stadt am Polarkreis verpflichtet, wo die Kriminalitätsrate viermal so hoch ist wie im übrigen Kanada. Auch die Selbstmordrate ist hoch, denn es ist sehr dunkel dort, und die Eskimos sind traurig. »Es gibt aber ein Kino«, sagte die Frau und trank das erste der beiden Biere aus, die sie vor sich abgestellt hatte. Sie war groß und blond.

»Ihr Leben scheint den Sinn zu verlieren, wenn sie in die Stadt kommen«, sagte die Frau aus dem hohen Norden. »Vor allem die jungen Leute wissen nichts mehr mit sich anzufangen. Die Traditionen ihrer Vorfahren bedeuten ihnen nichts, und unser Leben bietet ihnen auch keinen Halt. Sie überspringen Hunderte Jahre Zivilisationsgeschichte. Sie betäuben ihre Ängste. Die meisten Verbrechen sind alkoholbedingt.« Ihr Mann nickte. Er war auch groß, blond und hatte seine beiden Biere bereits ausgetrunken.

»Es ist wie in *Fräulein Smillas Gespür für Schnee*, sagte ich.

Sie sahen mich erstaunt an.

»Das ist ein Buch, das in Kopenhagen spielt«, sagte ich und versuchte mich an den Namen der Hauptdarstellerin in der Verfilmung von *Fräulein Smillas Gespür für Schnee* zu erinnern. Sie hatten ja ein Kino im Norden. Aber mir fiel immer nur ein, dass die isländische Sängerin Björk die bessere Smilla gewesen wäre.

»Kopenhagen?« fragte die Kanadierin.

»Grönland ist ja dänische Kolonie«, sagte ich noch.

»Wir kommen eigentlich aus Montreal«, sagte der Mann. »Wir sprechen mit unserem Sohn zu Hause nur französisch«, sagte seine Frau. »Er soll das dort oben nicht verlieren, in zwei Jahren wollen wir wieder zurückkommen.«

Der schweigsame Polizist holte noch Biere. Es war sehr heiß.

Am Abend sah ich das kanadische Paar durch die Anlage torkeln. Ihr französisch sprechender Sohn sah sich im Spätkinderklub ein Disneyvideo an. Wir hatten einen strapaziösen Ausflug zu einem echten mexikanischen Teich mit Krokodilen hinter uns. Es war staubig, und die Krokodile waren kaum zu sehen. Ich hatte versucht, meine Familie noch zu einer kleinen Wanderung über einen ordentlich angelegten echten mexikanischen Dschungelpfad zu überreden, aber sie wollte nur zurück hinter die Klubmauern. Und ich eigentlich auch.

»Wir sind total versackt«, sagte die Polizistin aus dem Eis am nächsten Morgen. Ihre Augen waren rot, ihr Mann lag noch im Bett

Mir fiel ein, dass Smilla von Julia Ormond gespielt worden war, aber jetzt gab es keine Verwendung für diesen Einfall. Ich dachte an die turbulente Zivilisationsgeschichte der Eskimos. Vielleicht waren wir uns alle näher, als wir dachten.

Cop Land

Ich bin zu schnell. Vor zwei Wochen hetzte ich über die Autobahn von Leipzig nach Berlin. Ich hatte auf der Buchmesse zu viele Bekannte getroffen, die gerade Bücher schrieben oder veröffentlichten, und wollte nun zu meinem Freund nach Berlin, um wenigstens die zweite Halbzeit des Bundesliga-Spitzenspiels auf *Premiere* sehen zu können. Ich hatte seit zweieinhalb Jahren kein Spitzenspiel mehr auf *Premiere* gesehen, ich wusste nicht mal, ob es das Spitzenspiel auf *Premiere* überhaupt noch gab. Wie ich las, lebte der Sender *Premiere* kaum noch. Ich muss immer aufholen, wenn ich in Deutschland bin. Ich will in einer Woche ein halbes Jahr verstehen.

So wurde ich kurz hinter Dessau von der Polizei gestoppt.

Sie überholte mich in einem dunkelblauen Opel Omega, in dessen Rückfenster die roten Buchstaben leuchteten: POLIZEI. FOLGEN SIE UNS. Der Polizeiwagen fuhr die nächste Abfahrt hinunter und stoppte. Wir standen einen Augenblick so da, ich blieb sitzen. In Amerika stoppen die Polizeiwagen hinter einem, man muss sehr lange warten, bevor ein Polizist aus dem Wagen steigt. So lange, dass man Fehler zugibt, die man gar nicht begangen hat. Aus diesem Grund tragen amerikanische Autobahnpolizisten auch verspiegelte Sonnenbrillen.

Der Mann, der aus dem Opel stieg, trug keine verspiegelte Sonnenbrille. Er war dick, kam zu meinem Auto und sagte: »Hauptwachtmeister Tschernitz. Was haben wir falsch gemacht?«

»Ich bin zu schnell gefahren«, sagte ich mit dem Gesichtsausdruck eines Vorschülers. Tschernitz lächelte und sagte: »Fahrzeugpapiere, Führerschein.« Er blätterte in den Papieren der Mietwagenfirma herum und sagte nach einer Weile: »So. Sie wohnen also in den USA. Was machen Sie denn da?«

»Ich bin Journalist«, sagte ich.

Tschernitz wackelte mit dem Kopf und sagte dann: »Komisch, Ihr Name ist mir aber noch nie untergekommen.«

Wahrscheinlich wollte er in der Offensive bleiben. Er bat mich, mit zu seinem Auto zu kommen, in dem ein weiterer dicker Polizist wartete. Tschernitz sagte ihm gleich, dass ich in Amerika wohne. Er schien sich darüber zu freuen. Ich setzte mich zu den beiden Dicken in den Wagen wie in ihre Stube. Es gab auch einen Fernseher, vorn, zwischen ihnen. Auf dem kleinen Bildschirm spielten sie mir vor, wie ich mit überhöhter Geschwindigkeit an disziplinierten Autofahrern vorbeischieße. Ich überlegte, ob ich ihnen von dem gehetzten Leben zwischen den Welten berichten sollte, ließ es dann aber. Ich bestaunte stattdessen ihre moderne Technik.

»Das ist doch altes Zeug«, sagte Tschernitz. »Haben Sie mal in Amerika in ein Polizeifahrzeug geschaut?«

»Nee«, sagte ich.

»Sehen Sie«, sagte Tschernitz. »Die lachen sich über uns tot.«

Sie berieten, ob der Strafbescheid über 40 Euro jemals in Amerika ankommen würde. Einen Augenblick lang sah es so aus, als würden sie mich laufen lassen, aber dann riefen sie in der Zentrale an.

»Wir haben hier einen Kraftfahrer mit Wohnsitz USA«, sagte Tschernitz. »Was?« fragte eine Stimme ungläubig. Tschernitz stand bei Dessau. »Ja, New York«, sagte Tschernitz nicht ohne Stolz. »Keine Ahnung«, sagte die Zentrale schläfrig. Tschernitz und sein Beifahrer lächelten lässig. Es schien so, als habe sich im Auto die weite Welt versammelt, draußen in den Dispatcherzentralen hockten die Provinzler.

»Wie schnell darf man denn in den Staaten auf der Autobahn fahren?« fragte Tschernitz. Er wurde zum Amerikaner. Er notierte meine Anschrift, aber es wirkte, als tauschten wir Adressen wie Urlaubsfreunde. Jegliche Spannung war verschwunden. Tschernitz erinnerte jetzt an Rod Steiger aus *In der Hitze der Nacht*. Demnach war ich Sydney Poitier. Sehr gut. Am Ende sagte der Hauptwachtmeister: »Reißen Sie sich bis Berlin ein bisschen zusammen. Sie können den Bock ja treten, wie Sie wollen, aber nicht im Baustellenbereich. Bei zwei Geschwindigkeitsvergehen an einem Tag ist die Pappe weg.« Sie hätten mich fast mit High Five verabschiedet.

Ostern ist in der Bronx ein Polizist erstochen worden. Ein guter Mann, heißt es. Das Messer traf ihn ins Herz.

Ich hoffe, Tschernitz hat das gehört.

Zimmer mit Aussicht

Als ich 16 war, beschloss ich, mich kurz vor meinem 40. Geburtstag umzubringen. Ich konnte mir nicht vorstellen, dass mein Leben jenseits der Vierzig noch irgendeinen Sinn ergeben könnte. Im Alter von 39 Jahren habe ich meine Pläne modifiziert. Ich wollte noch einmal Havanna sehen. Wahrscheinlich wollte ich wissen, wer ich in den letzten zehn Jahren geworden war.

Es ist nicht einfach, von New York aus in Richtung Kuba wegzukommen. Kein amerikanisches Reisebüro half mir weiter. Angeblich wusste niemand, wo man ein Visum bekommt. Ich habe mir das Visum dann in Wilmersdorf besorgt. Auch die Flugtickets haben wir in Berlin bestellt. Es war kein Problem.

»Das liegt daran, dass alle Deutschen jetzt nach Kuba wollen«, sagte mir eine Freundin aus Berlin, bevor ich losflog. Sogar ihre konservativsten Freunde würden gerade Kuba entdecken. Kuba sei jetzt so was wie das Mallorca in der Karibik. Es ist furchtbar, das zu hören, wenn man gerade alt wird und konservativ. Ich bin aus einem geburtenstarken Jahrgang.

Wenigstens machten es uns die Amerikaner weiter schwer. Die Mitarbeiterin in der Fluggesellschaft Continental schien unser endgültiges Reiseziel gar nicht lesen zu können. Vielleicht glaubt sie, es bringt Unglück, das Wort Havanna zu lesen. Wir mussten über Mexiko fliegen. Wir holten unser Gepäck in Cancun, Mexiko, ab und schleppten es zum Schalter der Fluggesellschaft Aircaribe. Von da an aber schienen wir Amerika wirklich zu entkommen. Es gab keine Kontrollen mehr, ich hätte eine Knarre im Hosenbund tragen können. Der Steward rief die Gäste mit einem Megafon auf, aus den Sitzen ragten Schrauben, und die Fächer fürs Gepäck waren aus Sperrholz. Aber dann waren wir auch schon in Havanna. An der Rezeption stand verwirrend viel Personal in gebügelten Hoteluniformen, obwohl es außer uns gar keine Gäste zu geben schien. In unserem Zimmer strich ein großer schwarzer Mann die Fensterrahmen.

»Oh«, sagte der Hotelboy. Er tuschelte mit dem Maler und sagte erleichtert: »Er ist gleich fertig.«

Ich spürte zum ersten Mal, wer ich in den letzten 15 Jahren geworden war. Ich wollte auf keinen Fall in einem Zimmer schlafen, das gerade gemalert worden war. Vor fünfzehn Jahren hätte ich einen Mann wie mich verachtet.

Der Hotelboy erklärte: »Wir renovieren so viel, weil in drei Wochen der amerikanische Präsident Carter unser Hotelgast sein wird.«

Ein Staatsgast. Auch das noch. Unser Aufenthalt würde die Hölle werden. Wahrscheinlich würden sie auch die Palmen spritzen.

»Es ist der erste amerikanische Präsident, der uns seit der Revolution besucht«, sagte der Hotelboy. Er zeigte uns noch ein anderes Zimmer. In dem waren drei Maler beschäftigt. »Es ist aber besser durchzulüften als das erste. Es hat ein Fenster mehr«, sagte er. »Kein Problem.«

»Doch«, sagte ich.

Es gab ein ziemliches Palaver, am Ende waren zehn oder zwölf Personen vom Hotel involviert. Dann bekamen wir die Fürstensuite. Für zwei Nächte. »Es ist das größte

Zimmer des Hotels. Hier wird auch der Ex-Präsident schlafen«, sagte der Hotelboy.

Es ist ein schönes Zimmer mit bunten Scheiben, hohen Decken und einem riesigen Bett, das einen Himmel besitzt, der sich über Messingsäulen spannt.

Es gibt zwei Fernseher, eine Sitzecke und sechzehn Fläschchen mit Shampoo im Bad. Dafür funktioniert das Wasser manchmal nicht. Es gibt zwei Telefone, aber eins ist nicht an das öffentliche Netz angeschlossen. Wahrscheinlich wird irgendwo ein Krieg ausgelöst, wenn ich es benutze.

Ich benutze es nicht. Vorerst nicht. Ich habe mich verändert. Gestern habe ich die Sicherheitschefin zusammengebrüllt, weil ein Kollege von mir das Hotel nicht betreten durfte. Der Hotelboy nennt mich: »Mein Freund.« Ängstlich, als könnte ich ihm noch mal gefährlich werden. Ich fange an, die vielen Kellner, die überall rumlungern, zu hassen. Die Rezeption meldet sich nicht mehr, obwohl die zwei Nächte rum sind. Wahrscheinlich fühlen sie, dass ich genau in die Präsidentensuite gehöre. Ich liege auf Jimmy Carters Bett und starre an den Himmel. Draußen spielen riesige kubanische Volksmusikensembles. Ich werde die Präsidentensuite nicht mehr verlassen. Ich bin ein amerikanischer Präsident.

Irgendetwas in der Art hatte ich wahrscheinlich befürchtet, als ich 16 war.

Ein pikantes Geschenk

Ich weiß nicht, ob es an mir liegt oder an meinem Alter. Ich bekomme zunehmend Dinge geschenkt, die nur einen symbolischen Wert besitzen. Ich meine nicht so was wie den »Würfel mit dem Fragezeichen« aus der Rudi-Carell-Show »Am laufenden Band«. Hinter dem »Würfel mit dem Fragezeichen« verbarg sich eine Sache, die man sich wünschte. Ich aber bekomme Scherzgeschenke. Eingewickelte Witze.

Es begann vor zehn Jahren.

Als ich 30 wurde, stand einer meiner besten Freunde mit einer sperrigen Werbung für irgendwelche Kreislaufkapseln vor der Tür. Es war eine dieser Pappen, die man als Reiter an schönen Tagen vor der Apotheke aufstellen kann, sie warb für Alte-Leute-Medizin und nahm viel Platz weg. Ich wohnte damals in einer sehr kleinen Wohnung. Ich hob die Werbung noch ein halbes Jahr auf, dann brachte ich sie auf den Dachboden. Vermutlich ist sie Ende der 90er Jahre einer Rekonstruktion zum Opfer gefallen. Später habe ich von einem anderen guten Freund eine Schalmei geschenkt bekommen, die mich wohl an die historische Mission der Arbeiterklasse erinnern sollte. Es ist eine schöne Schalmei, aber ich nutze sie nicht. Ich kenne nicht mal jemanden, der in einem Spielmannszug mitmacht oder irgendwann mitgemacht hat.

Der symbolische Wert meiner Geschenke verfällt, wenn sie ans Licht kommen. Sie schießen kurz aus der Kiste, jemand lacht, meistens derjenige, der mir das Geschenk mitgebracht hat, und ich, weil ich höflich bin. Dann ist es vorbei. Am Morgen nach dem Geburtstag sind symbolische Geschenke nicht mehr als ein Vorwurf. Voriges Jahr zu Weihnachten habe ich einen Tannenzweig geschenkt bekommen, den ich einpflanzen sollte. Ich habe es verschlampt, der Zweig verschrumpelte, ich fühle mich immer noch schlecht. Der Sinn meiner Geschenke verschwindet, aber darf man sie deswegen wegwerfen?

Am Ende räume ich meine immer kleiner werdenden Geburtstagstische auf, und es bleibt praktisch nichts übrig.

Ich hatte in dieser Woche Geburtstag. Ich habe einen Führer durch den Botanischen Garten von Brooklyn bekommen, mit dem sich die Schenker wünschen, dass ich noch lange in ihrer Stadt bleibe. Das ist rührend. Ich stelle den Parkführer neben den Bildband »Erotische Partnermassage«, den ich zur Hochzeit geschenkt bekam, als lustigen Hinweis darauf, dass auch in der Ehe manches Abenteuer möglich ist. Ich habe auch wieder eines der T-Shirts mit Aufschriften bekommen, die ich noch eine Weile als Schlaf-T-Shirts aufbewahre und dann wegwerfe. Und ich habe eine Baseballmütze und ein Sweatshirt der New Yorker Polizei bekommen, deren Symbolik mir noch nicht richtig klar ist. Sie führen ein Zwischenleben. Sie erinnern mich an einen schweren metallenen Hund, den ich vor Jahren von einem Mann geschenkt bekam, der mir sehr wichtig ist. Der Hund steht auf meinem Bücherregal und schaut mich an. Es ist eine Bulldogge, ich weiß nicht, was sie sagen soll. Vor einem Jahr habe ich den Hund aufgeschraubt, weil ich dachte, dass die Botschaft in seinem Leib versteckt ist. Aber da war nichts.

Ich kann mir nicht vorstellen, mit Hut und Hemd des

NYPD auf die Straße zu gehen. Dort draußen wäre ich ein wandelndes Symbol.

Eine Werbung, aber wofür?

Gerade hat mich ein Freund aus Erfurt angerufen, der mir sagte: »Ihr wisst ja, wie wir uns jetzt fühlen.« Ich habe keine Ahnung, wie sie sich jetzt in Erfurt fühlen, weil ich nie in einer Stadt gewohnt habe, in der ein Schüler 16 Menschen erschoss. Aber das habe ich nicht gesagt. Ich habe beredt geschwiegen.

Ich setze die New Yorker Polizistenmütze jetzt mal auf und sehe mich im Spiegel an, aber ich sage mir nichts. Ich könnte viel bedeuten. Ich könnte mich distanzieren und verbünden. Ich könnte ein ironischer Bruch sein. »Niemand ist ein Held«, könnte meine Mütze den Passanten zurufen. Aber auch: »Ich bin ein Held.« Ich könnte symbolisieren: »Es ist nicht alles gut, was aus Amerika kommt, wie man an Afghanistan sieht oder auch an Erfurt!« Aber auch: »Niemals würde ich in einem T-Shirt der Berliner Polizei herumlaufen, aber mit dem hier aus New York habe ich keine Probleme!«

Ich will das alles nicht. Ich will ein einfaches, nützliches Geschenk haben.

Aber vielleicht brauche ich gar nichts mehr.

Im Reich der Sinne

Der erste Taschenrechner meines Lebens stammte aus Japan. Er war winzig, leuchtete rot, konnte Wurzeln ziehen und schien also zu leben. Auch mein erster Walkman und meine erste Mikrowelle sind japanisch. Ich hatte in Japan eine technische Wunderwelt erwartet, aber schon auf dem Flughafen Tokio bemerkte ich mehr Menschen als Maschinen.

Ich fand keinen Geldautomaten, aber es gab einen kleinen gläsernen Verschlag, in dem vier ältere Herren saßen. Sie lächelten. Ich benötigte 100 Yen fürs Münztelefon. 100 Yen sind etwa ein Euro. Ich schob einen Dollarschein durch eine Klappe. Einer der Herren trug mein Geburtsdatum und meine Adresse in ein Formular ein, anschließend legte er meinen Dollar in einen Metallkasten, es ratterte kurz, und der Metallkasten spuckte zwei Münzen aus, die sich auf einem kleinen Förderband in meine Richtung bewegten. Es erinnerte an Telelotto. Die anderen drei Herren nickten wie die Ziehungsleiter.

Es gibt viel Papier und viel Personal in Japan. Vielleicht fürchten sie, dass sich die Technik einmal gegen sie wenden könnte wie im Film *Matrix*. Deshalb exportieren sie all die aggressiven Geräte und probieren im Inland eher friedliche Erfindungen aus.

In meinem Hotelbad erwartete mich eine kompliziert aussehende Toilette, die über eine beheizbare Toilettenbrille verfügte. Man kann von beheizbaren Toilettenbrillen, vor allem jetzt im Sommer, sehr überrascht werden. An der Seite der Toilette befand sich eine Art Keyboard für verschiedene andere Toilettenfunktionen. Ich habe sie nicht ausprobiert. Um diese Dinge kümmern sich also die japanischen Erfinder zur Zeit. Die nicht nahe liegenden Dinge. Im Selbstbedienungsrestaurant erhielt ich einen kleinen Würfel, nachdem ich meine Bestellung aufgegeben hatte. Wenn das Essen fertig ist, spielt der Würfel ein Lied. Und als ich später im Süden Japans den Hotelfernseher anmachte, lief dort das ZDF-Morgenmagazin. Ich sah Cherno Jobatey, was – ohne dass ich es erklären könnte – gut zu den singenden Essenwürfeln passte.

Sie zeigen das deutsche Fernsehen hier für deutsche Fußballer und Journalisten, denn es ist Fußball-WM in Japan. Jobatey ließ sich gerade von einer älteren Japanerin erzählen, was man als deutscher Tourist in ihre Heimat mitnehmen müsste. »Feste Schuhe«, sagte sie. Jetzt beginne die Regenzeit, und in Japan bekommt man nur kleine Schuhe. Jobatey hielt seine riesigen Turnschuhe in die Kamera und lachte laut.

Deutsche sind laut und haben große Füße. Aber das ist nicht alles, was man in Japan von ihnen weiß. Auf meinem Hotelschreibtisch warnt mich ein kleines Schild: »Bitte verlassen Sie Ihr Hotelzimmer nicht in Hausschuhen und Unterwäsche.«

Ich wollte ein guter Gast sein. Ich verließ mein Zimmer nicht ohne Hosen und aß beim Abendempfang der Stadt Miyazaki für die deutsche Nationalmannschaft nicht Kartoffelsalat, sondern Sushi. Dabei löste sich eine Plombe aus einem Backenzahn wie ein Opfer des guten Willens. Ich dachte eine Nacht daran, dass ich die WM auch ohne die Plombe durchstehen würde. Aber dann besuchte ich zum ersten Mal in meinem Leben einen japanischen Zahnarzt.

Ich musste meine Schuhe ausziehen, bevor ich ins Behandlungszimmer durfte. Ich überlegte, noch mal umzudrehen, schlurfte dann aber in zu kleinen Damenpantoffeln zu einem Zahnarztstuhl. Ich kam mir vor wie ein Völkerkundler. Die Instrumente sahen altmodisch aus, aber es gab wieder viel Personal. Neben dem Stuhl standen zwei Schwestern. Der Zahnarzt meditierte kurz, bevor er mir in den Mund sah. Er schloss die Augen, und wir alle schwiegen für etwa 20 Sekunden. Dann setzte er mir meine Plombe wieder ein. Ich bedankte mich so überschwänglich, als hätte ich einen komplizierten Abrüstungsvertrag ausgehandelt. Der Arzt sah mich überrascht an, ich kehrte schnell ins Hotel zurück. Auf meinem Flur stand ein deutscher Fernsehtechniker in Unterhose und Badelatschen.

Nachts sah ich mir die *Johannes-B.-Kerner-Show* an. Ich lag im 34. Stockwerk eines Hotels auf der südlichsten Insel Japans wach. Draußen rauschte der Pazifische Ozean. Johannes B. Kerner fragte Gojko Mitič, ob er eigentlich schwul sei.

Ich glaube, ich war noch nie weiter von zu Hause weg.

Reds

Walter Ulbricht starb während der Weltfestspiele der Jugend und Studenten im Sommer 1973. 29 Jahre später schlief Fritz Walter für immer ein. Diesmal waren Fußball-Weltmeisterschaften. Ulbricht war ein Funktionär, Walter ein Fußballer. Für die meisten Menschen besteht zwischen beiden Ereignissen kein Zusammenhang. Für mich schon.

1973 stellte ich mich zwischen die Leute, die auf eine Leuchtschrift am Alexanderplatz starrten. Dort las ich, dass Walter Ulbricht tot ist. Eine Frau berührte mich an der Schulter, als wolle sie mir Trost spenden. Aber ich brauchte keinen Trost. Ich war ein Kind. Ich hatte auf meinem Festivaltuch viele Unterschriften gesammelt, es war heiß, und es wurde viel geküsst in Berlin. Walter Ulbricht aber war alt. Er hatte einen ulkigen Bart und war auf den DDR-Briefmarken abgebildet. Ich fühlte nichts. Ich stand dort noch einen Augenblick, dann beobachtete ich wieder Liebespaare aus aller Welt.

Später, als ich bei der Armee war, starb Leonid Breschnew. Aus diesem Grund wurde in der Weißenseer Nachtbar *Harmonie* um 24 Uhr die Diskothek abgeschaltet. Ich befand mich auf Sonderausgang ohne Zivilerlaubnis. Ich war aus den Wäldern um Waldsieversdorf nach Berlin-Weißensee gereist, ich trug widerrechtlich eine dunkelblaue Wrangler-Cordlatzhose, weil man in der Ausgangsuniform der Nationalen Volksarmee nicht zu *Earth*,

Wind & Fire tanzen konnte und auch nicht zu *Ideal.* Aber das wusste mein Oberfähnrich nicht, der mir nie eine Zivilerlaubnis gab. Ich hatte gerade genug Wermut getrunken, um zu tanzen, da hörte die Musik auf. Wir können gern noch sitzen bleiben, hieß es. Leonid Breschnew war tot. Leonid Breschnew hatte Augenbrauen wie Peter Frankenfeld, er sah aus, als sei er von Hollywoodcastern als böser Russe ausgesucht worden. Sie spielten jetzt Klassik in der *Harmonie*, die Diskokugel stand still. Ich musste in viereinhalb Stunden wieder auf dem Bahnhof Ostkreuz stehen. In Ausgangsuniform. Ich war nicht traurig, ich war wütend auf Breschnew.

Als Juri Andropow starb, überredeten wir unseren Russischlehrer, Herrn Schmutzler, dazu, uns gemeinsam den Trauerzug im Fernsehen anzuschauen. Dadurch fiel Russisch aus, ich habe Andropow nichts vorzuwerfen. Wenige Jahre später starb der nächste Generalsekretär der KPdSU, ich war gerade wieder bei der Armee. Diesmal als Reservist. Ein Vorgesetzter holte mich zu sich und befahl mir: »Genosse Gefreiter, teilen Sie Ihrer Gruppe mit, dass der Genosse Tschernenko verstorben ist.« Er sah mich dabei ernst an. Ich sah ihn ernst an, und dann ging ich zu den anderen Studenten meiner Reservistengruppe und sagte: »Ich soll euch sagen, dass Tschernenko tot ist.« Dabei wackelte ich mit den Armen. Wer war ich? Der Soldat für die schlechten Nachrichten? Der schwarze Gefreite?

Ich kann das nicht.

Letzte Woche starb Fritz Walter. Fritz Walter war Kapitän der deutschen Mannschaft, die 1954 Weltmeister wurde, später war er Ehrenspielführer.

Der Sprecher des Deutschen Fußball-Bundes erklärte im Medienzentrum von Seogwipo, dass die Nationalelf gegen Amerika mit Trauerflor spielen würde. Anschließend bat er uns Journalisten, zu einer Schweigeminute für Fritz Walter aufzustehen. Das DFB-Medienzentrum ist in der »Hall of Fame« des koreanischen Baseballs untergebracht. Neben mir erhoben sich deutsche Kollegen in kurzen Hosen und Sandalen. Draußen stapelte jemand neue Flaschen in die Kühlschränke der Sponsoren Coca-Cola und Bitburger. Ich dachte verzweifelt an Schwarz-Weiß-Bilder aus meinem Sprengel-Album. Aber ich fühlte nichts. Ich fürchtete nur, dass mein Handy klingelt. Es ist ein kleines japanisches Handy. Es funktioniert nach so komplizierten Regeln, dass mich fast niemand anruft. Ich mochte es zum ersten Mal.

Wir schwiegen in der Ruhmeshalle koreanischer Baseballer für Fritz Walter, den Helden von Bern. Ich dachte daran, wie die koreanischen Sportreporter ihren Zuschauern später den Trauerflor der Deutschen erklären würden. Flitz, Flitz Waltel. Ein Fremder. Letztlich fühlten sie wie ich, die Roten. Ich war ein Koreaner am Grab von Fritz Walter.

Ich wette, das Wort Ehrenspielführer gibt es im Koreanischen gar nicht.

Der Strohmann

Vor zehn Tagen rief das ZDF bei mir in New York an. Ein schnell und laut sprechender Mann lud mich zu einer sechsstündigen Sondersendung zum ersten Jahrestag des 11. September nach Deutschland ein. Der Mann flehte und warb, ich hatte den Eindruck, er würde seinen Job verlieren, wenn ich nicht zusage. Der Moderator würde sich »persönlich sehr freuen«, wenn ich käme, sagte er mehrfach. Es klang, als habe der König einen Wunsch geäußert.

Ich hatte den Namen des Moderators nie gehört und konnte am 11. September auch gar nicht aus New York weg. Ich versprach aber, eine Nacht darüber nachzudenken, denn ich wollte niemanden vor den Kopf stoßen. Immerhin trauten sie mir beim ZDF zu, eine sechsstündige Sondersendung durchzustehen. Sechs Stunden, da wollte ich nicht schon nach dreißig Sekunden absagen. Der Mann bedankte sich herzlich und erwähnte noch mal den Moderator. Offenbar herrschte ein sehr hoher Bedarf an 11.–September-Studiogästen. Es gab so viele Sendungen, und die Feuerwehrleute wurden natürlich alle in New York gebraucht.

Irgendjemanden findet man aber immer noch.

Am nächsten Tag rief der ZDF-Mann wieder an und sagte: »Vielen Dank für Ihre Bereitschaft, aber wir haben den ehemaligen deutschen Botschafter bekommen.« Ich hatte nie Bereitschaft gezeigt, aber das war ja jetzt auch egal. Den Moderator erwähnte er nicht mehr, offenbar hatte selbst der das Interesse an mir verloren. Nirgendwo geht man so schnell unter wie beim Fernsehen.

Im vorigen Jahr war ich beinahe Gast der n-tv-Sendung Maischberger. Ich war für drei Tage in Berlin. Kurz vor meinem Abflug nach New York rief mich eine Dame aus meinem Buchverlag an und sagte, es klappt doch nicht. Sandra Maischberger habe überraschend den König von Jordanien zu Gast bekommen. Ich glaubte ihnen kein Wort. Der König von Jordanien auf n-tv. Das ist so, als würde ein Kind sagen, es komme zu spät zur Schule, weil seine Oma heute Morgen in seinen Armen gestorben sei. Ich habe das als Junge nie gemacht. Den König von Jordanien sollte man sich für wichtige Absagen aufheben. Aber vielleicht war ich inzwischen wichtiger, als ich dachte.

Am Morgen vor dem 11. September hat das Schweizer Fernsehen angerufen. Denise war dran. Sie lud mich für den Nachmittag auf das Dach des NBC-Gebäudes für eine Live-Sendung zum Jahrestag ein. Es täte ihnen Leid, dass es so kurzfristig sei, aber Kofi Annan habe gerade erst abgesagt. Oh, der UN-Generalsekretär! Offenbar wurde ich in der Schweiz hoch gehandelt.

»Kofi Annan kann nicht!« »Dann ruf doch mal den Osang an.« So lief das beim Schweizer Fernsehen.

Ich sagte Denise, dass ich das kurz besprechen müsste. Denise war einverstanden. Jemand, der Kofi Annan ersetzen kann, muss die Dinge besprechen. Sie würde mich gleich zurückrufen.

»Schweizer Fernsehen? Was willst du denn da?« fragte meine Frau. »Ich soll für Kofi Annan einspringen«, sagte ich.

»Na dann«, sagte meine Frau.

Wahrscheinlich hält sie mich für einen Wichtigtuer. Aber ich kenne meine Rolle. Als Junge war ich ein paar Mal Kabelhalter bei der Jugendsendung *Rund*. Für ein Taschengeld schleppte ich den Kameramännern ihre dicken Kabel hinterher. So war ich *City*, *Lift*, den *Roten Gitarren* und einer Band namens *Long Tall Earnie and the Shakers* nah, denn *Rund* war die Jugendsendung des DDR-Fernsehens. Einmal war der damalige FDJ-Chef Egon Krenz zu Gast bei *Rund*. Zu den Proben war Krenz noch nicht da, denn er war ein viel beschäftigter Jugendpolitiker. Er wurde in den Haupt- und Generalproben durch einen *Rund*-Mitarbeiter ersetzt, der dem Moderator für fünf oder sechs Fragen stumm gegenübersaß. Antworten durfte er natürlich nicht, das hätte Ärger geben können. Politisch.

Ich weiß nicht, wie sich der Krenz-Darsteller später fühlte, aber ich ahne es. Ich bin ein Talkshow-Double. Ich könnte da sein, ich bin eine Möglichkeit. Niemand erwartet wirklich Antworten von mir. Mit mir kann man sich in unsicheren Zeiten vorstellen, dass es überhaupt eine Sendung gibt.

Das Schweizer Fernsehen hat nicht mehr zurückgerufen. Vielleicht konnte Kofi Annan doch wieder. Oder sie haben irgendeinen anderen Generalsekretär bekommen oder sogar einen König.

Aber ich hätte da sein können. Ich habe meine Aufgabe erfüllt.

I am Sam

Einmal im Monat lädt die Klasse meines Sohnes alle Eltern zu einer Unterrichtsstunde ein. Das Motto lautet: »Eltern als Lesepartner«.

Meistens stellen die Kinder kleine Geschichten vor, die sie im letzten Monat geschrieben haben. Sie legen die Blätter mit ihren Erzählungen vor sich auf den Tisch, daneben legen sie eine Liste für Kommentare. Die Eltern laufen an den Bänken vorbei, lesen die Geschichten und schreiben Kurzrezensionen. Es gibt nur eine Spalte pro Kommentar, es wird erwartet, dass man dort einen lobenden Satz hineinschreibt. Ich habe die Sätze der Eltern vor mir gelesen. »Du kannst gut erzählen, Theo.« »Ich mochte deinen Helden, Ashley.« »Schöne Geschichte, Ryan.«

Anfangs habe ich mich in meinen Kommentaren gern kurz gefasst, auch weil ich Angst vor Fehlern hatte. Ich wollte meinen Sohn nicht blamieren. Ich wollte nicht als Sam in die Geschichte der Klasse eingehen. Das ist der Vater, dem man im Film *I am Sam* sein Kind wegnimmt, weil es ihn überfordert. Im Ausruf »Gute Geschichte« kann man nicht viel Grammatikfehler machen. Aber je älter die Kinder wurden, desto mehr merkte ich, dass ich kein Meister des Kurzkommentars bin.

Es gab Geschichten, in denen sich die Autoren das Herz aufrissen. Ein Mädchen, das aus einem kleinen Ort in Vermont hierher nach New York gekommen war, beschrieb ausführlich, wie viel Mühe sie sich gibt, neue

Freunde zu finden. Aber es klappt einfach nicht. Was soll man dahinter schreiben? Gute Geschichte? Kopf hoch? Ich schrieb kleiner, um in der Kommentarspalte Platz für eine ausgewogene Beurteilung zu finden. Bei Alex, in dessen Geschichten immer sein ehrgeiziger polnischer Vater anwesend ist, der seinen Sohn zu einem Genie heranziehen will, nutzte ich einmal zwei Spalten für meinen Kommentar. Alex hat sich beklagt, wahrscheinlich musste er im Auftrag seines Vaters so viele Kommentare wie möglich sammeln, und ich hatte ihm mit meinen umständlichen Erklärungen Platz geklaut.

Ich war in den letzten drei Jahren nur fünf- oder sechsmal bei der Elternstunde. Inzwischen sind die Kinder in der 4. Klasse, ich fühle mich überfordert. Walter Kempowski hat vor ein paar Tagen in der *Süddeutschen Zeitung* gesagt, dass er gerne Grundschullehrer war, weil man in den oberen Klassen Fragen stellen muss, auf die man selbst keine Antwort hat. Er sprach mir aus dem Herzen, aber vorigen Freitag musste ich wieder hin.

»Diesmal machen wir Mathematikspiele«, sagte mir die drahtige, neue Klassenlehrerin meines Sohnes. Mathematik. Ich wäre am liebsten weggerannt, aber mein Sohn zog mich zu einer Bank und brachte ein Kartenspiel, mit dem man Addition und Subtraktion im 1000er Bereich üben kann. Es ging einigermaßen, aber als die Lehrerin kam, um uns über die Schulter zu schauen, wurde ich rot.

Erleichtert, wie nach der Beichte, beobachtete ich, wie die Kinder nach einer halben Stunde die Mathematikspiele einpackten. Da meldete sich eine Stimme über den Schullautsprecher. Ich dachte an eine Feuerwehralarmübung, aber die Stimme kündigte den Fahneneid an, der in amerikanischen Schulen nach dem 11. September gesprochen wird.

Es ist ein Schwur auf Amerika, mein Kopf begann zu schwellen. Amerika geht bald in den Krieg, in den ich nicht will. George W. Bush ist vielleicht ignorant, aber ich bin sein Gast. Niemand muss den Eid mitsprechen. Es ist freiwillig, aber was heißt das schon.

Die Stimme begann, den Schwur aufzusagen. Ich sah, wie sich links, rechts und vor mir Eltern und Kinder von ihren kleinen Viertklässlerstühlen erhoben, ihre Hände auf die Brust legten, dorthin, wo ihre Herzen schlugen, und den Schwur mitsprachen. Ich dachte daran, wie mir Thomas Linke in Japan erzählte, dass er die deutsche Nationalhymne nicht mitsingt. Aber nur, weil er glaubt, dass ihm die Pech bringt. Ich dachte noch an Herta Däubler-Gmelin, als ich mich leicht von meinem Stuhl erhob. Ich stand da wie ein Skispringer, der gerade vom Schanzentisch wegsegelte. Von hier aus sah ich jetzt, dass mein Sohn selbstverständlich auf seinem Platz neben den Mathespielen sitzen blieb. Wir hatten schon vor einem Jahr über den Eid geredet, er wollte ihn nicht sprechen. Er verstand nicht, warum er auf eine Fahne schwören sollte. Auch sein bester Freund Teddy saß, und Aviva, Teddys Mutter, saß ebenfalls. Calvin saß, sein Vater saß. Die anderen standen. Ich war der Einzige in der Hocke. Ein Halbamerikaner. Ein Indianer im Rausch.

Ich bin Sam.

Misfits

Bevor ich nach New York aufbrach, rieten mir Amerikaerfahrene Deutsche, bei Einladungen immer auf den Dresscode zu achten. Der Dresscode ist so was wie eine empfohlene oder vorgeschriebene Anzugsordnung. Er hilft einem, nicht aus der Rolle zu fallen.

Ich habe seit meiner Erstkommunion Schwierigkeiten mit dem Dresscode. Damals fand meine Mutter, dass ich nicht so steif und dunkel erscheinen solle wie der Rest der katholischen Kirche. Sie kaufte mir einen sehr hellgrauen Anzug, ein Nylonhemd mit rundem Kragen, das eher aussah wie ein Pullover, und Sandaletten. Ich beleuchtete die katholische Kirche. Auf den Kommunionsbildern bin ich als heller Fleck zwischen den Jungs auszumachen. Nicht so hell wie die Mädchen, aber doch auf dem Weg zu ihnen, irgendwo in der Mitte, unpassend.

Daran hat sich nicht viel geändert. Ich besitze nur eine Krawatte, habe sie aber meist umgebunden, wenn es nicht nötig war.

Vor ein paar Tagen besuchte ich mit einem Kollegen den Schriftsteller John Updike in Boston. Updike ist weltberühmt und ein erstklassiger Beobachter, es gab einen schwer zu entschlüsselnden Dresscode. Ich trug einen Anzug, keine Krawatte, hatte aber eine im Auto. Mein Kollege trug Krawatte, aber eine, die locker gemeint war, weswegen er auch einen Westover drüberzog und untenrum Jeans trug. Mein Anzug war dunkelblau. Ich fühlte mich schon leicht overdressed, bevor John Updike erschien.

Updike hatte Kordhosen an, eine Baseballmütze und eine Windjacke. Er sah aus, als käme er direkt vom Golfplatz.

Mein Kollege verschwand kurz, und als er wiederkam, war die Krawatte weg. Ich sah aus wie ein Redakteur, der sich zu viel vorgenommen hatte. Irgendwann zerrte ich mir das Hemd aus der Hose, aber das machte es nur noch schlimmer. Updike beschreibt in seinen Lebenserinnerungen, wie er eine israelische Lesereise im Jeansanzug absolvieren musste, weil sein Koffer verloren gegangen war.

Er lachte viel während des Interviews.

Sechs Tage später gingen wir zu einer Party unserer Nachbarn. Unsere Nachbarn sind Schauspieler, sie feierten ihren 10. Hochzeitstag in einem Loft in Soho. Jemand, der auch eingeladen war, sagte, dass Jennifer und Ben kommen. Das hieß Jennifer Lopez und Ben Affleck. Der Dresscode war »locker«. Meine Frau erinnerte mich vor der Party daran, als wolle sie mich zu irgendwas überreden.

Locker. Locker, locker. Ich zog mir graue Stoffhosen an, die ich mir bei *Kenneth Cole* gekauft habe, und ein schwarzes Hemd, das ich locker aus der Hose hängen ließ. Meine Frau trug Jeans und ein enges, ziemlich kurzes T-Shirt. Sie sah traurig auf meine grauen Stoffhosen. Wahrscheinlich dachte sie an Ben Affleck. Ich zupfte an meinem Hemd, das lässig aus der Hose hing.

»Kate trägt Jeans«, sagte meine Frau. Kate war die Gastgeberin.

»Ich bin 40. Kate ist 36. Es ist Samstagabend. Ich finde es albern, wenn wir alle in Jeans rumrennen, um zu zeigen, wie locker wir sind. Ich bin auch so locker«, sagte ich.

»Dann ist ja gut«, sagte meine Frau.

Fünf Minuten später wechselte ich in eine Jeanshose, behielt aber das Hemd an. Als ironische Überspitzung zog ich staubige halbhohe Stiefel an. Im Fahrstuhl zum Loft trafen wir die ersten beiden Stoffhosenträger. Ihre Schuhe glänzten. Ich sah meine Frau an, sie lächelte besänftigend. Kate trug wirklich Jeans. Später erfuhr ich, dass die Männer mit den glänzenden Schuhen ihre Friseure gewesen waren.

Jennifer Lopez kam dann doch nicht. Sie drehte ein Video in Los Angeles. Auch Ben Affleck war nicht da. Aber sein Kumpel Matt Damon kam. Unser Nachbar Terry machte uns bekannt. Wir redeten ein bisschen über Brooklyn und über Terrys Haus, das er vor ein paar Wochen hellblau anstreichen lassen hatte.

»Ein blaues Brownstone«, sagte Matt Damon und lachte. »Wie findest du das?«

»Ungewöhnlich«, sagte ich. »Eine Art Wahrzeichen. Es macht es einfacher für die Taxifahrer.«

Damon lachte. Er hatte Jeans an, halbhohe Stiefel und einen Pullover, der ihm über der Hose hing. Mein Hemd hing deutlich aus meinen Levis. Meine Schuhe waren staubig. Ich war kein hellblaues Brownstonehaus. Ich war ein braunes Brownstonehaus unter vielen braunen Brownstonehäusern.

Ich hatte den Dresscode geknackt.

Das Fest

Im vorigen Oktober habe ich eine halbe Stunde lang mit einer Halloween-Maske unter der Treppe unserer Nachbarin gehockt. Ich war Teil eines Geländespiels, das zum Geburtstag meines Sohnes stattfand. Ich war eine Station bei der Schatzsuche. Die fünfte von acht Stationen. Ich sollte die Geburtagsgäste kurz erschrecken. Nicht zu sehr, weil die meisten Gäste noch keine zehn Jahre alt waren, aber auch nicht zu wenig, weil sie den Eindruck haben sollten, sie bekommen was geboten. Es handelte sich um eine unheimliche Schatzsuche, denn dieser Kindergeburtstag stand unter dem Motto »Halloween«. Die Einladungskarten zierten kunstvolle Gespenster, unser Apartment war nach tagelangen Vorarbeiten in die Halloween-Farben Orange und Schwarz getaucht, überall hingen Gerippe und Monster. Manche bewegten sich, wenn man klatschte. Ich hatte in den vergangenen Wochen Fachgeschäfte für Gruselpartys kennen gelernt und kurz überlegt, eine Nebelmaschine anzuschaffen, weil sie mir irgendwie nützlich erschien. Nun hockte ich unter der Treppe, wo sonst die Hunde unserer Nachbarin hocken, hoffte, dass mich niemand für ein Sexmonster hielt, und versuchte mich auf den Schrei zu konzentrieren.

Ein Mädchen kreischte ein bisschen, als die Kinder bei mir ankamen, ein Freund meines Sohnes zeigte müde auf meinen Kopf und sagte: »Das ist dein Vater mit meiner Maske.« Dann zogen sie zur nächsten Station.

Beim nächsten Mal will mein Sohn keinen thematischen Geburtstag mehr, wenn ich ihn richtig verstanden habe. Er will, dass wir eine Turnhalle mieten, mit Animateuren und einem großen Trampolin oder auch nur die Schwimmhalle vom YMCA, in der sein Freund Teddy Geburtstag feierte. Leider bin ich kein Mitglied des YMCA. Aber das können wir ja ändern, es ist ja noch Zeit bis zu seinem Geburtstag. Vielleicht bekommt er bis dahin weitere Anregungen. Seine Freunde feierten zuletzt auf der Bowlingbahn, im Museum und im Puppentheater. Man kann praktisch alles mieten, um Kindergeburtstag zu feiern. Wenn man 30 000 Dollar bezahlt, kann man im Kinderkaufhaus F. A. O. Schwartz auf der Madison Avenue mit seinen Geburtstagsgästen eine Nacht zwischen Steiff-Tieren verbringen. Ich hoffe, mein Sohn wird nie zu so was eingeladen, denn jede Feier birgt die Verpflichtung, sie zu überbieten. Jeder Kindergeburtstag ist ein Vorwurf.

Meine Kinder werden oft eingeladen. Sie kehren mit dicken Beuteln nach Hause zurück, denn auf amerikanischen Kindergeburtstagen bekommen auch die Gäste Geschenke. Goody bags, die mit Süßigkeiten und Spielzeugen gefüllt sind. Die Eltern tragen eine Schlacht aus. Früher überlebte in diesem Land, wer am schnellsten ziehen konnte, heute gewinnt der mit der beeindruckendsten Geburtstagsfeier. Ihre Attraktionen treffen mich wie Indianerpfeile.

»Es gab Clowns, Daddy!« rufen meine Kinder. Es gab Artisten! Es gab Ponys!

Am vorigen Sonnabend feierte meine Tochter mit Lachtauben, Echsen und einer Riesenschlange im Kindermuseum von Brooklyn den Geburtstag eines Freundes, der unter dem Motto »Ritter« stand. Die Mutter des Jungen hatte eine anderthalb Meter hohe Geburtstagstorte in Form einer Ritterburg angefertigt. Mit Zugbrücke und allem. Am Sonntag war meine Tochter beim Geburtstag einer Freundin, deren Eltern das große historische Kinderkarussell im Prospect Park gemietet hatten. Ich fuhr zwei Stunden lang Karussell, um nicht mitzubekommen, wie die Eltern draußen aufwendige Spiele durchführten. In vier Tagen feiert meine Tochter ihren dritten Geburtstag. Meine Frau sitzt seit Tagen über irgendwelchen Katalogen und überlegt, womit sie die goody bags der Gäste füllen kann. In unserem Flur steht eine große Kiste mit der Ausrüstung für die Gasballons. Denn nur Gasballons fliegen. Meine Frau sagt, wir wollen es »klein« machen. Kein Motto. Es kommt nur eine singende Kindergärtnerin, und wir stellen im Hinterhof zwei große Badebassins auf. In diesem Jahr kommt eine Sängerin, im nächsten womöglich eine Band. Im übernächsten Jahr werde ich mich in die Luft sprengen. Die kleinen Gäste werden sich auf dem Balkon versammeln, vielleicht verteilen wir Schutzbrillen. Ich stehe unten im Hof. Eins, zwei, drei und dann: Bumm! Meine Kinder würden mich für immer lieben.

Die Stunde des Siegers

Vor genau drei Jahren habe ich Joschka Fischer am Vorabend seines ersten New York Marathons interviewt. Wir saßen im UN-Plaza-Hotel, und ich fand es etwas befremdlich, dass mich der deutsche Außenminister darüber informierte, wie viel Flüssigkeit man bei einem Marathonlauf im Schritt verliert und wie wichtig es ist, sich die Brustwarzen abzukleben. Fischer hatte keine Hemmungen. Er erklärte mir, was während langer Läufe in seinen Turnschuhen passiert, und es schien ihn nicht weniger zu interessieren als die Krise auf dem Balkan.

Inzwischen verstehe ich ihn besser.

Am vorigen Sonntag bin ich meinen ersten New York Marathon gelaufen. Bereits in den Wochen und Monaten zuvor habe ich alle meine Bekannten über den Stand meiner Vorbereitungen informiert, reflexartig stopfte ich jede Gesprächspause mit meinen Lauferfahrungen. Ich kaufte zügellos Sportbekleidung ein, ich besitze so viele Turnhosen wie noch nie in meinem Leben und mindestens so viele Kapuzen-Sweatshirts wie Eminem. Der Lauf begann unser Familienleben zu bestimmen. Wir sagten Termine ab, weil ich auf der Strecke war oder die Strecke visualisierte oder in Joschka Fischers kleiner Lauffibel, über die ich mich noch vor drei Jahren lustig gemacht hatte, blätterte.

»Mein Mann läuft den Marathon«, sagte meine Frau entschuldigend am Telefon. Es klang wie: »Wir können leider nicht kommen, meine Mutter liegt im Sterben.« Ich glaube, am Ende hat es ihr Spaß gemacht. Mit mir konnte alles entschuldigt werden. Noch am Vorabend des Laufes verließen wir eine Party vorzeitig. Es gab nur indisches Essen, für mich aber waren jetzt Nudeln wichtig, Kohlenhydrate. »Mein Mann läuft morgen den Marathon«, sagte meine Frau der Gastgeberin. Eine letzte Entschuldigung. Wir gingen schnell, bevor ich über Nudeln reden konnte.

Wie bei Joschka Fischer sickerte der Lauf auch in mein Berufsleben. Am Freitag vor dem Marathon informierte ich den Schauspieler Michael J. Fox während eines Interviews darüber, dass ich in 48 Stunden unter seiner Wohnung vorbeilaufen würde. Fox wohnt auf der Ostseite des Central Parks, im letzten Viertel des New York Marathons. Er lächelte höflich.

Der Lauf sollte mich erlösen. Es fing gut an. Der Himmel über New York war hoch und blau, ich trug eine Gürteltasche, die mit Flüssigpowerriegeln in allen Geschmacksrichtungen gefüllt war, und fühlte mich unschlagbar. Aber bereits in Brooklyn überholte mich ein Mann in einem Kuhkostüm. Ich trug kostspielige Sportbekleidung, ich lutschte in vorgeschriebenen Abständen meine Kosmonautennahrung, und hier überholte mich ein Mann in dem sackartigen Kuhkostüm spielerisch. Die Leute am Straßenrand jubelten einer Kuh zu.

In Queens zog ein Läufer in einem Haikostüm an mir vorbei. Es ist demütigend, von einem Faschingshai überholt zu werden, aber in Queens fühlte ich mich noch gut. In der Bronx wurde mir schlecht. Vielleicht hatte ich zu viel getrunken, vielleicht zu wenig, jedenfalls war die Haltung weg. Ich sah die Kinder am Straßenrand, die mir Schokoladenriegel anboten, wütend an. Als wir von Harlem in die Upper East Side kamen, überholte mich ein Mann in einer englischen Polizistenuniform, er trug diesen riesigen Helm auf dem Kopf und schwarze Lackschuhe, an seinem Handgelenk baumelte ein Schlagstock. Der Mann lief aufrecht an mir vorbei, ich taumelte bereits. Die Leute an der Fifth Avenue riefen mir zu: »Du siehst gut aus!« Aber das haben sie Tom Cruise in *Born on the fourth of july* auch zugerufen, als er im Rollstuhl aus Vietnam nach Long Island zurückkehrte.

Ich dachte kurz an Michael J. Fox. Wahrscheinlich stand er hier irgendwo mit seinen Kindern und wartete auf den deutschen Reporter, von dem er ihnen so viel erzählt hatte, dachte ich in einem letzten egozentrischen Anfall und wechselte mit schweren Schritten die Straßenseite.

Ich schleppte mich ins Ziel, der unbeschreibliche Glücksmoment, der mir versprochen worden war, blieb aus. Ich bekam eine Warmhalteplane umgehängt, jemand vom medizinischen Personal fragte mich, ob es mir gut gehe. Ich nickte schwach. Ich stand mit meiner Plane im Central Park wie das Opfer einer Naturkatastrophe. Einen Augenblick lang konnte ich mir vorstellen, nie wieder übers Laufen zu reden.

Am Straßenrand gab der Mann im Bobbykostüm gerade ein Interview.

Home for the Holidays

In der nächsten Woche wird in Amerika Thanksgiving gefeiert. Wie in den letzten Jahren sind wir wieder von unserer Nachbarin Gayle zum Essen eingeladen. Gayle ist eine ältere verwitwete Dame, die sich mit Ausgrabungen beschäftigt. Diesmal wird ihr Freund Fred wieder mit am Tisch sitzen, den sie vor drei Jahren in ihrer Seniorentanzstunde kennen lernte. Sie hatte sich zwischenzeitlich von ihm getrennt, weil er nie was sagt, ausgebeulte Pullover trägt, und weil ihre einzige Tochter Liz fürchtet, dass sich Fred in das schöne Brownstonehaus ihrer Mutter einschleicht, das eigentlich sie erben will.

Es gibt also wieder Anlass, jede Menge Gin Tonics zu trinken, bevor das Essen auf dem Tisch steht.

Vor zwei Jahren haben wir getrunken, weil Fred zum ersten Mal da war, im letzten Jahr, weil sowohl das World Trade Center als auch Fred verschwunden waren, jetzt ist wenigstens Fred wieder da. Die Wangen unserer Nachbarin werden glühen, wenn sie uns die Tür öffnet. Je später es wird, desto zügelloser wird sie den Braten wenden, gelegentlich wird es aussehen, als tanze sie mit dem Truthahn.

Thanksgiving ist ein schönes Fest.

Zum Anfang waren wir, glaube ich, diejenigen, mit denen sich Gayle bei Gott bedankte. Die armen, angespülten Ausländer. Die erste Generation. Inzwischen gehören wir fast zur Familie, ich fürchte, ich muss bald den Tischsegen sprechen. Es ist wohl Zeit für einen eigenen kleinen Dank.

Gestern kam die erste Möglichkeit mit der Post. Die Koalition der Obdachlosen New Yorks informierte mich über ihr »Thanksgiving Meal Program«. Für 18,90 Dollar bereitet die Koalition zehn Mahlzeiten zu. Ich verdoppelte die Summe und trug sie in den beiliegenden Scheck ein. Ich fühlte mich gut, noch ein bisschen mehr in New York angekommen. Ich würde zwanzig Mahlzeiten finanzieren, ich war Teil des guten Amerikas. Auf der Rückseite des Schecks fand ich eine Karte zum Abtrennen. Es war eine Art Grußkarte. Obendrauf stand in dicken Buchstaben: »Ich kümmere mich um dich!«

Ganz unten stand in kleineren Buchstaben: »Dieses Essen wurde Ihnen ermöglicht von: Alexander, einem aufmerksamen Nachbarn.« Es war eine Zeile für meine Unterschrift vorgesehen. Ich fragte mich, ob ich mit vollem Namen unterschreiben sollte, als Alexander oder als »Alexander, der aufmerksame Nachbar«.

In der Mitte der Karte gab es eine große freie Fläche und die Aufforderung: »Bitte schreibe deinem obdachlosen Nachbarn ein paar Worte der Ermutigung.« Ich dachte daran, wie mein obdachloser Nachbar meine Grußkarte neben seinem Essen finden würde. Was wollte er lesen?

»Vor zwölf Jahren wusste ich noch nicht mal, dass es Thanksgiving gibt, und nun richte ich hier Ihr Essen aus. So kann es auch gehen. Kopf hoch!«

»Wenn mein Vermieter so weitermacht, wechsel ich von der Seite des aufmerksamen Nachbarn auch bald auf die Seite des obdachlosen Nachbarn. In diesem Sinne: Happy Thanksgiving!«

»Wenn die US-Administration nicht ständig ihren Rüstungsetat erhöhte, müssten Sie nicht auf der Straße sitzen. Sie sollten sich an der amerikanischen Friedensbewegung beteiligen. Guten Appetit!«

Es war genug Platz da, um meinem obdachlosen Nachbarn das dialektische Verhältnis von Produktivkräften und Produktionsverhältnissen zu skizzieren. Ich hätte mit der Aussicht schließen können, dass die Produktivkräfte sich irgendwann aus ihren Produktionsverhältnissen befreien. Wollte er das lesen? Dass bald Sozialismus ist und dann Kommunismus? Zu einem Essen, das ein Zehntel von 18,90 Dollar wert war?

1,89. Dafür bekommt man nicht mal mehr ein Kindermenü bei *McDonald's*. Ich dachte daran, dass *McDonald's* gerade verklagt wird, weil es Amerika fett macht. Amerikaner haben das Bedürfnis, sich zu verewigen, vielleicht, weil ihre Geschichte so jung ist. Sie führen Kriege, Präzedenzprozesse und lassen eine Plakette mit ihrem Namen auf die Holzpferde von Kinderkarussells nageln, für das sie Geld gaben. Ich dachte an Gayles riesigen Truthahn, an all die Gin Tonics und an das Mädchen mit Schwefelhölzern. Ich warf die Grußkarte weg, steckte den Scheck in einen Umschlag und schickte ihn ab, bevor ich es mir noch anders überlegte.

Ich glaube, ich bin eher ein anonymer Spender.

Die Söhne der Großen Bärin

Im Film *Bowling for Columbine* fragt sich Regisseur Michael Moore, warum Kanadier ihre Wohnungstüren immer offen stehen lassen, während US-Amerikaner ihre stets verrammeln. Er vermutet die Antwort irgendwo in der blutigen Vergangenheit der Vereinigten Staaten. Wahrscheinlich haben die Amerikaner tief in ihrem Herzen Angst, die Indianer könnten zurückschlagen. Die Söhne der Großen Bärin würden zum Schluss noch mal hochkommen wie der blutende Ralph Fiennes am Ende von *Roter Drache.*

Die Angst ist nicht ganz unbegründet.

Anfang der Woche haben unsere Nachbarn Kate und Terry vergessen, ihre Wohnungstür abzuschließen. Am nächsten Morgen waren ihr neuer Flatscreen-Fernseher weg, ein paar Kreditkarten und ein Großteil ihrer bereits verpackten Weihnachtsgeschenke. Man weiß nicht, ob es Indianer waren, aber es ist wahrscheinlich. Sie waren sehr leise. Unsere Nachbarn schliefen, während ihre Wohnung ausgeraubt wurde. Es gab keinerlei Spuren. Die Einbrecher waren zwischen drei und vier da, vermutet die Polizei. Sie klinkten die Tür auf, nahmen, was sie brauchten, und gingen wieder.

Der Hund unserer Nachbarn schlief wie sie. Die Alarmanlage war ausgeschaltet. Sie ist so sensibel, dass sie schon bei schnellen Bewegungen anspringt. Es ist eine kostspielige Anlage, die sofort die nächste Polizeistation alarmiert. Die Polizei war schon ein paar Mal umsonst da. Ebenso die Feuerwehr. Die Anlage reagiert auch, wenn mal ein Ei anbrennt oder das Wasser zu lange kocht. Das ist peinlich, weswegen Terry sie fast immer abschaltet.

Aus demselben Grund haben wir vor anderthalb Jahren die Alarmanlage aus unserem alten Jeep ausbauen lassen. Sie sprang immer an, wenn jemand zu dicht an dem Auto vorbeifuhr. New Yorks Himmel ist erfüllt von Alarmanlagen, die ohne Grund anspringen. Sie erinnern die New Yorker an ihre Urängste, daran, dass sie ihre Stadt den Indianern einst für einen Sack voll Glasperlen abschwatzten.

Wir waren eigentlich immer auf der Indianerseite, aber das vergisst man schnell. Nachdem meine Frau kurz mit unseren leichenblassen Nachbarn geredet hatte, stand fest: Wir brauchen jetzt entweder eine Alarmanlage oder einen Hund.

»Lieber eine Alarmanlage«, sagte ich. Ich mag keine Hunde.

Zwei Tage später stand Frau Eiserman von der Alarmanlagenfirma ADT in unserem Wohnzimmer und erklärte feierlich, sie würde jetzt unser Leben retten. Frau Eiserman versicherte mehrfach, dass sie uns keine Angst machen wolle. Dann erzählte sie von Leuten, die sich mit langen Leitern unseren Fenstern nähern, Leuten in Overalls, die über die Dächer beziehungsweise aus dem Keller kommen. Von überall quollen Einbrecher in unser Apartment. Frau Eiserman war bereit, jede Ritze mit ihrer Technik zu stopfen.

»Das ist eigentlich eine friedliche Gegend«, sagte meine Frau.

»Ich würde mir nie verzeihen, wenn ich Sie nicht gewarnt hätte«, sagte Frau Eiserman. Als sie unseren Kater entdeckte, fragte sie schnippisch, wo bitte der Bewegungsmelder hin solle. Die Katze würde den Bewegungsmelder doch sofort auslösen.

»Dann verzichten wir auf den Bewegungsmelder«, sagte ich.

»Der Bewegungsmelder ist Grundausstattung«, sagte Frau Eiserman und sah unsere Katze nachdenklich an. Sicher hatte sie auch irgendetwas gegen Katzen im Angebot, vorerst beschrieb sie uns unseren Tod durch Gasvergiftung.

»Sie riechen nichts, Sie fallen einfach um«, sagte sie.

Mittlerweile konnte ich mir einen Hund durchaus vorstellen. Frau Eiserman entrollte ein Plakat, auf dem ein rußverschmierter, aber lächelnder Mann abgebildet war. Unter seinem Kopf stand: »Ein ADT-Feueralarm hat mir das Leben gerettet.«

»Wir wollen eigentlich nur was für die Eingangstür«, sagte meine Frau.

»Feuer kennt keine Gnade«, sagte Frau Eiserman und machte sich ein paar Notizen zu unserer Wohnung. Wir brauchen praktisch alles. Bald würde ich wie der biegsame kleine Chinese aus *Oceans Eleven* zwischen den Lichtschranken hin- und herspringen, die unsere Wohnung durchkreuzen. Ich lächelte Frau Eiserman hilflos an. Sie hinterließ eine Visitenkarte und verschwand mit schnellen Schritten in der Dunkelheit, wo weitere Menschen vom Tod am Marterpfahl, von Giftpfeilen und Tomahawks bedroht wurden. Ich hörte sie leise einen alten deutschen Schlager pfeifen.

Wild ist der Westen, und schwer ist der Beruf. Uff.

Denn sie wissen nicht, was sie tun

Im vorigen Jahr hat mein Sohn von deutschen Verwandten seine erste Eminem-CD geschenkt bekommen. Die Verwandten haben wahrscheinlich nicht so auf die englischen Texte geachtet, mein Sohn schon.

Er ist zehn. Die Platte traf ihn mitten ins Herz. Nicht wegen der Gesellschaftskritik des weißen Rappers Eminem, eher, weil viele Wörter vorkommen, die von seinen gut erzogenen Mitschülern ehrfurchtsvoll »F-word« oder »A-word« oder »S-word« genannt werden. Er hört die Platte ununterbrochen, was mir manchmal etwas unangenehm ist. Es erinnert mich daran, wie ich meinen Eltern mit zehn einen schweinischen Witz erzählte, den ich aus dem Ferienlager mitgebracht hatte, aber gar nicht verstand.

»Oho«, sagten meine Eltern und »na sag mal!«

Mein Sohn spielt die CD all seinen Freunden vor, die ihn zu »Playdates« besuchen. Seinem Freund Calvin spielte er sie genau in dem Moment vor, als dessen Mutter ihn abholte. Sie heißt Kathryn und stammt aus Texas. Kathryn stand mit meiner Frau auf der Treppe, aus dem Kinderzimmer wehte gerade die Zeile: »... this is what I'll give you. A little bit of weed mixed with some hard liquor.« Übersetzt heißt das ungefähr so viel wie: »... das ist, was ihr von mir kriegt. Ein bisschen Gras zusammen mit Schnaps.«

Man hätte den Kontext erklären können. Wir hätten

sagen können, dass wir den Jungen aber nicht mit in den Film *8 Mile* nehmen. Aber ich glaube, Kathryn hatte das Interesse an Erklärungen bereits verloren.

Sie ist eine von den vielen älteren Müttern in unserer Gegend, die zu ihren grauen Haaren stehen, farblose, sackige Hosen tragen und am Ende des Jahres immer das Geld für das Weihnachtsgeschenk des Lehrers einsammeln. Kathryn lebt ausschließlich für ihre beiden Söhne. Sie lebt in einer anderen Welt, einer Kinderwelt, zu der ich keinen Zugang habe. Wenn ich sie auf der Straße treffe, spricht sie mit meinen Kindern, nicht mit mir. Ich schwebe neben meinen Kindern her wie Patrick Swayze in *Ghost*. Bei den Kinderfußballturnieren steht Kathryn aufmerksam am Spielfeldrand. Ihr Mann ist ehrenamtlicher Linienrichter, und er sieht so aus, als habe sie ihn dazu gezwungen. Auch seine Hosen hängen am Wochenende sackartig durch, als sei alle Energie aus ihnen gewichen.

Ich nehme mir manchmal das Wochenendmagazin der *New York Times* mit zum Fußballtraining meines Sohnes, aber wenn Kathryn an mir vorbeiläuft, verstecke ich es reflexartig. Ich fühle mich in ihrer Gegenwart schlecht. Vor ein paar Wochen fragte ich sie nach dem Namen des Trainers unserer Söhne. Es ist der fünfte Trainer in drei Jahren, ich konnte mir den Namen einfach nicht merken. Sie sah mich an, als habe ich meinen Sohn zur Adoption freigegeben.

Aus dem Kinderzimmer feuerte Eminem fucks, guns und bitches. Mir fiel zum ersten Mal auf, dass an der Tür ein Bild des Fußballers David Beckham hängt, der sich in den Schritt fasst. Meine Frau versuchte eine Unterhaltung zu führen, aber Kathryn war versteinert. Alle ihre pädagogischen Bemühungen wurden in dem hellblau gestrichenen Kinderzimmer zunichte gemacht. Ihr Sohn war dort drin im Freudenhaus, und sie konnte nichts machen.

Immer mehr F-Wörter knatterten aus der Hölle. Ich überlegte, ob ich meinem Sohn die Platte sofort wieder wegnehme, aber das hätte mich in eine Figur aus einem Eminem-Song verwandelt. Irgendwann verließ Calvin den Raum. Er hatte rote Wangen. Seine Mutter griff sich seine Hand und zog ihn weg. Aus dem Kinderzimmer schwappte noch »... kiss my ass, kiss my lips, bitch ...«. Mein Sohn stand im Treppenhaus, stolz wie ich seinerzeit auf meinen schweinischen Witz.

»Ich habe noch mehr«, rief er.

Er hat jetzt keine Playdates mehr mit seinem Klassenkameraden Calvin. Das letzte Mal hat seine Mutter am Telefon gesagt, ihr Sohn müsse sich erholen. Die Frage ist, wovon. Von unserem Einfluss? Vielleicht rutschen wir aus dem sozialen Gefüge. Das Eis ist dünn. Wir werden den umgekehrten Weg von Eminem gehen. Den Rockyweg zurück. Er führt in die verrumpelten Siedlungen, wo die Menschen in Wohnwagen leben. Von da können wir dann noch mal ganz von vorn anfangen.

Ich habe zu Weihnachten eine dunkle Strickmütze bekommen. Ich trage sie bereits öfter, als ich muss.

The Patriot

Vorige Woche hat der deutsche Generalkonsul New York verlassen, um Urlaub zu machen. Aber ich war noch da. Gleich am Montag sollte ich im öffentlich-rechtlichen Fernsehen Amerikas für Deutschland sprechen.

Charlie Rose moderiert auf *Channel 13* eine tägliche Talkshow, die so altmodisch aussieht wie der *Internationale Frühschoppen*. Rose sitzt mit seinen Gästen an einem klobigen runden Holztisch in einem schwarzen Studio. Seine Gäste sind Schauspieler, Politiker, Wissenschaftler, Schriftsteller und Journalisten. Auch scheue Stars kommen gern zu Charlie Rose, denn er lässt sie ausreden. Charlie Rose ist nicht aggressiv, seine Stimme summt, seine Haare sind eine Idee zu lang, er wirkt übermüdet. Er erinnert an den Talkmaster Giovanni di Lorenzo. Charlie Rose also wollte mich noch am Abend in seiner Show haben, um die silly Deutschen zu erklären.

»Sie sollen sagen, warum dort drüben diese Dinge passieren, dieser Hitler-Vergleich Ihrer Ministerin und das, und wie es jetzt weitergeht«, sagte mir seine Assistentin am Telefon.

»Was weitergeht?«

»Die deutsch-amerikanischen Beziehungen.«

Das war ein großes Thema. Glücklicherweise musste ich mich gerade auf ein Gespräch mit dem Ex-Bürgermeister Giuliani vorbereiten. Er hat ein dickes Buch geschrieben, das ich bis zum nächsten Morgen lesen sollte.

In meinem Kopf wurde es immer dicker. Ich konnte nicht zu Charlie Rose. Ich wollte nicht für Deutschland sprechen. Ich sagte ab, saß bis spät in der Nacht an meinem Schreibtisch und dachte darüber nach, warum ich mich gedrückt hatte.

»Der Hitler-Vergleich Ihrer Ministerin und das«!

Wieso war Herta Däubler-Gmelin, deren Namen ich nicht mal fehlerfrei buchstabieren kann, meine Ministerin, und wie ging es weiter dort drüben? Vor meinem Fenster glitzerte Manhattan. Ich fühlte mich klein und überfordert. Ich wurde dort draußen gebraucht, aber hatten sie keinen anderen? Ich mache doch alles nur noch schlimmer. Ich stellte mir vor, dass Verteidigungsminister Rumsfeld immer wieder das Band mit meinem Auftritt in der Charlie-Rose-Show vorspielt, um seine Soldaten zu motivieren. Rumsfeld erinnert mich an meinen Lehrer für Werken, vor dem ich ebenfalls Angst hatte. Mit Vergleichen muss man ja jetzt vorsichtig sein, aber ich könnte mir Rumsfeld gut in einem braunen Werklehrer-Kittel vorstellen. Am nächsten Tag sagte er zum Thema Deutschland: »Wer so tief im Loch sitzt, sollte nicht noch weitergraben.«

Ich hatte nicht gegraben. Ich saß im Loch, es war dunkel, aber ich grub nicht. Ich ging zum Interview mit dem berühmtesten Bürgermeister der Welt.

Im Vorzimmer von Rudolph Giuliani saß seine Pressereferentin Sunny Mindel. Mindel trägt auch in geschlossenen Räumen eine Sonnenbrille, raucht Kette und schützt ihren Herrn wie ein Pitbull. Giuliani war noch nicht zu sehen. Sunny Mindel hatte auf ihrem Zeigefinger eine kleine, fies aussehende Fingerpuppe, die sie »Stinky« nannte. Mit dieser Fingerpuppe hackte sie in meine Richtung.

»Oh ihr Deutschen«, bellte Sunny beziehungsweise

Stinky, ihre Fingerpuppe. »Schämt euch. Ihr seid böse. Böse. Böse.« Es klingt absurd, aber es ist wirklich so passiert.

Ich wackelte lächelnd mit dem Kopf. Sunny hackte weiter. Ich lächelte entschuldigend und beschämt, deutsch, wenn man so will.

»Was sagen Sie zu dem Hitler-Vergleich«, fragte die Fingerpuppe.

»Das war absolut idiotisch, wenn sie es so gesagt hat. Und auch nicht zu entschuldigen. Aber jetzt ist sie ja weg.«

»Steckt da nicht die Haltung eines ganzen Landes dahinter«, fragte Stinky.

»Ach, das glaube ich nicht. Die Wahl war ja ziemlich knapp«, sagte ich und redete immer weiter. Ich sprach ernsthaft mit einer Fingerpuppe. Ich erklärte einer Fingerpuppe namens »Stinky« die politische Lage in Deutschland. Ich kämpfte für Deutschland, ich vertrat den Generalkonsul, so gut es ging, aber dann kam glücklicherweise Giuliani. Wir führten ein gutes Gespräch, Sunny Mindel holte »Stinky« nicht wieder raus und lachte am Ende sogar. Es war nicht mehr so dunkel im deutschen Loch.

Der Kanzler und sein Außenminister haben von meinem Einsatz hier sicher gar nicht viel mitbekommen. Ein größeres Lob kann es für mich nicht geben. Denn wie für Fußballschiedsrichter gilt auch für uns Diplomaten: Die Besten sieht man nicht.

Der stille Amerikaner

Vor ein paar Tagen hat mir eine Freundin aus Berlin eine E-Mail geschrieben, die aus einer einzigen Frage bestand: Wie fühlt man sich jetzt so als Deutscher in Amerika?

Die Frage klingt rhetorisch. Die Antworten, die sie im Bauch trägt, könnten sein: Stolz, wegen Schröder. Peinlich berührt, wegen Schröder. Oder: Ängstlich, wegen der Homeland Security.

Ich weiß nicht. Ich fühle mich eigentlich gar nicht so anders als in den Zeiten des Kosovo-Krieges. Damals war ich in Berlin. Vor vier Jahren machten die Deutschen mit, diesmal nicht. Ich war beide Male gegen den Krieg. Trotzdem fühle ich mich ähnlich wirr, so als würde ich mich ständig mit den Falschen verbünden.

Ich treffe kaum Amerikaner, die für den Krieg sind. Viele meiner Freunde schauen mich an wie einen Helden, weil ich aus Deutschland komme. Im Internet lieben die Deutschen Schröder an einem Tag, am nächsten hassen sie ihn. In der Subway fürchte ich mich wieder, obwohl ich die Paranoia der amerikanischen Medien hasse. Als es jetzt in New York zwei Tage lang ununterbrochen schneite, wartete ich jeden Moment darauf, dass mir Wolf Blitzer auf CNN sagt, ein terroristischer Hintergrund könne nicht völlig ausgeschlossen werden. Immerhin wurde die ganze Stadt lahm gelegt. Am Presidents Day und bei Alarmstufe Orange. So viel Zufälle gibt es doch nicht.

An einem dieser Tage baute ich zusammen mit meiner Frau ein IKEA-Hochbett für unseren Sohn auf. Es ist ziemlich kompliziert, vor allem im Mittelteil braucht man mindestens zwei Personen. Eine Person hält das Verbindungsbrett, während die zweite nacheinander Vorder- und Rückteil des Bettes festschraubt. Meine Frau hielt das Mittelstück, ich schleppte das Rückteil heran, als das Telefon klingelte. Wir haben eines dieser Telefone, die anzeigen, wer anruft. Es ist schnurlos und lag direkt neben der IKEA-Bedienungsanleitung. Auf dem Display stand: Kissinger, Henry.

Ich hatte Kissinger um ein Interview gebeten, aber nicht damit gerechnet, dass er zurückrufen würde. Und schon gar nicht zu Hause, keine Ahnung, woher er die Nummer hatte. Ich kippte das Rückteil an das Verbindungsbrett, das meine Frau in die Höhe hielt, räusperte mich und verließ mit dem Telefon das Zimmer, um mit dem ehemaligen Außenminister der Vereinigten Staaten zu reden. Meine Frau sah mich fragend an, beide Hände am breiten Mittelbrett in Kopfhöhe.

Es erinnerte an die Szene von *Spiel mir das Lied vom Tod*, in der Mundharmonika seinen Vater auf den Schultern balancieren muss. Dem Vater hängt eine Schlinge um den Hals, wenn Charles Bronson fällt, stirbt sein Vater. Meine Frau war der kleine Charles Bronson, ich ging ans Telefon, um über die Weltlage zu diskutieren.

Gelegentlich führe ich, auch durch den Zeitunterschied bedingt, wichtige Telefongespräche im Bett, in denen ich vorgebe, bereits seit Stunden wach zu sein. Aber meistens ist an der anderen Seite nur ein deutscher Redakteur dran und nicht Henry Kissinger, der ganze Regierungen austrickste und Staaten ins Verderben stürzte. Ich überlegte, ob ich mit Watergate anfangen sollte oder gleich mit dem

Irak. Ich trug bekleckerte Jeans und ein altes Trikot der kanadischen Eishockey-Nationalmannschaft, Videotelefone würden das Ende meiner journalistischen Laufbahn bedeuten.

»Hallo?« rief meine Frau.

Es war doch nur Kissingers Sekretärin dran, ich holte Luft. Sie fragte, ob sie mich gleich zu Mister Kissinger durchstellen soll.

»Nein!« rief ich. »Bitte?« fragte sie.

»Ich bin mitten in einem Artikel, der fertig werden muss. Vielleicht könnten wir das morgen machen?« fragte ich.

»Bleiben Sie kurz dran«, sagte sie.

Dann wurde es ruhig in der Leitung. Ich stand im Flur, meine Frau wartete mit dem schweren Mittelbalken im Kinderzimmer unseres Sohnes, und irgendwo in Manhattan, in der dunklen Welt der Hochpolitik, suchte Henry Kissinger in seinem Terminplan für morgen nach einer kleinen Lücke. Vielleicht saß er auch nur in einem Trainingsanzug aus Fallschirmseide auf seinem Hometrainer, aber das konnte ich mir nicht vorstellen. Ich trug mein Eishockeyshirt wie einen Anzug.

»Hallo?« rief meine Frau leise. Ich tat so, als würde ich sie nicht hören.

So etwa fühle ich mich zur Zeit als Deutscher in Amerika.

In the Line of Fire

Vor ein paar Tagen bin ich in Washington zum ersten Mal durch eine der neuen Sicherheitsschleusen gegangen, die jetzt auf allen amerikanischen Flughäfen stehen. Sie haben 3,8 Milliarden Dollar gekostet und piepen schneller als die alten. Ich habe alles ausgepackt, auch Büroklammern und Kaugummipapier, ich habe trotzdem gepiept.

»Es sind die Schuhe«, sagte mir die Beamtin an der Sicherheitsschleuse. Sie delegierte mich in ein kleines, mit elastischen Bändern abgesperrtes Rechteck, wo schon andere Fluggäste warteten, die den Sicherheitstest nicht bestanden hatten.

»Ich könnte die Schuhe schnell ausziehen und noch mal in Strümpfen durch die Schleuse gehen«, bot ich an.

»Gehen Sie bitte dorthin«, sagte sie und zeigte auf das Rechteck.

»Es würde Zeit sparen«, sagte ich.

»Sie können nicht zurück«, sagte sie.

»Warum nicht?« fragte ich.

»Das ist die Vorschrift«, sagte sie. »It's a rule.« Mit diesem Satz werden in Amerika Diskussionen beendet. Menschen verwandeln sich in Automaten, die immer wieder Vorschrift rufen. Vorschrift, Vorschrift, Vorschrift.

Ich ging zu den anderen in den kleinen Strafgarten wie ein Biathlonläufer, der nicht getroffen hat. Wir zogen unsere Schuhe aus, die durch eine Schuhsicherheitsschleuse geschickt wurden, während uns weiteres 3,8-Milliarden-Dollar-Personal abtastete. Immer mehr Menschen in Strümpfen kamen an, am Ende bildeten sie eine kleine Schlange vor dem Strafgarten. Es sah aus, als würden sie auf eine Pediküre warten oder einen Platz in einem koreanischen Restaurant.

Das Flugzeug hatte ein halbe Stunde Verspätung. Konferenzen können nicht stattfinden, weil wichtige Redner noch irgendwo in Socken in kleinen Rechtecken stehen. Sportler verpassen Wettkämpfe, Musiker Konzerte, Anwälte Prozesse. Die Amerikaner schlagen sich selbst. Immer mehr Menschen sterben hier an Herzversagen, weil sie zu viel essen. Sie essen aus Angst. In einem Musikklub in Chicago trampelten sich Dutzende Menschen in Panik tot, weil Sicherheitskräfte mit Pfefferspray einen Streit schlichten wollten. Bestimmt dachten alle an einen Giftgasanschlag. Bald werden die ersten Leute in ihren Häusern ersticken, die sie mit Klebeband luftdicht versiegelt haben. Verantwortlich für diese Zustände ist Tom Ridge.

Tom Ridge ist der Chef der Homeland Security, eines Sicherheitsdienstes mit Riesenbudget. Tom Ridge sieht aus wie ein Hausmeister und bringt damit das Grauen in den Alltag. Ridge hat die neuen, teuren Schleusen angeschafft, er wechselt die Terrorwarncodes Orange, Rot oder Gelb wie ein Kind seine Lieblingsfarben. Neulich hat er gesagt, wir sollen die Fenster mit Tesafilm abkleben, ein paar Tage später sagte er, es hat eigentlich keinen Zweck, die Fenster abzukleben, gestern hat er in allen großen Zeitungen des Landes Anzeigen geschaltet. Wir sollen jetzt Taschen packen. Eine große mit Wasservorräten für drei Tage und eine kleine, wenn's ganz schnell gehen muss. In den Vereinigten Staaten von Amerika herrschen Zustände wie bei der Nationalen Volksarmee, wo das Sturmgepäck eins und zwei neben dem Bett der Soldaten wartete. Wo schon Krieg ist, muss man nicht mehr über ihn abstimmen.

Tom Ridge hat sich das Wort Soft Target ausgedacht, das in die amerikanische Alltagssprache sickerte. Soft Targets sind weiche Ziele, Orte, wo man normalerweise nicht an Terroristen denkt. Restaurants, Fitnesscenter, Rummelplätze oder auch der gesamte Bundesstaat Vermont, wo ich gerade bin.

Vermont liegt im Nordosten Amerikas und ist bekannt für seinen Ahornsirup, den sich Amerikaner gern auf ihre Frühstückswaffeln träufeln. Es ist gerade sehr kalt in Vermont. Ich mache ein paar Tage Urlaub in einem kleinen, verlassenen Dorf. Nachts brennen kaum Lichter in den anderen Häusern. Man sieht keine Tiere, kein Motorschlitten ist zu hören. In diesem Moment verlischt das Licht am Ende des Feldes. Der letzte Bauer ist schlafen gegangen. Ich bin noch wach. Die Taschen sind gepackt. Die Frage ist, wohin ich mit ihnen noch rennen kann. In den kalten, dunklen Wald vielleicht. Ich bin der Mensch, der am wenigsten damit rechnen muss, angegriffen zu werden. Ich bin das weicheste Ziel von allen.

Behalten Sie mich in guter Erinnerung.

Good Bye, Lenin!

Am letzten Wochenende kam der Sandmann fast bis nach Brooklyn. Ganz in der Nähe fand ein internationales Kinderkurzfilmfestival statt. Zwischen dem britischen Beitrag *Andy Pandy's Band* und dem sechsminütigen schwedischen Film *A Friend for Bolt* war *Sandman* angekündigt, eine New-York-Premiere in Deutsch mit englischen Untertiteln. Im Programmheft war ein kleines Bild des Sandmännchens abgebildet, gleich neben einer Zeichnung aus dem amerikanischen Beitrag *Click, Clack Moo*, in dem es um Kühe geht, die ihren Bauern in den Wahnsinn treiben, weil sie unentwegt Beschwerdebriefe auf einer alten Schreibmaschine tippen. Es war der Ostsandmann, der einzig wahre Sandmann. Kein Zweifel, Sandmännchen war auf dem Weg nach New York.

Noch eine Erfolgsostlergeschichte.

Mir war sofort klar, dass meine Kinder ihn sehen müssen. Ich bin zwar überzeugt davon, dass internationale Kinderkurzfilmfestivals eher was für aufgeschlossene Eltern sind, schon das Wort treibt jedes Kind in die Flucht. Aber darauf konnte ich jetzt keine Rücksicht nehmen. Meine Kinder sollten ihre Wurzeln kennen lernen.

Mein Sohn wächst zwischen amerikanischen Comic-Helden und japanischen Spielkartenmonstern auf, meine Tochter interessiert sich ausschließlich für die *Wiggles*, vier tuntige australische Sänger, die jeden Morgen im Disney-Channel auftreten. Die *Wiggles* sind ausgewachsene

Männer, sie tragen enge T-Shirts in den Farben hellblau, lila, knallrot und zitronengelb, die sie fest in ihre *Wiggles*-Hosen stopfen, und lachen immer, auch beim Singen. Sie sind wirksamer als Anthrax, weil es praktisch kein Gegenmittel gibt. Andre Agassi hat in seiner Siegesrede bei den letzten Australian Open erwähnt, dass sein Sohn jeden Morgen die *Wiggles* sieht. Er sah müde aus, ohnmächtig. Agassi wohnt in Las Vegas, mitten in der Wüste. Sie sind überall.

Für meine Tochter ist Nevada inzwischen näher als Berlin-Friedrichshain, wo sie zur Welt kam. Sie spricht nur noch ein paar Worte Deutsch. Sie klingt so herzzerreißend wie Elvis Presley in *Wooden Heart*. »Muus sie denn, muss sie denn sum Städele hinaus, un du mein Chats bleibs ier.« Meine Tochter kann sich nicht mehr mit ihren Großeltern am Telefon verständigen. Manchmal ruft sie einem von ihnen durchs Telefon zu: »Ich liebe dich« und erinnert dabei an Mike Kilian, der einst für die großartige Ostberliner Band Rockhaus sang: »Isch, isch liebe disch.« Meine Tochter hat jede Erinnerung an die Kinderkrippe in Berlin-Mitte verloren, die sie kurzzeitig besuchte, bevor sie nach Amerika auszog.

Die Krippenleiterin erzählte mir damals, dass sie mit einem ehemaligen FDJ-Zentralratsmitglied befreundet ist, wohl weil sie dachte, mich würde das beeindrucken. Die Erzieherinnen führten ihre Kinder einmal zu einem ÖTV-Marsch mit Laternen zum Brandenburger Tor. Ich bin mir sicher, dass sie geschlossen an der großen Berliner Friedensdemonstration teilgenommen haben, sie wären entsetzt über die Entwicklung, die meine Tochter genommen hat. Das Mädchen begrüßt auf dem Weg zu ihrem New Yorker Kindergarten fröhlich jede amerikanische Fahne, die sie sieht. »Look dad, an american flag«, ruft sie. Das ist nicht mal in New York ungefährlich. In Berlin wäre sie eine Außenseiterin, fürchte ich, nach allem, was ich so höre. Eine Figur aus dem *Struwwelpeter*-Buch. Der arme Mohr.

Sandmännchen musste es also rausreißen. Es gab nicht nur den Disney Channel, die Welt war groß. Sandmännchen war ihr Botschafter. Doch Sandmännchen kam nicht. Meine Kinder werden nie fühlen, wo sie herkommen.

»Sie haben es nicht geschafft«, sagten die Veranstalter. Es klang wenig überzeugend. Was war da zu schaffen? Einen siebenminütigen Kinderkurzfilm steckt man in die Tasche, nimmt das nächste Flugzeug nach New York und wird berühmt. Die *Wiggles* sind aus Australien angereist, das ist von New York viel weiter weg als Babelsberg. Aber vielleicht wollte Sandmännchen gar nicht mehr berühmt werden in Amerika. Vielleicht fürchtete der Ostsandmann um sein Image. Deutschland verliebt sich gerade in seinen Osten. Wenn der Ostler aber zu weit nach Westen fährt, ist er am Ende gar nichts Besonderes mehr. Vielleicht ist der Sandmann berechnender, als ich dachte.

Vielleicht hat er aber auch nur den Termin verschlafen. Das würde ja auch passen.

Die letzte Vorstellung

Am Mittwoch, als sich der Sicherheitsrat der Vereinten Nationen zum letzten Mal vor dem Krieg traf, musste auch ich die diplomatische Bühne verlassen.

Kofi Annan sprach gerade sein trauriges Schlusswort, da passierte es. Der Generalsekretär bedauerte, dass ihre diplomatischen Bemühungen erfolglos waren, er bedankte sich bei Hans Blix und den anderen Waffeninspektoren. Dies sei ein trauriger Tag, sagte Kofi Annan. Als er darauf hinwies, dass die UNO aber künftig gebraucht würde, rief man mich aus dem Plenarsaal. Die Kamera hätte nur einmal weg vom runden Tisch der hilflosen Diplomaten schwenken müssen, wo Joschka Fischer saß wie ein Schauspieler seiner selbst. Sie hätte erfasst, wie ich gebeugten Hauptes die fast menschenleere Bühne verließ.

Mein Presseausweis war drei Tage zuvor abgelaufen. Sie hatten es herausgefunden. Ich hörte noch Kofi Annans Verabschiedung, dann fiel die Stahltür zu.

Hinter der Tür standen drei Männer, zwei breitschultrige amerikanische Polizisten und der kleine marokkanische UN-Pressechef. Der Pressechef sah mich traurig an. Die Brüste der Polizisten waren mit Ordensspangen behängt, an ihren Gürteln waren erstaunlich viele Gerätschaften befestigt, Pistolen, klar, aber auch Dinge, von denen man nicht sofort sagen konnte, wozu sie benutzt werden können. Schwarze Ledertäschchen in verschiedenen Größen, kurze Stöcke, Plastekästen, seit dieser Woche haben die New Yorker Polizisten auch Gasmasken am Gürtel. Sie können jetzt schon kaum noch laufen. Ich denke oft, dass man jedem amerikanischen Polizisten entkommt, indem man durch eine schmale Tür springt. Sie würden stecken bleiben wie Pu der Bär in Kaninchens Haus. Die Hüften und Brüste der Polizisten waren behängt, ihre Gesichter leer. Amerikanische Polizisten haben die versteinertsten Gesichter, die ich kenne. Sie verändern sich auch nicht, wenn man ihnen aufregende Geschichten erzählt.

Als Junge versuchte ich manchmal, die beiden Wachsoldaten am antifaschistischen Mahnmal Unter den Linden zum Lachen zu bringen. Jetzt versuchte ich, zwei amerikanische Polizisten von der Unverhältnismäßigkeit ihrer Mittel zu überzeugen. Es half nichts. Damals nicht und heute nicht.

Mein Ausweis war am 15. März abgelaufen. Vor ein paar Wochen hatte mir ein amerikanischer General in München erzählt, dass an diesem Tag der Krieg ausbrechen würde. Damals galt das als unwahrscheinlich. Unwahrscheinlich spät. Alle tippten auf Februar. Niemand von den Kriegern in München hätte gedacht, dass man am 15. März noch einen UNO-Ausweis braucht.

War das ein Argument? Kaum.

Ich hätte den beiden Polizisten sagen können, dass ich heute mindestens sechs ihrer Kollegen passierte, ohne dass jemand das Verfallsdatum meines Presseausweises bemerkt hatte. Ich hätte ihnen erzählen können, dass ich bei einer Ferienreise 1994 einem Streifenpolizisten in Florida meinen DDR-Personalausweis zeigte, nachdem er mich auf dem Freeway stoppte. Ich hatte meine Fahrerlaubnis in Berlin vergessen und schon den Mietwagen mit dem

Personalausweis geholt. Der Kollege aus Florida ermahnte mich kurz, tippte sich an den Mützenschirm und ließ mich fahren. Auch keine gute Geschichte, glaube ich.

Ich sagte also, dass dies die letzte Sicherheitsratssitzung sei und ich sowieso gerade gehen wollte. Ich sagte, dass es mir Leid tat. Wenn es irgend ging, sahen sie danach noch ausdrucksloser aus. Einer der Polizisten, der dickere, ein Schnurrbartträger, sagte, dass sie einen Bericht schreiben würden. Er deutete an, dass ich die UNO nie wieder betreten dürfe. Als ich meinen abgelaufenen Ausweis nicht gleich hergeben wollte, nestelte der andere an dem Gürtel mit all den Gerätschaften. Ich ließ mich abführen.

Der Dicke brachte mich bis zur Ausgangstür. Zum Abschied sagte ich, dass es nicht nötig sei, einen Bericht zu schreiben. Er sagte, dass es nicht in seinen Händen liege. Sie hätten alles probiert. Ich hatte den Fehler gemacht.

Ich trat hinaus, es war ein sonniger kalter Tag. Der Polizist sah mir zu, wie ich mich vom Gebäude entfernte. Ich darf erst mal nicht wieder in die UNO.

Aber im Moment gibt es da auch gar nichts zu tun.

Der Untermieter

Vor ein paar Tagen habe ich eine Berliner Bekannte am Telefon etwas gedankenlos gefragt: »Und wie geht's?«

»So gut, wie es einem in diesen Tagen gehen kann«, sagte sie und seufzte.

Vielleicht bin ich zu sehr Amerikaner geworden, aber wenn ich jemanden frage, wie es ihm geht, erwarte ich eigentlich keine Antwort zur Weltpolitik. Vielleicht zum Wetter, zum Ehepartner, zum Chef, zur Gesundheit, aber nicht zu Krieg und Frieden. Ich hatte die ganze Woche im UNO-Gebäude zwischen britischen, russischen und amerikanischen Diplomaten verbracht, ich wollte ein bisschen Berliner Klatsch hören. Aber das geht nicht mehr. Persönliche und gesellschaftliche Interessen verschmelzen, was meinen alten Staatsbürgerkunde-Lehrer wohl freuen wird.

Meine Verwandten und Bekannten verschieben ihre New-York-Besuche immer weiter und erwähnen sie irgendwann gar nicht mehr. Ich muss kaum noch das Gästebett beziehen. Neulich hat eine Freundin gesagt, im April werde sie wohl nicht kommen, weil im April ja dann Krieg sei. Es klang wie ein Naturgesetz, eine Art Wirbelsturm. Unterstützt man im Flugzeug nach New York den Krieg? In drei Wochen darf man hier nirgendwo mehr rauchen, dann vereinsame ich völlig.

Der Einzige, der noch kommt, ist Joschka Fischer. Der

raucht nicht, trinkt nicht, und er weiß, dass die Welt überall schlecht ist. Während sich Franzosen und Engländer im Sicherheitsrat anfauchten, lungerte Fischer in seinem Stuhl, als sitze er im *Café Einstein*. Er ist der letzte deutsche Gast.

Ich habe gerade gelesen, dass die Deutschen nicht mehr gern nach Amerika fliegen, weil es in ihrer Terrorangst zwischen Ägypten und Kolumbien rangiert. Als ich vor vier Wochen aus München nach New York flog, saß ich fast allein in der Maschine. Die Lufthansa-Stewardess hat mir gesagt, so einen Flug habe sie auch noch nie erlebt, aber das glaube ich nicht.

Die Deutschen fliegen überhaupt nicht mehr gern. Überall gehen die Fluggastzahlen zurück, nur eine einzige ging nach oben. Der Deutsche fliegt wieder mehr nach Österreich. Das ist politisch inzwischen unbedenklich. Vor ein paar Jahren sollten wir ja nicht nach Österreich. Damals gab es noch Haider, jetzt gibt es Bush. Eigentlich ist es viel praktischer, Amerika zu boykottieren als Österreich, denn man hat nicht mit dem Jetlag zu kämpfen. Außerdem spricht man auch in Kärnten deutsch.

In New Jersey schütten verwirrte Restaurantbesitzer ihren Bordeaux ins Klo, weil die Franzosen nicht in ihren Krieg wollen. Wie sieht's eigentlich in den deutschen *Burger-King*-Filialen aus? So wie bei *Maredo* in den Zeiten des Rinderwahns? Ich kann sagen, dass der Umsatz an französischem Käse in New York dramatisch zurückgegangen ist.

So kann jeder beim Krieg mitmachen, ohne sich zu verletzen.

Gestern haben wir eine E-Mail von unserer Vermieterin bekommen. Normalerweise schreibt sie nur, wenn der Mietscheck noch nicht eingetroffen ist. Wenn unsere Heizungen auslaufen, empfiehlt sie per E-Mail einen billigen Eisenwarenladen, wo man Ventile kaufen kann. Gestern aber geriet auch unsere kleine elektronische Korrespondenz, bei der wir um das Geld für einen neuen Schneeschieber oder die Beseitigung von Wasserflecken an der Wohnzimmerdecke feilschen, in die große weite Weltpolitik. Unsere Vermieterin, eine irische Einwanderin aus Long Island, deren Mann immer eine leichte Scotchfahne umweht, riet uns, kein Benzin mehr bei Exxon, Shell und Texaco zu kaufen, weil die arabisches Erdöl importieren.

»Wieso sollen wir beim Tanken die Leute unterstützen, die versuchen, uns, unsere Kinder und unsere Freunde zu töten!« schrieb sie. »Mit unserem Benzingeld füllen wir die Schatzkammern von arabischen Terroristen«, rief mir meine Vermieterin zu und nannte mir unbedenkliche amerikanische Benzinverkäufer.

Um ihre irisch-amerikanischen Schatzkammern muss sie sich nicht sorgen, dachte ich, die fülle ich mit meiner Miete. Ich bin ein deutscher Mieter. Sie handelt praktisch im Auftrag des amerikanischen Volkes, wenn sie mir im Herbst wieder die Miete erhöht. Dabei ist sie, was das angeht, jetzt schon eine erstklassige Patriotin. Sie verfolgt die Sitzungen des UN-Sicherheitsrates sicher wie die Börse. Ich bin auch ein Opfer. Wenigstens das.

Es ist alles, was ich im Moment machen kann.

Der Feind in meinem Bett

Gestern habe ich die Bevölkerung Sachsens, Sachsen-Anhalts und Thüringens von einem Dach in Manhattan über die amerikanische Heimatfront informiert. Es war sonnig, und hinter mir konnte man das Chrysler Building sehen, das vielleicht schönste Hochhaus der Stadt. Vor mir stand ein Kameramann des Mitteldeutschen Rundfunks, er sprach Englisch mit französischem Akzent. Neben ihm stand der ARD-Reporter und deutete an, dass ich in die Kamera schauen soll und nicht zu ihm. Ich war der Experte vor Ort. Wie groß ist die Antikriegsstimmung in New York?

Unter mir tobte die Stadt.

Am Vorabend des Krieges war ich mit neun jüdischen Friedensdemonstranten durch Brooklyn gelaufen, und als ich mich einmal umdrehte, waren die auch noch weg. Als der Krieg begann, bildete eine einzige Friedensfreundin die Mahnwache auf dem Union Square, am Tag danach stand ich mit 150 nassen Kriegsgegnern im heftigen Regen auf dem Times Square, aber 48 Stunden später riss der Himmel auf, und 200 000 Leute demonstrierten gegen den Krieg im Irak. Die Kindergärtnerin meiner Tochter trägt einen Antikriegsanstecker an der Jacke, mein Sohn übt, wie man sich bei einem Bombenangriff unter die Schulbank wirft. In der *New York Times* streiten sich die Kolumnisten, im Hinterhof meine Nachbarn am Grill über den Krieg.

Ich stehe auf dem Dach und rede erst mal los, denn ich bin vor Ort an der Heimatfront. Es wird erwartet, dass ich mich auskenne. So müssen sich die Journalisten auf den Flugzeugträgern fühlen, die »eingebetteten« Reporter. Gelegentlich knattert es und wackelt, ein Flugzeug fliegt weg, es rumpelt, ein Flugzeug ist wieder da, es ist sonnig, dann kommt eine Wolke, dann ist sie wieder weg, jetzt kommt ein bisschen Wind auf, da ist ein Delphin, überall Wasser, und ab und zu ist der Moderator aus Amerika im Kopfhörer und fragt:

»Wie ist die Stimmung? Welche Entwicklungen gibt es?« Dann müsste man übers Wasser schauen wie Kevin Costner in *Waterworld* und schweigen. Aber das geht natürlich nicht.

An Land ist es nicht viel besser. Vorgestern Nacht habe ich Fernsehbilder von sechs amerikanischen Soldaten gesehen, die in einem Schützengraben lagen. Aus dem Off sagte ein Reporter: »Oh, ich weiß nicht genau, was hier vor sich geht, aber es sieht aufregend aus.«

In den Studios hängen vertrottelte Reservegeneräle rum wie Udo Lattek beim Bundesliga-Stammtisch im Sportfernsehen. Überall Experten, die alles schon gesehen haben. Moderatoren, die man sich gar nicht ohne Schlips vorstellen konnte, stehen plötzlich in Pullover und Windjacke vor der Kamera, selbst wenn sie sich aus Kuwait oder Katar melden, wo Frieden ist. Wenn der Krieg noch lange dauert, werden sie aufhören, sich zu rasieren, sie werden sich Löcher in ihre Windjacken schneiden, auch sie sind irgendwie eingebettet, zugedeckt von unseren Erwartungen und ihren eigenen.

Gestern hat sich Wolf Blitzer von CNN im Pullover aus Kuwait gemeldet und eine Kollegin befragt, die auf dem Times Square stand, wo sich seit zehn Tagen jeden Nachmittag Kriegsgegner versammeln. »Es gibt heute keine Demonstranten«, sagte sie. »Nur Touristen.«

»Keine Demonstration?« fragte Blitzer.

»Nein«, sagte die Reporterin.

»Danke«, sagte Blitzer und schien ratlos. Einen Moment stand die Welt still. Dann schaltete CNN nach Washington, irgendwo steht ja immer ein Experte rum.

Am Nachmittag fuhr ich zu einem alten Ehepaar nach Long Island, dessen Sohn Kriegsgefangener ist, weil er sich im Irak verfahren hatte. Das Haus war mit amerikanischen Fahnen geschmückt, die Mutter sagt, sie sieht kein Kriegsfernsehen mehr, weil es sie verwirrt. Ich verstand sie. Als ich spätabends nach Brooklyn zurückkam, rief jemand von einem deutschen Radio-Morgenmagazin an, um ein Gespräch mit mir aufzunehmen. Ich schloss die Glastür zur Küche, wo meine Frau mit ihrer Freundin saß. Sie hatten schon ein bisschen Wein getrunken und waren nicht bereit, mich als Experten ernst zu nehmen. Sie lachten sich halbtot.

Ich zog die Schuhe aus, setzte mich aufs Sofa, zu der Plüschgans meiner Tochter und einem kaputten Jo-Jo. Eine Sirene im Hintergrund wäre jetzt schön gewesen. Aber es war ganz still an der Heimatfront.

»Wie ist die Stimmung in New York?« fragte die Moderatorin. Ich sah auf meine Socken, hinter der Küchentür machten meine Frau und ihre Freundin Faxen.

Dann sprach der Experte vor Ort.

Einer flog übers Kuckucksnest

Kurz nachdem Bagdad gefallen war, fuhr ich nach Florida, um zu sehen, wie es weitergeht in der Welt. In Florida fühlen sich Rentner, Kinder, Krokodile sowie Exilkubaner und Terroristen wohl. Hier hat sich Mohammed Atta auf den 11. September vorbereitet, hier wurde George W. Bush zum Präsidenten gemacht und Versace erschossen, hier wohnt der Onkel von Eliaz, hierhin wollte die letzte amerikanische Raumfähre zurück. Vielleicht kann man in Florida am besten finden, wohin Amerika die Welt führen wird, dachte ich. Ich landete zu Ostern.

Als ich aus dem Fenster sah, stand dort ein Fluglotse mit großen, rosafarbenen Hasenohren auf dem heißen Rollfeld. Ich möchte eigentlich nicht, dass Fluglotsen Hasenohren tragen, denn Fliegen ist eine ernste Angelegenheit.

Aber es war sicher gut gemeint. Wie alles.

Ich lag zwei Tage am Palmenstrand und sah den Delphinen zu, dann fuhr ich nach Disney World.

Disney World ist das Herz Floridas und damit das Herz der Welt. Es liegt in der Mitte des Staates und ist so groß wie Bagdad. Aber hier leben nicht Saddam Hussein und Giftgas-Ali, sondern Onkel Dagobert und Dumbo, der fliegende Elefant, was aber bald keinen Unterschied mehr macht. Im Zentrum des Parks, auf dem »Platz der Freiheit«, steht das Bronzedenkmal eines Mannes, der den

Arm ausstreckt wie Kim Il Sung, Lenin, Saddam Hussein oder all die anderen Führer dieser Welt, denen wir hinterherrennen sollen. Der hier heißt Walt Disney.

Viele Besucher des Vergnügungsparks tragen T-Shirts mit amerikanischen Fahnen. Vielleicht kann man durch den Besuch von Disney World demonstrieren, dass man sich nicht unterkriegen lässt, wovon auch immer. 95 Prozent aller Besucher tragen kurze Hosen.

Es gibt ein Disney-Präsidentenmuseum, in dem Ölbilder der amerikanischen Präsidenten hängen, auf dem Kamin steht eine Büste von George W. Bush, auf den Besucherbänken erholen sich Gäste von der Hitze. Hinter einem Vorhang warten Schauspieler in den Kostümen von Abraham Lincoln, George Washington und Thomas Jefferson. Dreimal am Tag wird der Vorhang aufgezogen.

Es erinnert an das Lenin-Mausoleum, nur die Schlangen sind nicht so lang wie in Moskau, weil es ja in Disney World mehr Abwechslung gibt als auf dem Roten Platz. Auf Winnie Pu muss man eine Stunde warten, für Arielle, die kleine Meerjungfrau, steht man vierzig Minuten an.

Ich verbrachte die Arielle-Wartezeit in einem heißen Grottengang, eingekeilt zwischen zwei amerikanischen Familien, schwitzenden übergewichtigen Menschen, die ihre Chips mit Kakao runterspülten.

Es gibt nirgendwo so viele Rollstühle wie in Disney World, Menschen mit Jeansgröße 100 werden herumgeschoben wie Kleinkinder und steigen nur aus, um sich in winzige Gondeln zu zwängen, die sie durch die Welten von Peter Pan und der sieben Zwerge schaukeln. Nicht wenige Besucher tragen Micky-Maus-Ohrenkappen, aber sie schauen so ehrfürchtig, als träten sie vor den Pergamonaltar.

Im Herbst eröffnet hier eine Anlage, die einen Raketenstart simuliert. Jeder Disney-World-Besucher weiß dann, wie es ist, zum Mond zu fliegen. Es gibt keine Geheimnisse mehr. Schon jetzt kann man in Florida fliegende Teppiche ausprobieren. Bald gibt es auch die »Halle der Schurken«, wo Onkel Scar zusammen mit Osama Bin Laden und der bösen Meerhexe leben muss. Irgendwann sind vierzig Minuten um. Arielle sieht aus wie Geena Davis mit Fischschwanz. Meine Tochter fällt ihr um den Hals. Arielle schreibt ihren Namen auf Autogrammkarten.

»Arielle«, steht da.

Wir gehen in ein verwunschenes Schloss, und dann gibt es für alle Maccaroni and Cheese, Sprite, Lutscher und Eis. Am Abend ruft uns Cinderella zu, dass sie uns alle liebt, wir hätten ihren Traum wahr gemacht. Mir ist ein bisschen schlecht, aber alles wird gut.

Kurz vor Sonnenuntergang fahren wir mit einem kleinen Zug auf die Parkplatzfläche zu, die so groß ist wie Katar. Alle Parkplatzsektoren sind nach Disney-Figuren benannt. Aus dem Zugfenster sehe ich verlorene Familien umherirren, die ihre Parkplatzfigur vergessen haben, den Schlüssel zum Glück. Ich habe ihn, ich habe ihn. Mein Auto steht auf der Fläche »Happy 90«. Happy ist eine Figur aus *Schneewittchen*. Happy 90. Es ist alles, was ich noch wissen muss.

Ich bin ein fröhlicher Zwerg.

Outbreak

Vor ein paar Tagen stand unsere Nachbarin Laura nachdenklich vor einer großen Pfütze, die ein heftiger New Yorker Mairegen in unserem Hof hinterlassen hatte. Sie starrte in die Pfütze wie in einen Abgrund. Laura hat ein paar Bücher über Kinderpsychologie verfasst, manchmal denke ich, sie verarbeitet eine unglückliche Kindheit. Oft reagiert sie nicht, wenn ich sie anspreche, manchmal lacht sie hysterisch, ihr Mann sieht erschöpft aus, ihre Kinder müde.

»Mücken übertragen Krankheiten«, sagte sie.

Ich nickte. Es war keine Mücke zu sehen, aber darum ging es nicht.

Laura ist paranoid, Amerikaner sind paranoid, und auch Deutsche, die nach Amerika kommen, werden schnell paranoid. Vor ein paar Jahren hat ein Berliner Freund von mir bei einem Urlaub in Maine die Theorie entwickelt, dass Mücken Aids übertragen. Tom Hanks hatte gerade einen Oscar für seine Rolle in *Philadelphia* bekommen, es war Sommer, und Maine ist der Mückenstaat der USA.

Ich stand am Gartengrill unseres Ferienhauses wehrlos neben blutigen Steaks, während mein Freund zu den anderen ins Haus rannte, um sich vor dem tödlichen Virus zu retten. Sie schauten aus den Fenstern zu mir, ich war von Insekten umschwirrt wie ein Imker. Nur ohne Imkeranzug. Niemand würde mir später mein Mückenaids glauben, dachte ich. Alle würden annehmen, ich hätte ein Doppelleben geführt.

Jetzt ist Frühling, ich wusste nicht genau, welche Viruskrankheit meine Nachbarin Laura gerade im Sinn hatte. Das West-Nil-Virus kommt ja erst später nach New York. Dann verlassen unsere Nachbarn das Haus gar nicht mehr. Am nächsten Tag schüttete ich zwei Säcke Baumarktholzspäne in die Pfütze. Wenn keine Mücken zu sehen sind, wird man selbst schnell zum Gesundheitsrisiko für den New Yorker. Im Augenblick gilt hier der Chinese als gefährlich, weil er Sars bringt, aber zunehmend auch der Kanadier. Doch das muss nicht so bleiben.

Als mein Sohn vor ein paar Wochen zwei Tage in der Schule fehlte, weil wir später aus dem Urlaub zurückkamen, sprach sich in seiner Klasse schnell ein Gerücht herum: Der Junge hat Sars und muss für immer in Deutschland bleiben. Sars schien in der vierten Klasse der 321. Öffentlichen Schule von Brooklyn eine Art deutsche Lepra zu sein. Sein bester Freund Teddy sah meinen Sohn an wie einen Geist, als er zurückkehrte.

Deutschland muss aufpassen, man wird schneller zur Quarantänezone, als man denkt. Eine Fahrt nach Kanada gilt in New York jetzt schon als gefährlicher als eine Reise nach Ruanda. Anfang der Woche habe ich einen Brief bekommen, in dem mir die amerikanische Niederlassung des Deutschen Akademischen Austauschdienstes sehr ausführlich erklärte, warum ihre nächste Tagung in Toronto ausfallen müsse. Es seien weniger rationale als vielmehr psychologische Gründe, hieß es. Die deutschen Akademiker werden emotional, Kanada kann einem Leid tun.

Der kleine Wüstenstaat Kuwait hat die Zeichen der Zeit erkannt. Ich kann das sagen, ich bin dort gerade angekommen. Der erste Bürger Kuwaits, den ich sah, trug eine Atemmaske. Er stand direkt neben der Gangway. Die nächsten zwei Kuwaitis, die mir begegneten, waren von Kopf bis Fuß in Plastikanzüge gehüllt wie Dustin Hoffman als Virenforscher im Spielfilm *Outbreak*. Sie hatten kleine weiße Pistolen in der Hand, die sie in das Ohr jedes Ankömmlings steckten, um seine Körpertemperatur zu messen.

Das Flugzeug kam nicht aus Hongkong oder Zentralafrika, es kam aus Frankfurt am Main, das für seinen Apfelwein bekannt ist. Es war ein komisches Bild, wie die blassen Deutschen sich anstellten, als würden sie zur Armee eingezogen oder als Sklaven verkauft. Das Aussteigen dauerte fast eine Stunde. Glücklicherweise kann man Fieber heute im Ohr messen, dachte ich.

Ich fragte mich, was mit dem passiert, der Fieber hat. Muss man auf die Sars-Insel? Nimmt einen die Lufthansa wieder zurück? Ich hatte kein Fieber, aber mein Blutdruck war sicher viel zu hoch, als ich dran war. Glücklicherweise messen sie den noch nicht, wenn man nach Kuwait will. Wahrscheinlich ist es nur eine Frage der Zeit. Wenn es schlimmer wird, werden beim Ausstieg auch Urinproben genommen. Anders als bei der Dopingprobe darf man als Kuwait-Besucher aber kein Bier trinken, um den Vorgang zu beschleunigen.

Es gibt kein Bier in Kuwait.

Voll das Leben

Ich sitze auf einem schmalen, fleckigen Hotelbett im Südirak und lausche, ob draußen Schüsse fallen. Es ist nicht leicht, denn die Klimaanlage ist laut wie ein Flugzeugtriebwerk. Mein Dolmetscher hat erzählt, dass man nachts nicht rausgehen soll, weil bewaffnete Banden durch die Stadt ziehen. Im besten Fall nehmen sie dir dein Geld weg, sagt er, im schlechtesten hacken sie dir die Hände ab. Er kommt aus Bagdad, vielleicht hat er dem Süden gegenüber Vorurteile wie wir, aber ich will es nicht drauf ankommen lassen.

Also sitze ich hier und lausche, ob wieder Schüsse fallen wie gestern. Es waren viele Schüsse, die Schützen schienen sich dem Hotel zu nähern. Nach einer Weile ging ich raus auf den Flur, dort standen schon andere Gäste. Wir liefen runter in die Lobby, wo der Hoteldirektor erklärte, dass es sich um ein Freudenfest handelte. Die Bewohner der Stadt hätten in die Luft geschossen, weil die UNO-Sanktionen gegen den Irak aufgehoben worden waren. Ganz sicher war er aber wohl nicht, denn er hatte eine Kalaschnikow in der Hand und sah immer wieder raus auf den Hof.

Es ist ein dicker, bärtiger Mann, der den ganzen Tag hinter der Rezeption steht, obwohl er eher aussieht wie ein Schmied. Er legt die Zimmerpreise fest, die erstaunlich schwanken, und gibt auch das Toilettenpapier aus, das nicht inklusive ist. Es wird bei Bedarf zugeteilt. Ich sehe den Direktor deshalb häufig, denn ein Bürger aus Nasariah hat mich vorgestern zum Essen zu sich nach Hause eingeladen. Ich habe alles aufgegessen. Ich will ein guter Gast sein, das hat seinen Preis.

Ich weiß jetzt also, dass dort unterm Hoteltresen beim Toilettenpapier auch ein Maschinengewehr steht. Man gewöhnt sich dran.

Gestern war ich in einem Krankenhaus in Nasariah, wo ein Junge erschien, der sich versehentlich mit seiner Kalaschnikow den Zeigefinger abgeschossen hat. Er brachte die Waffe mit ins Sprechzimmer wie eine Aktentasche.

Im Hotelfernsehen gibt es drei Kanäle, zwei zeigen endlose Gesprächsrunden bärtiger Männer mit Kopftüchern, auf einem gibt es eine Art arabische Seifenoper. Ich denke ein bisschen wehmütig an das Hotelfernsehen in Kuwait zurück, wo es BBC World gab, einen italienischen Popkanal und das Zweite Deutsche Fernsehen. An einem Vormittag, als draußen ein Sandsturm tobte, sah ich zum ersten Mal eine Sendung namens »Volle Kanne«, bei der ein Gärtner mitmachte. Er sah aus wie ein deutscher Hobbit. Es ist schwer zu verstehen, aber die Art, wie er redete und mit seinem dicken Daumen auf der Topferde herumdrückte, hatte eine unglaublich beruhigende Wirkung auf mich. Ich hatte für einen Moment den Eindruck, die Welt ist doch zu verstehen.

Man konnte sich an der Rezeption auch romantische Komödien ausleihen, die von einer kuwaitischen Behörde leicht zensiert worden waren. In *Notting Hill* zum Beispiel fehlt der Kuss, den Julia Roberts dem überraschten Hugh Grant gibt, als sie ihn das erste Mal trifft. Julia Roberts' Mund nähert sich ein bisschen, dann zuckt das Band, und Hugh Grant schaut verwirrt. Man versteht den ersten Teil des Films eigentlich nicht ohne diesen

Kuss, aber er musste wohl weg. Außerdem fehlt der Satz, den Julia Roberts zu einer Männerrunde in einem japanischen Restaurant in London sagt: »Ich bin sicher, eure Eier sind nicht größer als Erdnüsse.« Ich hätte gern das kuwaitische Komitee beobachtet, das über das Schicksal dieses Satzes beratschlagte.

Kuwait ist ein vorsichtiges Land. Es gibt nur koffeinfreien Kaffee, und wenn man schneller als 120 fährt, fangen die Autos an zu piepen. Irgendwann soll das alles auch im Irak so sein. Das war wohl der Sinn.

Im Augenblick bekommt man in Bagdad aber noch Schnaps zu kaufen, und die meisten irakischen Autos würden auseinander fallen, bevor sie piepen. Auf dem Mittelstreifen der Autobahn liegen ausgebrannte Panzer und Lkws, manchmal ist ein W50 dabei, was mich seltsam berührt. Ein Landsmann in der Ferne, fremd und ausgebrannt. Wir haben es weit gebracht. Es gibt keine Hinweisschilder, und ich irre den ganzen Tag auf endlosen Straßen umher, bevor ich mich ins Hotel rette. Jetzt fällt der Strom wieder aus, es ist still und schwarz, ich sitze auf dem Bett und lausche, mein Magen schmerzt, und ich denke an abgehackte Hände.

Ich würde jetzt wirklich gern eine romantische Komödie sehen.

Doktor Jekyll und Mister Hyde

Ich bin gerade von einer kurzen Irak-Reise nach New York zurückgekehrt, meine Nachbarn begrüßen mich wie ein Wunder. Sie scheinen nicht mehr mit mir gerechnet zu haben. Meine Frau sagt, ihre Freundinnen hätten sie in meiner Abwesenheit wie eine Witwe behandelt. Sie hat es genossen.

Meiner ist im Irak.

Die Witwen der verunglückten Feuerwehrmänner wirkten in den Wochen nach dem 11. September total aufgekratzt. Sie trafen sich zu Cocktailpartys und flogen zusammen nach Hawaii. Ich weiß nicht, ob das der letzte Wunsch eines irischen Feuerwehrmannes gewesen wäre, aber den konnten sie ja nicht mehr fragen. Ich lebe allerdings noch.

Einmal hat ein irakischer Junge einen Stein gegen meinen Jeep geworfen, und dann habe ich irgendetwas Ungewaschenes gegessen. Manchmal denke ich, es ist meiner Frau peinlich, dass mir gar nichts passiert ist. Wen kann man schon mit den Magengeschichten des Ehemannes unterhalten. Nicht mal Doktor Jaffe, mein Hausarzt, schien sich richtig dafür zu interessieren, als ich gestern bei ihm war. Er hörte sich lustlos meine Symptome an. Es regnet seit Wochen in New York, in seine kleine Souterrain-Praxis fällt kein Sonnenstrahl, und seine Sprechstundenhilfe redet ununterbrochen mit ihrem uralten Dackel, der sich durch ihre Praxis schleppt.

Erst als ich erwähnte, dass ich mir den Magen wahrscheinlich im Irak verdorben hatte, kehrte Leben in Doktor Jaffe zurück. Er ließ sich von mir zehn Minuten lang über die Lage im Irak informieren, dann drückte er 20 Sekunden auf meinem Bauch herum, schrieb mir eine Rechnung über 160 Dollar und stellte seine Diagnose. Er müsse eine Blutuntersuchung machen, um genau festzustellen, was ich habe. Die Laborergebnisse seien aber erst in vier Tagen zurück.

»Bis dahin werden wir erst mal mit den Antibiotika anfangen. Höchstwahrscheinlich helfen die sowieso«, sagt Doktor Jaffe.

Wenn man ein paar Wörter austauscht, kann man so auch den Irak-Krieg erklären. Das mit den Waffenkontrolleuren dauert zu lange, wir fangen schon mal mit den Bomben an. Wahrscheinlich hilft das sowieso. Es ist ein amerikanisches Prinzip. Deswegen gibt es die Todesstrafe, deswegen darf man keine Lebensmittel ins Land bringen und in New York nicht mehr rauchen. Weil es wahrscheinlich sowieso hilft.

In dem Film *My big fat greek wedding* behandelt der Familienvater jede Krankheit mit Fensterputzmittel, im richtigen amerikanischen Leben sind es Antibiotika. Sie werden immer und gegen alles verschrieben, man kann sich nur gegen sie wehren, indem man sie unter der Zunge versteckt wie McMurphy in *Einer flog übers Kuckucksnest*.

Doktor Jaffe überlegte einen Moment, dann schrieb er Cipro auf den Apothekenzettel. Cipro. Vor anderthalb Jahren, als ich bei *Spiegel Online* jeden Tag lesen konnte, wie viel Gramm Anthrax notwendig sind, um New York auszurotten, habe ich Cipro in Deutschland bestellt. Ein deutscher Arzt schickte es her, aber es kam nur bis zur

Zollstation des Flughafens. Ich führte Gespräche mit FBI-Beamten und der amerikanischen Zollbehörde, ich füllte verschiedene Formulare aus, brachte Beglaubigungsschreiben bei, dann schickten sie mein Cipro nach Deutschland zurück. Nach einem Jahr bekam ich einen dicken Brief, der mir detailliert erklärte, warum mein Cipro eine Bedrohung für die Vereinigten Staaten von Amerika sei.

Jetzt verschrieb es mein Hausarzt gegen Bauchschmerzen.

Ich erinnere mich dunkel, dass mich der deutsche Doktor vor anderthalb Jahren am Telefon ermahnt hatte, die Tabletten nur im äußersten Notfall einzunehmen. Sie würden das natürliche biologische Leben im Körper zerstören. Der eng beschriebene Beipackzettel scheint ihm Recht zu geben. Wenn all die Nebenwirkungen eintreten, verwandle ich mich bald in einen Werwolf. Was mich besonders verunsichert, ist, dass ganz oben unter den Nebenwirkungen die Symptome aufgelistet sind, die das Medikament bekämpfen soll. Übelkeit, Magenschmerzen, Durchfall. Cipro stammt von Bayer, einem Unternehmen, das einem Mann wie Reiner Calmund Verantwortung übertragen hat.

Vielleicht hält mich Doktor Jaffe für eine Art lebende Biobombe. Vielleicht bin ich die Massenvernichtungswaffe, nach der sie jetzt suchen. Der Grund für ihren Krieg wohnt in Brooklyn. Ich sitze vor meinem Röhrchen mit Cipro wie Doktor Jekyll. Ich schlucke die erste Tablette und warte.

Womöglich werde ich ja doch wieder ein Gesprächsthema für die Nachbarn.

Big

Neulich hat mir das britische Supermodel Sophie Dahl erzählt, welche beiden Dinge sie an New York am meisten liebt. Erstens falle man als Prominenter nicht auf, sagte sie. Da hinten zum Beispiel kaufe sich gerade Robert de Niro einen Bagel, ohne dass es jemanden kümmere. Um ihr Recht zu geben, drehte ich mich erst nach einer halben Minute ganz langsam um. Da war Robert de Niro nicht mehr zu sehen. Ich verpasse ihn immer. Er spielt einen Mann, der im Alltag versinkt. Ich spielte einen gelangweilten New Yorker.

Sophie Dahl lächelte.

Und zweitens?

»In New York erfinden sich alle pausenlos neu«, sagte sie.

Sie zum Beispiel hat 20 Kilo abgenommen, sich von Mick Jagger getrennt und ein dünnes Buch geschrieben, sie modelt aber immer noch, schreibt jetzt ein neues, dickes Buch und wird im Herbst auch Schauspielerin.

Das ist gut, aber was werde ich? Dünner?

Ich nehme im Winter immer drei, vier Kilo zu, im Frühling versuche ich die wieder abzunehmen. Ich gehe alle anderthalb Monate zum Friseur. Ich sage ihm, er soll so schneiden, dass es niemand merkt. Ich glaube, ich beleidige seine Kreativität. Mein Friseur heißt Mario, er ist ein schwuler Puertoricaner, der sich jeden Morgen neu erfindet. An manchen Tagen sieht er aus wie Frank Zappa, an anderen wie Cher. Vor anderthalb Jahren habe ich mir mal so eine Jeanshose gekauft, bei der die Taschen in der Höhe der Kniekehlen sitzen. Als ich die Hose das erste Mal anhatte, fühlte ich mich wie Tom Hanks, der im Film *Big* einen Jungen in einem Männerkörper spielt. Nur umgekehrt. Ich glaube, ich habe mich nur ein einziges Mal richtig neu erfunden. Als ich beschloss, statt Pumpenschlosser im Abwasserwerk lieber Journalist zu werden. Das ist jetzt zwanzig Jahre her. In der Zwischenzeit hat sich die Welt um mich herum bewegt wie ein Kettenkarussell, aber ich stand relativ still. Ich bin immer noch kein Pumpenschlosser, das ist alles.

Es ist zu wenig für New York, fürchte ich.

Eine Berliner Freundin hatte mir vor meinem Umzug nach New York prophezeit, dass ich mich äußerlich total verändern werde. Jedes Mal, wenn wir uns treffen, sieht sie mich enttäuscht an. Ich sehe aus wie immer. New York beißt sich an mir die Zähne aus. Bis jetzt konnte ich damit leben.

Vorige Woche aber rüttelte die Stadt noch mal an mir. Ich holte meinen Sohn von einer dreitägigen Klassenfahrt in die Wälder des Staates New York ab. Zwei Väter waren mitgefahren, um der Lehrerin ein bisschen zu helfen. Teddys Vater machte bis vor kurzem die Energiepolitik für Bürgermeister Bloomberg. Er hat gerade gekündigt, weil Bloomberg seine Energiesparvorschläge zu unpopulär waren. Teddys Vater muss sich neu erfinden. Liams Vater macht erst mal weiter. Er ist bei *Kiss*-Konzerten für die Gitarren zuständig. Liams Vater kam als Erster aus dem Klassenfahrtbus. So wie er auch bei Muggen in Japan und in New Jersey aus dem Bus kommt, nehme ich an. Er trug eine Sonnenbrille, er ist knapp 50, denke ich. Er altert auf die Weise, wie Leute von Rockbands wie *Kiss* altern. Nicht so wie Sting, der Yoga macht, nicht wie Keith Richards, der austrocknet, und auch nicht wie Peter Gabriel, der sich einen Zickenbart wachsen ließ. Eher so wie die Leute von *Sweet* oder den *Puhdys*, die altern wie Taxifahrer. Die Backen und die Hosen fangen an wegzusacken, die Haut wird fahl, aber sie sind immer noch stolz auf ihre Unabhängigkeit. Zu stolz, um aufzuhören. Liams Vater sah müde aus, aber federte in den Knien wie Schmidtchen Schleicher. Mein Sohn sagt, er sei immer als Erster eingeschlafen, noch vor ihnen.

Kiss. Rock And Roll Over. Vielleicht war es an der Zeit, sich neu zu erfinden. Vor einem Jahr hat mir der Berliner Radiomoderator Jürgen Kuttner erklärt, man müsse sich zwischen Iggy Pop und Kurt Cobain entscheiden, wenn man seine Würde bewahren wolle. Pops ausgemergelter Körper ist von Krampfadern durchzogen, Cobain ist tot. Mmmm. Ich habe mir zunächst beim Optiker so eine eckige schwarze Brille bestellt, wie sie Elvis Costello trägt. Heute habe ich sie abgeholt. Ich sehe nicht aus wie Elvis Costello. Eher wie jemand von den Marx Brothers.

Ich habe Robert de Niro später doch noch gesehen. Er hat sich einen Bart wachsen lassen und einen Bauch. Er sah nicht aus, als habe er sich neu erfunden. Er sah aus, als habe er es aufgegeben.

Naked Lunch

Ich sitze in einer Strandkneipe in San Clemente und telefoniere mit dem einzigen deutschen Bekannten, den ich in Kalifornien habe. Er ist Sportreporter. Er kann heute nicht mit mir essen gehen, weil in Los Angeles das Wiegen des Schwergewichtsboxers Klitschko stattfindet. Er sagt das so, als müsse ich das verstehen. Aber für mich steigt nur ein ukrainischer Boxer auf eine Waage.

Als die deutsche Klitschko-Euphorie begann, war ich schon in Amerika. Ich weiß nicht, warum die Deutschen so versessen auf die beiden Boxer sind. Vielleicht, weil sie studiert haben. Die Klitschkos prügeln sich zwar gern, sind aber anständig wie wir. Anders als Muhammad Ali wären die Klitschkos wohl in einen Krieg gezogen, wenn sie ihre Regierung aufgefordert hätte. Auf mich hier in der Ferne wirkten die Gebrüder so, als habe sie irgendjemand in einem Labor zusammengebaut. Sonny Liston, Joe Frazier und Graciano Rocchigiani waren als Schläger blutvoller. Teofilo Stevenson, der kubanische Boxheld meiner Jugend, hat versucht, den Liebhaber seiner Frau umzubringen. Das würde Vitali Klitschko sicher nie machen.

Der Himmel in Kalifornien ist grau, im Wasser treiben Surfer. Die Surfer müssen ewig paddeln, dann kommen sie einmal kurz hoch, reiten für zehn Sekunden auf der Welle, und alles geht von vorne los. Es ist wie Skifahren ohne Lift, nur dass der Surfer im Gegensatz zum Abfahrer manchmal vom Hai mit einer Robbe verwechselt wird. Die Jungs da draußen sehen auch aus wie Robben, sie tragen keine lustigen Shorts, sondern schwarze Anzüge.

Mir fällt ein Satz des amerikanischen Autors David Sedaris ein, den ich Anfang der Woche im Nachrichtenmagazin *Focus* gelesen habe. »Ich glaube, die Deutschen sind am glücklichsten, wenn sie keine Unterhose anhaben.«

Focus gibt es seit zehn Jahren, das ist der beste Satz, den ich dort jemals gelesen habe. Von außen sieht das Heft ja meistens aus wie die Broschüre einer Krankenversicherung. »Fit mit dem Fahrrad. So trainieren Sie richtig«, stand auf dem Titelbild des Magazins, in dem der wunderbare Satz stand.

David Sedaris sprach mir aus dem Herzen. Er lebt in Paris, mag aber die Franzosen nicht, weil sie pausenlos streiken, nörgeln und drängeln. Er lebt in Paris, weil man dort rauchen kann, sagt er. Ich finde, das ist ein wunderbarer, ausreichender Grund. Viele Dinge sind einfacher, als man denkt. Was die Deutschen angeht, ist Sedaris aufgefallen, dass sie lieber als jedes andere Volk der Welt nackt am Strand rumliegen. Was für eine schöne Beobachtung.

Seit ich in New York bin, fällt mir auch auf, dass Deutsche gern wenig anhaben. Unser Besuch läuft oft in Unterwäsche durch die Wohnung. Besucher, die wir nur entfernt kennen, tauchen im Badehandtuch in unserer Küche auf. Vor ein paar Jahren führte ich in unserem Wohnzimmer ein längeres ernsthaftes Gespräch mit einer Kollegin meiner Frau, die lediglich ein Nachthemd trug. Es war mir ein bisschen unangenehm, ihr nicht. Vielleicht fühlte sie sich wohl. Eine Kollegin von mir, die seit sechs Jahren in Amerika lebt, erzählte neulich, dass ihre Schwester und deren Mann aus Gera als allererstes die Hosen ablegen, wenn sie zu Besuch kommen. Der Mann meiner Kollegin ist kein Deutscher, er war anfangs regelrecht geschockt.

Es ist nicht selten passiert, dass mir bei Recherchen in Deutschland Leute in Unterwäsche die Tür öffneten. Wenn ich mir alte Fotos und Videos ansehe, fällt mir auf, dass ich in meiner Berliner Wohnung auch relativ wenig anhatte. Es gibt ein Gruppenfoto mit Kollegen, die mir beim Renovieren meiner ersten Wohnung halfen. Drei von uns tragen Unterhosen, wir posieren ohne Scham vor der Kamera. Ich fühle mich nicht wohl, wenn ich das Foto sehe. Ich kann mir nicht mehr vorstellen, zusammen mit den Eltern meiner Freundin an den FKK-Strand zu gehen. Aber ich habe es getan, wahrscheinlich hatte ich keine andere Wahl.

Ich denke darüber nach, warum die Deutschen sich gern nackt zeigen und gute, saubere Boxer mögen. Womöglich gibt es sogar einen Zusammenhang, vielleicht wollen sie ungefährlich wirken. Aber jetzt fängt es in San Clemente an zu regnen. *It never rains in southern california*, dachte ich.

Das Leben wird immer komplizierter.

Trabi goes to Hollywood

Wie die DDR werden auch die USA in Deutschland gern als Witz verkauft. Von der DDR heißt es, man habe Weihnachtsengel dort geflügelte Jahresendfigur genannt. Vom Amerikaner sagt man, dass er Pommes frites jetzt von French fries in Freedom fries umtaufte. Auch das klingt angenehm absurd.

Die DDR-Funktionäre wollten Weihnachten abschaffen, die amerikanischen Gastwirte Frankreich. Man könnte es auch austauschen, ohne dass in Deutschland im Moment jemand widersprechen würde. Und ähnelt George W. Bush, wenn man genau hinsieht, nicht viel eher Erich Honecker als Adolf Hitler? Honecker jagte gern, Bush fischt gern, bei beiden weiß man nie, ob das, was sie gerade gesagt haben, komisch gemeint war oder nicht. Das Interview, das Erich Honecker einst finnischen Journalisten gab, hätte auch Bush führen können. Derselbe Humor.

Honecker fühlte sich in der Schorfheide wohler als in der Diplomatie, bei Bush ist es Texas. Beide Politiker sahen immer total verkleidet aus, wenn ihnen irgendeine Universität einen Ehrendoktorhut aufsetzte. Bush kommt aus dem Ölbusiness, Honecker aus dem Dachdeckerbusiness. Da trägt man Blaumänner und keine Doktorhüte. Wenn Erich Honecker Imperialismus sagte, klang es »Imprasmms«, wenn George W. Bush Europe sagt, klingt es »Juuuhp«. Beiden Staatsmännern traut man nicht wirklich zu, dass sie sich die ganze Politik allein ausdachten. Hinter Honecker stand Günter Mittag, hinter Bush steht Dick Cheney. Und auch die ähneln sich. Mittag hatte zwei künstliche Unterschenkel, Cheney hat sechs Bypässe. Wenn man Bush die zehn Punkte der ökonomischen Strategie vorlegte, würde er sie auch vorlesen.

Es passt alles zusammen.

Die DDR und die USA haben aus gesamtdeutscher Sicht vieles gemein, vor allem, wenn man aufs Land fährt. Die Männer tragen Campinghemden, kurze Hosen und ziehen die Socken hoch bis unters Knie. Die Frauen sind dick. Die meisten ernähren sich falsch. Zu viel Fleisch, zu viele Eier, zu viel Zucker in der Limonade, und überall wird Butter rangemacht. Trotzdem sind sie im Sport gut. Ostdeutsche und Amerikaner haben Rekorde für die Ewigkeit aufgestellt. Die DDR gibt es ja schon nicht mehr, aber auch wenn die USA dann verschwunden sind, werden Marita Koch und Florence Griffith-Joyner noch die Weltrekorde im Damensprint halten. Und wie 90 Prozent der DDR-Bürger davon überzeugt sind, dass Uwe Hohn und Petra Felke bessere Speerwerfergene als der Rest der Welt hatten, fragt sich auch kein US-Amerikaner, warum Marion Jones immer fünf Meter vor allen anderen im Ziel ist. Sie sind einfach so gut. Es spielt keine Rolle, dass die DDR klein war und die USA groß, es ist eine Haltungsfrage.

Einige *Fox*-Nachrichtensprecher haben genau denselben Gesichtsausdruck wie ihre Kollegen von der Aktuellen Kamera, wenn sie über das Böse da draußen, außerhalb ihrer Welt, berichten. Und wie der Amerikaner liebt auch der Ostdeutsche den Fernsehschwank. Hier heißt er *Everybody loves Raymond*, da hieß er *Ferienhaus Bergkristall*, aber letztlich ist es dasselbe. Tür auf, Tür zu. Der ostdeutsche Alf hieß Max Baumann.

Natürlich halte ich das alles für absoluten Unsinn, einen Haufen Klischees, aber sicher bin ich mir nicht, jetzt, da ich in Wilmington, North Carolina, an einer Bar sitze und in der Karte »Freedom fries« lese. Da steht wirklich Freedom fries. Pommes frites der Freiheit. Sie haben sie umbenannt, weil Frankreich nicht in ihren Krieg wollte. Daneben ist eine kleine amerikanische Fahne gedruckt.

In letzter Zeit fällt mir auf, dass ich die USA für Dinge verteidige, die nicht verteidigungswürdig sind. Das ist mir zuletzt mit der DDR passiert. Vielleicht bedeutet es, dass Amerika bald stirbt. Vielleicht verdränge ich Sachen. Habe ich den ostdeutschen Hamburger wirklich Grilletta genannt? Ich kann mich nicht erinnern, zu DDR-Zeiten jemals einen Hamburger bestellt zu haben. Habe ich Ketwurst gesagt? Ich glaube, ja. Ketwurst. Irgendwo fängt es immer an.

Ich wollte eigentlich nur ein Bier trinken. Aber es zieht mich zur Bahnsteigkante, an den Abgrund. »Ein Bier und einmal French fries«, sage ich. Ich komme mir vor, als trage ich einen Gorbatschow-Sticker im Staatsbürgerkundeunterricht. Ein Revolutionär im tiefen Süden. Die Kellnerin nickt nur und bringt ein bisschen später einen Riesenteller voller Pommes frites. Ich habe überhaupt keinen Hunger. Aber darum geht es jetzt nicht.

Die Sunny Boys

In der vorigen Woche war ich gleichzeitig bei Erinnerungsveranstaltungen auf zwei verschiedenen Kontinenten zu sehen. Einmal blickte man auf die DDR zurück, beim anderen Mal auf den 11. September 2001.

In der Upper East Side saß ich in einem fensterlosen Raum vor einer Bühne, auf der der frühere New Yorker Bürgermeister Rudolf Giuliani stand, in Leipzig saß ich in einem MDR-Fernsehstudio direkt hinter einem Ehepaar, das den DDR-Rekord im Kinderkriegen hält. 19 Kinder in vierzig Jahren DDR. Es waren beide Elternteile da, es redete aber nur der Mann. Er erzählte von Kollektiven und einer Patenschaft des Staatsratsvorsitzenden. Ich sah ihn nur von hinten, er hatte eine muntere Bürzelfrisur. Später erfuhr ich, dass er NVA-Offizier war, ein Schlaglicht fiel in das Schlafzimmer des Paares vor mir. Die Frau saß während des gesamten Interviews still da wie eine Legehenne. 19 Kinder, und niemand fragte sie was. Ich war hinter ihr zu sehen, mit ernstem Gesicht.

Dann kam Angelika Mann, »die Lütte«, und das fruchtbarste Paar der DDR verschwand mit mir im Dunkeln. Ich weiß nicht, wie es mit den beiden weiterging, und während die Fernsehzuschauer in Mitteldeutschland noch mein ernstes Gesicht sahen, hörte ich bereits Rudolf Giuliani zu.

Das ging, weil die MDR-Show »Ein Kessel DDR« aus irgendeinem Grund nie live gezeigt wird. Wahrscheinlich haben die Fernsehleute Angst, dass jemand von der Showbühne zur Konterrevolution aufruft. Als »Ein Kessel DDR« ausgestrahlt wurde, war ich bereits wieder in New York.

Es war der Vorabend des zweiten Jahrestages des 11. September. Es klingt jetzt schon wie ein schwieriges, sperriges Jubiläum mit vielen Genitiven. Wie beim 1. Jahrestag hatte Giuliani seinen Feuerwehrchef Tom van Essen mitgebracht. Van Essen stand erst neben der Tür, irgendwann rief ihn Rudolf Giuliani auf die Bühne, aber niemand stellte eine Frage an ihn. Van Essen lächelte und fing an zu träumen wie die 19fache ostdeutsche Mutter, während Giuliani Fragen aus aller Welt beantwortete. Van Essen hat ein rotes Gesicht, als ernähre er sich ungesund. Die New Yorker Feuerwehrleute kochen alle selbst, ihre Gerichte sehen immer ziemlich pampig und cholesterinhaltig aus.

Irgendwann wurde Giuliani gefragt, ob er unter dem posttraumatischen Stress-Syndrom leide, er haute seinem Feuerwehrhauptmann auf die Schulter und sagte: »Wie sieht's bei dir mit dem posttraumatischen Stress-Syndrom aus, Tom?«

Van Essen trat ans Mikrofon, und man konnte sehen, wie es hinter seiner Stirn arbeitete. Alle schauten ihn an, da redete van Essen einfach los.

Natürlich habe ihnen das Herz wehgetan, als sie merkten, dass man wahrscheinlich keine Feuerwehrleute mehr finden würde, sagte van Essen. Ein italienischer Journalist rief ungeduldig: »Mister Giuliani, erzählen Sie doch noch mal, was Sie dachten, als das erste Flugzeug ins World Trade Center flog.« Dann schaltete er sein Bandgerät ein.

Giuliani schaute kurz an die Decke und begann zu

sprechen wie ein Automat, ein 11.-September-Automat. Van Essen fiel wieder ins Traumland zurück. Er hat heute ein Bürozimmer in der komischen Beratungsfirma, die Giuliani gründete, nachdem er aus dem Amt schied. Van Essen hat von dort einen schönen Blick runter auf den Times Square, aber seine Tür steht immer offen, er schaut auf den Gang. Vielleicht kommt ja irgendwann mal einer vorbei und nimmt ihn mit in die Zukunft. Giuliani erzählte von der letzten Beerdigung, auf der sie waren, aber keiner hatte mehr eine Träne übrig.

Einmal streifte mich auch in New York eine Kamera. Ich habe genauso geschaut wie in Leipzig, glaube ich. Wie ein Museumsbesucher.

Es ist erst zwei Jahre her. Aber die beiden tapferen Männer standen jetzt schon dort oben wie George Burns und Walter Matthau, die im Film *Die Sunny Boys* als Rentner einen alten Sketch aufführen müssen, mit dem sie in ihrer Jugend Erfolg hatten. Man möchte gar nicht an den 3. Jahrestag denken oder den vierten. Vielleicht wird Giuliani noch mal Präsident, aber van Essen ist bereits in Bernstein gegossen für die Ewigkeit. Ein mutiger New Yorker Feuerwehrhauptmann, man könnte ihn neben die gebärfreudige Ostdeutsche ins Weltheimatmuseum stellen. Ein Paar, an das man keine Fragen mehr hat. Auf dem Sockel ihrer gemeinsamen Glasvitrine wäre ein kleines Messingschild, auf dem zwei Wörter stehen: So war's.

The Perfect Storm

Vor etwa einem Monat hatte ich kurz das Gefühl, am richtigen Platz zu sein. Ich stand vorm Van-Gogh-Museum in Amsterdam in der Schlange, als sich das gesamte Efeu von der Häuserwand löste. Das würfelförmige Museum war bis zum Dach bewachsen, es fiel also eine riesige Efeuwand auf die Straße. Zur gleichen Zeit ging das Licht im Museum aus, die Besucher mussten auf die Straße zurück. Bald kamen die Feuerwehr von Amsterdam und Kamerateams. Die Straße wurde abgesperrt, aus den umliegenden Häusern schauten Menschen. Es sprach sich herum, dass auch im Rijksmuseum das Licht ausgegangen war, die Vermeers und Rembrandts hingen auch im Dunkeln. Der Museumsdistrikt von Amsterdam war der Mittelpunkt der Welt, und ich war da.

Etwa drei Stunden später fiel in New York der Strom aus, und nicht mal die holländischen Nachrichtensendungen erwähnten noch den Efeusturz von Amsterdam. In unserem Tiefkühlfach in Brooklyn tauten die Krabben, das ist alles, was ich über den schlimmsten amerikanischen Stromausfall der letzten 30 Jahre sagen kann. Ich war ein New-York-Reporter im Hollandurlaub. Ich war vom Mittelpunkt der Welt an deren äußersten Rand geblasen worden. Da bin ich immer noch, obwohl ich inzwischen Tausende Meilen westwärts reiste.

Es liegt nicht an Amsterdam. Es liegt an mir. Die wichtigen Sachen passieren immer wo ich nicht bin.

Ich sitze im Hof eines Hotels in West-Hollywood, tue so, als würde ich ein Buch über die Gouverneurszeit von Ronald Reagan lesen, überlege aber seit drei Stunden, ob der Mann, der dort drüben am Pool liegt, Michael Keaton ist. Michael Keaton hat in den ersten beiden *Batman*-Filmen den Batman gespielt. Immer, wenn er zu mir rübersieht, denke ich: Er ist es. Wenn er sich ins Profil dreht, denke ich, er ist es nicht. Er sieht jetzt mehr zu mir rüber, weil er merkt, dass ich ihn beobachte. Ich müsste also immer mehr denken, er sei Michael Keaton. Mach ich aber nicht. Wieso sollte Michael Keaton in einem Hotel absteigen, das ich mir leisten kann? Und wenn er es doch ist, würde er nicht zurückstarren. Er wäre es gewohnt, dass man ihn anstarrt. Er wäre Michael Keaton.

Das sind Gedanken, die man in Los Angeles hat.

Ich schaue in den Himmel, er ist hellblau. Er war auch gestern hellblau und wird morgen hellblau sein. Wenn ich den Fernseher anmache, stehen dort aber amerikanische Reporter in Wachszeug, die sich an Laternenmasten festgebunden haben, um nicht von Isabel weggeblasen zu werden, dem größten nordamerikanischen Hurrikan der letzten 25 Jahre. Isabel rollt über den Osten Amerikas, dort, wo meine Familie lebt. Ich bin im Westen. Am Telefon erzählt mir meine Frau, dass die Nachbarn seit Tagen Wasser, Essen und Batterien hamstern.

Ich sage: »Oh.« Ich kann nicht sagen, dass es bestimmt nicht so schlimm wird, weil es klingt, als würde ich ihren Sturm kleinreden. Wenn ich das Telefonkabel aus der Wand reiße, die Gardinen zuziehe und das Licht lösche, höre ich in meinem Kopf das Lied: *Isabel, Isabel, komm setz dich auf mein Bärenfell.* Es ist ein Schlager von Muck, manchmal kommt alles zusammen.

Ich lese ein paar Seiten über Ronald Reagan, der Anfang

der 60er Jahre keine Rollenangebote mehr bekam und deswegen in die Politik ging wie jetzt Arnold Schwarzenegger. Der Schauspieler Maximilian Schell hat mir mal gesagt, dass man in Los Angeles den Verstand verliert, wenn man keine Familie hat oder keine Arbeit. Schell hat ein Haus hier. Er inszenierte irgendwann *Lohengrin* an der Oper in Los Angeles, er spielte Theater in New York und drehte zuletzt eine Fernsehserie fürs ZDF. Ich verstehe ihn gut. Man fühlt sich schnell überflüssig in Los Angeles. Ich ahne, dass hier viel passiert, aber ich sehe es nicht. Ich sehe nur verspiegelte Hochhäuser, Mauern und Autos.

Man muss irgendwas machen in Kalifornien oder weggehen, sonst sieht man bald aus wie Liz Taylor oder Tony Curtis, die sich nicht zufällig immer ähnlicher werden.

Ich sitze in der Sonne und denke an meine Familie, die zusammengekauert in unserem Keller sitzt wie Mel Gibson mit seinen Kindern in *Signs*. Die Fenster und Türen ächzen im Sturm. Ich bin hier falsch. Mel Gibson hätte seine Familie nie im Stich gelassen.

Der Kellner fragt, ob ich noch was haben will. Er ist braun, muskulös und hat schneeweiße Zähne, wahrscheinlich wartet er auch auf eine Rolle.

Einen Sturm hätte ich gern, denke ich. Einen ernst zu nehmenden pazifischen Sturm.

Tigerland

Vor ein paar Wochen legte meine Frau ein Fotobuch mit dem Titel *Tippi aus Afrika* wie einen Beweis auf den Küchentisch. Sie hatte das Buch von einer deutschen Freundin bekommen, es zeigt ein kleines, blondes Mädchen beim Spielen mit verschiedenen großen Wildtieren in Afrika. Tippi badet mit Krokodilen, küsst Schlangen, kuschelt mit Leoparden und reitet auf Elefanten. Das Mädchen ist ohne Scheu, es verschmilzt mit der Wildnis. Ihr Bruder heißt Abu und ist Elefant.

»Das müssten mal die New Yorker Eltern sehen«, sagte meine Frau und hatte so einen wilden Zug im Gesicht. Für einen Moment schienen wir aus Afrika angereist zu sein und nicht aus Deutschland.

Man muss wissen, dass New Yorker Eltern immer das Schlimmste für ihre Kinder befürchten. Sie sind voller Angst. Wahrscheinlich hat alles mit der Szene aus *Kramer gegen Kramer* angefangen, in der Dustin Hoffman seinen Sohn auf dem Spielplatz einen Moment aus den Augen lässt, worauf der Junge vom Klettergerüst fällt und von seinem Vater blutend durch Manhattan in die Notaufnahme eines überfüllten Krankenhauses getragen werden muss. Jedenfalls sehe ich heute auf jedem New Yorker Spielplatz erwachsene Männer ihren Kindern durch Rutschen und Röhren hinterherkrauchen, als befänden sie sich in einer Spieltherapie. In den Buddelkästen sitzen genauso viele Erwachsene wie Kinder, oft mehr. Sobald auf unserem Hinterhof ein Streit unter den Kindern ausbricht, sind sofort deren Mütter zur Stelle, um ihr Kind vor dem Tod zu schützen. Wenn zwei Jungen mit Stöcken fechten, gibt es immer auch tieferliegende Gründe, die man ausdiskutieren muss.

Man findet in New York nicht selten Vier- und Fünfjährige, die noch im Kinderwagen geschoben werden, und wer jünger als elf ist, darf nicht allein zur Schule gehen. Als wir unseren Sohn mit neun allein auf seinen dreihundert Meter langen Schulweg schickten, hielten uns unsere Nachbarn für asozial. Ich habe im Alter von sechs Jahren zweimal am Tag die Greifswalder Straße überquert. Das würde meine Eltern hier auf die Titelseite der New York Post bringen, gleich neben den katholischen Kinderschänderpriester aus Queens, den sie gerade gefasst haben. Andererseits müssen New Yorker Schulkinder im Alter von zehn Jahren Tests bestehen, die über ihr Leben entscheiden können. Es ist ein komisches System, das am Ende immer wieder Eltern produziert, die ihren Kindern auf Klettergerüsten hinterherkrauchen.

Ich nickte meiner Frau heftig zu, während ich durch das Tippi-Buch blätterte. Tippi war Teil der Natur, aber wenn ein New Yorker Kind einen Ast berührt, erinnert ihn seine Mutter sofort an Keime und Viren. Unsere Nachbarin Liz kocht jeden Löffel, den ein anderes Kind im Mund hatte, stundenlang ab, bevor sie ihn ihrer Tochter zurückgibt. Ich glaube, am liebsten würde sie den Löffel einschmelzen. Auch mein Sohn redet gelegentlich von Keimen an Tassenrändern. Vielleicht sollten wir schnell nach Afrika ausreisen und auf Elefanten reiten, bis die Kinder aus dem Gröbsten raus sind, dachte ich.

Am vorigen Wochenende ist dann bedauerlicherweise Roy Horn von einem weißen Tiger auf einer Showbühne in Las Vegas in den Hals gebissen worden. Roy gehört zum Zaubererduo *Siegfried und Roy*. Sie arbeiten seit vierzig Jahren mit Tigern, nie ist so etwas passiert. Der Tiger war nur verwirrt, sagte Siegfried gestern auf CNN. Aber das sagt man ja gern.

Etwa zur gleichen Zeit wurde in einer Sozialwohnung in Harlem ein Mann von seinem 250 Kilogramm schweren Tiger namens Ming angefallen, den er dort als Haustier hielt. Eine Spezialeinheit der New Yorker Polizei holte Ming aus dem Harlemer Hochhaus und fand gleich auch noch einen Alligator, ebenfalls sehr groß. Der Mann sagte, er wollte ein natürliches Paradies erschaffen. Er war so was wie Tippi in Harlem. Als sei das nicht genug, ist jetzt ein berühmter Grizzlyfreund in Alaska zerfleischt worden. Der Mann lebte seit elf Jahren unter den Grizzlybären. Sie seien Freunde, sagte er noch vor kurzem. Anfang der Woche fand man die Reste des Forschers in einer Bärenhöhle. Ming sitzt in einem Käfig in Ohio, Roy kämpft um sein Leben. Ich mache mir Sorgen um Tippi.

Das wird unsere Nachbarn freuen.

Matrix Reloaded

Ich bin vor genau vier Jahren nach Amerika gezogen. Das Erste, was mir in unserem Apartment auffiel, war der Kühlschrank. Er schien unangemessen groß zu sein. Ich war allein, meine Familie war noch in Deutschland, unsere Möbel befanden sich auf einer sechswöchigen Reise über den Atlantik. Es gab nur mich und den Kühlschrank. Seine riesige Tür öffnete sich mit einem Ploppen wie die Einstiegsluke eines U-Bootes. In einsamen Nächten überlegte ich, ob ich dort einziehen sollte. Platz genug wäre gewesen.

Ich ernähre mich immer etwas einseitig, wenn ich allein bin. Manchmal kaufte ich mir ein Bier und ein Päckchen Würstchen und legte es in den Kühlschrank. Sie sahen so verloren aus in dem großen weißen Raum wie die Kleidungsstücke in der Dolce & Gabbana-Boutique auf der Madison Avenue. Nach drei Wochen bekam ich Besuch von zwei Berliner Freunden. Wir kauften jetzt auch mal einen 24er Karton Budweiser Bier und größere Würstchenpackungen, aber im Prinzip änderte sich nichts. Ich hätte noch zehn weitere Freunde einladen können. Nie würden wir diesen Kühlschrank vollbekommen.

Was soll ich sagen, er ist jetzt voll.

Vier Jahre Amerika haben uns zu anderen Menschen gemacht. Wir häufen Nahrungsmittel an, als bereiteten wir uns auf einen Winterschlaf vor. Vielleicht liegt es an den Sonderangeboten, den günstigen Großpackungen oder daran, dass auch die Einkaufswagen so groß sind.

Leute in amerikanischen Supermärkten sehen aus wie Rikschafahrer. Meine fünfjährige Tochter fragt mich manchmal, ob ich sie in den Kindersitz heben kann. Ich sage dann: »Du bist zu groß dafür.« Aber sie ist nicht zu groß. Sie wird nie zu groß dafür.

Wenn man schon so einen großen Wagen hat, will man ihn auch voll machen. Und komischerweise entsteht mit der Zeit das Bedürfnis, noch größere Wagen zu füllen. So ist der amerikanische Supersupermarkt entstanden, der meist etwas abseits liegt, weil er in keine Stadt passt. Da fahren wir einmal im Monat hin. Letzten Sonnabend war es wieder so weit. Die Einkaufswagen sind so groß wie europäische Kleinwagen, die Regale reichen bis unter die Decke. Alles ist in Großpackungen verpackt. Ich sah meiner Frau dabei zu, wie sie einen Ein-Kilo-Sack Pinienkerne in den Korb warf.

»Man kann Pesto daraus machen«, sagte sie.

Ich wollte sie gerade fragen, ob sie vorhabe, ein italienisches Restaurant zu eröffnen, da fiel mein Blick auf einen blauen Frotteebademantel von Ralph Lauren, der um 50 Prozent preisgesenkt war. Im Supersupermarkt gibt es nicht nur Lebensmittel, es gibt alles. Ich habe noch nie im Leben einen Bademantel besessen, Bademäntel erinnern mich an die Raucherinseln von Krankenhäusern. Ich betastete den Mantel. Meine Frau war in einem drei Meter hohen verglasten Getränkekühlschrank verschwunden, um zwei Kanister Orangensaft zu holen. Die Kanister waren etwas weiter hinten, sie stieg in den Kühlschrank hinein, die Plexiglastür fiel hinter ihr zu. Ich sah sie dort drinnen wie ein Tier in einem Tierparkterrarium. Einen Pinguin vielleicht. Sie lächelte.

Ich nahm den Bademantel und warf ihn in den Korb zu den Pinienkernen und den anderen günstigen Dingen.

Als wir zurückkamen, passte nicht mehr alles in unseren Kühlschrank. Vielleicht müssen wir einen zweiten kaufen, dachte ich. Wir könnten ihn in den Keller stellen.

Der Berliner Humorist Lothar Kusche hat mal geschrieben, dass das Kunstgewerbe Bedürfnisse befriedige, die es vorher selbst geschaffen hat. Gleiches gilt für den amerikanischen Kühlschrank. Er hat den Beutel mit den 84 Hähnchenkeulen hervorgebracht, die riesigen amerikanischen Einkaufswagen notwendig gemacht, er hat den übergewichtigen Amerikaner geschaffen. Letztlich ist er auch dafür verantwortlich, dass ich Besitzer eines dunkelblauen Frotteebademantels bin. Zu Hause habe ich den Bademantel angezogen. Ich sah aus wie ein blaues Plüschtier. Das hat er aus mir gemacht. Die Maschinen übernehmen, und der amerikanische Kühlschrank ist der Beginn der *Matrix*-Welt.

Als im August in New York der Strom ausfiel, geriet niemand in Panik. Es war eher so, dass sich die Menschen entspannten. Sie feierten Partys auf den Straßen, die Kühlschränke hatten für einen Moment aufgehört zu atmen.

E. T.

Ich bin gerade auf Guadeloupe angekommen, einer Insel in der Karibik. Das Allererste, was ich über Guadeloupe sagen kann, ist, dass mein Telekom-Handy hier funktioniert.

Ich bin mit einem kleinen Propellerflugzeug von American Airlines gelandet. American Airlines hat eine neue »Politik«, die besagt, dass man sein Handy schon auf der Landebahn einschalten darf. Bei der Lufthansa würde man dafür verhaftet werden, vielleicht heißt es deswegen »Politik«. Sie beschließen es einfach. Mich würde nicht wundern, wenn Air France demnächst die Politik einführte, dass man bereits 40 Minuten vor der Landung mit dem Telefonieren beginnen kann. Ich glaube, die Wissenschaft des Telefonierens im Flugzeug ist noch sehr jung. Manchmal höre ich während des Fluges ein Handy im Handgepäck über unseren Köpfen klingeln, aber niemanden scheint das zu beunruhigen. Alle tun nur so, als seien Handys gefährlich, genau wie alle so tun, als würden sie unter ihrem Sitz nach einer Schwimmweste suchen, wenn es ernst wird. Ich bin mir fast sicher, dass dort gar keine Schwimmwesten sind, traue mich aber nicht, nachzuschauen. Es ist ein Aberglaube, die ganzen Sicherheitshinweise der Stewardessen wirken nicht zufällig so wie Fruchtbarkeitstänze von Ureinwohnern. Sie sollen Glück bringen, mehr nicht. Stewardessen erinnern mich an Orthopäden.

»Ist Joggen schlecht für mich?« habe ich meinen Orthopäden beim letzten Mal gefragt, als er mit besorgtem Blick auf eine Röntgenaufnahme meiner Lendenwirbelsäule schaute. Er nickte erst entschieden, dann aber sagte er: »Laufen ist grundsätzlich natürlich gut.« Die Lendenwirbelsäule verhält sich zum Joggen wie das Telefonieren zum Fliegen, niemand weiß etwas Genaues.

Ich habe also mein amerikanisches Handy eingeschaltet, das bei der Zwischenlandung in Puerto Rico noch gut funktionierte, aber hier in Guadeloupe ging es nicht mehr. Hier habe ich mein deutsches Handy eingeschaltet. Das funktionierte erstaunlicher weise, obwohl Deutschland vier mal so weit von Guadeloupe entfernt ist wie New York.

Ich bin in den letzten Jahren ziemlich viel in der Welt herumgereist, ich habe sechs verschiedene Handys benutzt und gelernt: Man kann die Welt auch mit Mobiltelefonnetzen erklären.

Amerikanische Handys zum Beispiel funktionieren nur in Amerika und dort, wo Amerikaner gern Urlaub machen, zum Beispiel auf den Bahamas. Deutsche Handys funktionieren ähnlich wie deutsche Autos überall in der Welt, auch in Australien und in Kuwait, nicht aber in den USA und im Irak. In Kuba funktionieren weder deutsche noch amerikanische Handys, dort gehen nur kubanische Handys. Man kann sie bei der kubanischen Handy-Behörde ausleihen, die gleich am Flughafen ihre erste Niederlassung hat. Man muss eine ganze Menge Papierkram ausfüllen, wenn man in Kuba ein Handy ausleiht. Die Handy-Beamten sind wichtige Leute dort. Die Frauen, die dort arbeiten, haben den gleichen allmächtigen Ausdruck im Gesicht wie die Frauen, die in den Intershops der DDR tätig waren.

Über Nordkorea kann ich nichts sagen, in Südkorea bekam ich ein Handy, in das man 20-stellige Vorwahlnummern eingeben musste, um ins nahe Japan zu telefonieren, aber nur vierstellige für Deutschland. Japan und Südkorea mögen sich nicht sonderlich.

Mein japanisches Handy hatte einen großen, bunt leuchtenden Bildschirm, telefonieren konnte ich damit aber nicht. Welche Nummern ich auch eingab, immer meldete sich am anderen Ende eine automatische japanische Frauenstimme, die eine sehr lange Ansage machte. Zuletzt klappte ich das Handy nur noch auf und zu wie eine alte Taschenuhr. Es war gar nicht so schlecht, real irgendwie. Japan ist schließlich ein fernes Land.

Wirklicher war eigentlich nur der Irak, wo ich jede Nacht zusammen mit ein paar verwegenen amerikanischen Geschäftsleuten und UNO-Mitarbeitern auf einem Hoteldach in der Wüste stand, um zu telefonieren. Manchmal fiel der Strom aus, es war ganz ruhig, über uns leuchteten die Sterne. Wir hielten die Antennen unserer klobigen Satelliten-Handys wie Wünschelruten ins All. Wir schienen frei von allen Netzen, die Entfernungen waren wieder spürbar, jede Verbindung war ein Wunder. Und vor allem gab es einen Sinn: Nach Hause telefonieren.

Sweet November

Ich sitze im Foyer des Berliner Fernsehturms und soll sagen, ob ich Deutschland vermisse. Vor mir steht eine Fernsehkamera der ARD. Sie läuft.

Ich bin seit ein paar Tagen in Deutschland. Ich bin mit dem Zug durch blasse Landschaften gefahren, die Wolken hingen tief, die Feiertage klangen niederschmetternd. Zum Volkstrauertag war ich in Berlin, zum Buß- und Bettag in Göttingen, als ich Leipzig besuchte, beteten dort Menschen für Olympia. Es gab eine Montagsdemonstration, mit Kerzen, ernsten Gesichtern und dem Revolutionspfarrer.

Ich war jetzt lange nicht in Leipzig. Machen sie das immer, wenn irgendwas nicht läuft? Auch wenn ein Kindergarten zumacht? Ich weiß nicht genau, wen der Pfarrer der Nikolaikirche ansprechen wollte, aber wenn ich Gott wäre, würde Leipzig keine Olympiastadt werden. Abends legte ich mich in verschiedenen Städten in Hotelbetten. Wenn ich den Fernseher anmachte, war immer Franz Müntefering zu sehen. Manchmal erschien auch jemand von den jungen Wilden der SPD, die genauso revolutionär aussehen wie die jungen Wilden der CDU oder Guido Westerwelle.

Einmal sangen sie alle zusammen *Wann wir schreiten Seit' an Seit'*. Ich drehte den Ton weg und stellte mir vor, dass es das *Rennsteiglied* wäre oder *Komm doch mit auf den Underberg!* Es passte beides.

Es wurde früh dunkel und spät hell, und obwohl es gar nicht so kalt war, begann mein Hals zu kratzen. In der Apotheke gaben sie mir verschiedene Mittel, viele »auf pflanzlicher Basis«, die so aussehen, als helfen sie nicht. Sie halfen nicht.

Um mich aufzuheitern, ging ich ins Kino. Es lief *Das Wunder von Bern*, ein Film, in dem sich deutsche Fußballer wünschen, dass es regnet. Weil sie nur gut sind, wenn der Boden tief und schwer ist und das Wetter wie sie. Am Ende fuhr ein Zug in die rote Sonne, die über Deutschland versinkt, und mir ging es noch schlechter.

Heute morgen hat mich im Intercity von Halle nach Berlin eine alte Dame umgerannt, die einen dieser Koffersäcke auf Rädern hinter sich herzog. Sie entschuldigte sich nicht. Sie rief »Machen Se hinne, machen Se hinne«, während sie mich zur Seite stieß. Sie rollte wie auf Schienen zu dem Platz, den sie wahrscheinlich bereits im Spätsommer reserviert hatte. Fast alle Plätze waren reserviert, aber nur wenige besetzt. Alle schienen auf Nummer sicher zu gehen. Sogar im Kino gab es Platzkarten. Im *Wunder von Bern* waren außer mir nur neun andere Zuschauer, aber die saßen alle in einer Reihe. Dort, wo sie hingesetzt worden waren. Erst als das Licht ausging, wagte es ein Paar, sich umzusetzen.

Ich setzte mich auf einen reservierten Platz am Zugfenster wie auf einen heißen Stein. Ich hatte das Gefühl, ein deutsches Handtuch vom Sonnenstuhl eines italienischen Hotels gezogen zu haben. Die Wolken hingen tief. In Berlin begrüßte mich der *Berliner Kurier* auf Plakaten mit seiner bemerkenswerten Aktion »Locker leben trotz knapper Kasse – mehr Geld für alle«.

Es war, als betrete ich den Mond.

»Nein«, sagte ich in die Fernsehkamera.

Gerhard Schröder war gerade auf dem Weg nach New York, um für Deutschland zu werben.

Ich beneidete ihn nicht.

Wenig später besuchte ich mit dem Kamerateam eine Kaufhalle und füllte meinen Korb mit Dingen, die man gern nach Amerika mitbringt. Zwieback, Schokolade, Kaffee, Müsli und Stollen. Ich stand hinterm Einkaufswagen wie ein Teilnehmer der *Kurier*-Aktion »Mehr Geld für alle«. Am Ende stellte ich alles zurück in die Regale.

Dann lief ich nachdenklich durch die neue Mitte und redete mit einem Fernsehreporter auf dem Pariser Platz über meine deutsche Seele. Es war November, es war Nachmittag. Das Tageslicht verschwand langsam, aber der Kameramann brauchte noch eine Einstellung. Er dirigierte mich auf den Platz vorm Deutschen Reichstag. Es war jetzt fast dunkel, der Wind strich über den weiten, freien Platz.

»Stehen Sie einfach ein bisschen verloren rum«, sagte der Kameramann.

Nichts leichter als das.

Nachbarn

Simon & Garfunkel haben sich wieder mal wiedervereinigt. Sie haben drei Konzerte im Madison Square Garden gegeben, die alle gut besucht waren. Die beiden Musiker sehen inzwischen aus wie ein älteres Hausmeisterehepaar, wobei Art Garfunkel eher die Frau ist. Aber wenn sie *America* singen, vergesse ich das.

»Kathy, ich fühl mich so verloren«, sagt dort ein Junge zu seiner schlafenden Freundin. »Ich bin leer, alles tut mir weh, und ich weiß gar nicht, warum. Ich zähle die Autos auf dem New Jersey Turnpike. Sie kommen alle her, um Amerika zu finden.«

Ich kann natürlich nicht sagen, was Paul Simon genau im Sinn hatte, als er diese wunderbaren Zeilen schrieb, aber sie fallen mir immer ein, wenn ich durch New Jersey fahre. New Jersey ist für New York so was wie der ehemalige Bezirk Frankfurt für Ostberlin. Es ist gleich um die Ecke und doch irgendwie ziemlich weit weg.

Ich fahre zwei-, dreimal im Jahr nach New Jersey, immer, um jemanden vom Flughafen Newark abzuholen. Nicht mehr zu IKEA, auch wenn es der einzige Markt in der Nähe New Yorks ist. Ich war nur einmal im IKEA New Jersey, ganz am Anfang. Ich sah das IKEA-Zeichen schon vom Flugzeug aus, mit dem ich zum ersten Mal in Newark landete. Es ist leicht zu finden, sagte ich meiner Frau. Damals wusste ich noch nicht, dass die Autobahnen in New Jersey immer haarscharf an den Dingen vorbeiführen, die man erreichen will. Blitzschnell gabeln sich Straßen ohne jeden Hinweis, es gibt winzige Schilder mit wichtigen Informationen und riesige mit unwichtigen. Man ist ganz in der Nähe und ganz weit weg.

»Da ist es«, sagte ich meiner Frau, als ich das Schild aufleuchten sah. Zwei Stunden später waren wir da. Das Schild hatte die ganze Zeit geleuchtet wie eine Fata Morgana. Ich habe mich bei diesem einen Besuch sehr lange im IKEA-Markt aufgehalten. Alles war wie zu Hause bei IKEA in Berlin-Waltersdorf, es gab kleine schwedische Fleischklößchen und Ingwerkekse. Wenn es mir jemand angeboten hätte, wäre ich vielleicht für immer dort geblieben. Nur um nicht raus zu müssen ins furchtbare New Jersey.

Zurück nach New York ist es noch schlimmer. Man sieht die Skyline von Manhattan und kommt nicht hin. Manchmal kam ich ein Stück näher, manchmal entfernte ich mich wieder. Ich kam mir vor wie auf einer dieser gefälschten Autofahrten in den alten Cary-Grant-Filmen, wo hinter den Fahrern immer nur eine Leinwand mit rollender Landschaft abläuft.

Daran hat sich bis heute nichts geändert. Der Besuch, den ich vom Flughafen abhole, bestaunt die Skyline, die man von New Jersey wunderschön sehen kann. Irgendwann sagt jemand von hinten: »Das Empire State Building wird ja immer kleiner. Jetzt fahren wir aber wieder weg, oder?«

Ich hasse das.

Vor einer Stunde landete meine Schwiegermutter mit einem Flugzeug der SAS in Newark. Meine Frau stand bedauerlicherweise am John-F.-Kennedy-Flughafen in Queens, um sie abzuholen. Sie hatte die Flughäfen verwechselt. Wahrscheinlich meiden wir bereits instinktiv

New Jersey. Ich versuche von meinem Büro in Manhattan, meine verlorene Schwiegermutter in New Jersey ausrufen zu lassen. Die freundliche Dame vom SAS-Schalter erklärt mir, dass SAS niemanden in New Jersey ausrufen kann. New Jersey klingt aus ihrem Mund wie Nordkorea. Sie spricht einen wunderbaren skandinavischen Akzent, sie gibt mir ein wenig Halt, so wie IKEA mir einst Halt gab, aber dann ist sie weg.

Nach vierzig Minuten erreiche ich eine Einheimische. Der Stimme nach eine Raucherin.

»Wie heißt die Frau?« fragt sie. »Der Vorname ist Hannelore«, sage ich. »Hann Ro«, sagt sie. »Hannelore«, sage ich. »Gut«, sagt sie. »Wollen Sie nicht den Nachnamen haben?« frage ich. »Nee«, sagt sie. »Hann Ro reicht doch.«

Wahrscheinlich werden lauter kleine Vietnamesen zum Schalter kommen, wenn sie den Namen ausruft, denke ich. »Es ist ein sehr gebräuchlicher Vorname in Deutschland«, sage ich. Aber die Frau am anderen Ende redet mit einer Kollegin über den Spätdienst am Wochenende. Ab und zu schreie ich was ins Telefon, aber sie reagiert nicht. Ich höre sie reden, sie ist ganz in der Nähe, aber unerreichbar.

So ist New Jersey. Niemand findet hier Amerika, man findet nicht mal seine Schwiegermutter.

Ice Age

Gestern war ich in der Federal Hall, wo der Entwurf für das Denkmal am Ground Zero enthüllt wurde. Die Federal Hall steht an der Wall Street, ein einschüchterndes Gebäude mit einer Kuppel, die dreißig Meter über unseren Köpfen schwebte. Der Gouverneur von New York und der Bürgermeister waren da, die gesamte Jury, die den Entwurf unter 5200 anderen ausgesucht hatte, Daniel Libeskind und fünfzig weitere Architekten kamen und auch viele Feuerwehrmänner. Alle gratulierten sich gegenseitig zu dem großartigen Entwurf, der als kleines Modell auf der Bühne stand.

Am Ende klatschten sogar die Journalisten, was ich zum letzten Mal bei der Fußball-Weltmeisterschaft in Südkorea erlebt habe.

Das Denkmal besteht aus zwei quadratischen Wasserbecken in einem kleinen Stadtpark. Von weitem erinnerte es mich an das Freibad Pankow oder eher noch an die Kläranlage Münchehofe, wo ich als Lehrling beim VEB Wasserwirtschaft Berlin in den 80er Jahren mehrere Monate arbeitete. Ich dachte daran, wie die Leute in der S-Bahn von mir abrückten, wenn ich nach Hause fuhr, wahrscheinlich, weil ich wie der Tod roch oder wie ihre Außentoilette. Ich habe oft unpassende Gedanken, wenn alle anderen ergriffen sind. Ich habe als Kind in den traurigsten Abteilungen des Museums für Geschichte regelmäßig unbegründete Lachanfälle bekommen.

Nach einer guten Stunde war alles vorbei, Hilfskräfte schleppten das Modell weg, und New Yorks Bürgermeister Bloomberg gab eine Pressekonferenz. Als er gefragt wurde, ob nicht die Interessen der Feuerwehrleute in der Gedenkstätte mehr berücksichtigt werden müssten, sagte er: »Das Konzept dieses Landes besteht darin, dass alle Menschen gleich sind.« Und dann sagte er, er würde nun lieber ein paar andere Fragen beantworten. Sein Gesicht sah müde aus. Ich glaube, dass Michael Bloomberg im Herzen solche Gedenkveranstaltungen für überflüssig hält. Ich glaube nicht, dass ihm die Brille von Daniel Libeskind gefällt.

Jemand fragte ihn also, wie sich New York auf die Kälte vorbereitet. Draußen waren minus 13 Grad, und es hieß, in den kommenden Tagen würde es noch viel kälter werden.

»Ziehen Sie sich warm an!« rief Bloomberg. »Informieren Sie sofort die Behörden, wenn Ihr Vermieter nicht heizt oder Ihre Heizung nicht funktioniert«, sagte der Bürgermeister. »Schließen Sie die Ofenklappe nach dem Heizen.« In seinen Augen war jetzt echte Sorge. Nicht ein einziges Mal während der anderthalbstündigen Denkmalsfeierstunde hatte er so ergriffen geschaut.

Offene Ofenklappe? Der Bürgermeister von New York schien aus einer anderen Zeit zu berichten, aus dem Rumänien der 80er Jahre vielleicht, wo ganze Wohngebiete ohne Wärme waren, dachte ich. Aber dann fiel mir unsere Heizung ein.

Sie steht in der Kellerecke und sieht aus, als stamme sie aus der Requisite der *Feuerzangenbowle*. Sie verhält sich nicht wie eine Maschine, eher wie ein Lebewesen. Ein bockiger, alter Mann vielleicht, ein Walter Matthau. Deutsche Besucher, besonders die Eigenheimbesitzer unter ihnen, sehen unsere Heizung an wie ein technisches Denkmal. Zu bestimmten, von uns nicht kontrollierbaren Zeiten fängt sie an zu ächzen, zu husten und Dampf in unsere gusseisernen Heizkörper zu spucken. Manchmal ist zuviel Druck, dann spritzt Wasser aus den Heizkörpern wie aus Geysiren.

»Es ist eben eine alte Heizung«, sagt unser geldgieriger Vermieter gern, wenn ich ihm davon berichte. So als handele es sich um eine Antiquität. Wahrscheinlich haben seine Vorfahren sie aus dem Totenschiff ausgebaut, das sie nach Amerika brachte.

Die kälteste Nacht seit dem Jahre 1957 steht uns bevor. In der Ecke meines Computers zeigt mir ein kleines Feld die Temperaturen an. Sie sind um vier Grad gefallen, seit ich diese Kolumne schreibe. In Tausenden New Yorker Kellern warten bockige alte Heizungen mit der Seele Walter Matthaus auf die Rekordkälte wie auf ein Pokerblatt. Bloomberg sah gestern so verzweifelt aus wie einer dieser quirligen Gegenspieler von Matthau. Ein Jack Lemmon in Not.

Als ich ging, stand ein Fernsehreporter von *Channel* 7 auf den Stufen der Federal Hall und gab seinen Bericht über die Denkmalsenthüllung durch. Sein Atem dampfte dramatisch. Ich dachte daran, dass man bei so einer Kälte auf den Gedenkpools am Ground Zero gut Schlittschuh laufen könnte.

Manche mögen's heiß

Mir fällt auf, dass Deutsche, mit denen ich am Telefon spreche, häufig gerade aus der Sauna kommen beziehungsweise auf dem Weg dorthin sind.

»Wie geht's?« frage ich am Telefon.

»Gut«, sagt mein Freund Hanno, »ich komme gerade aus der Sauna.«

Meine Eltern scheinen ihr Rentnerleben in der Sauna zu verbringen, die mein Vater vor zwei Jahren gebaut hat. Sie befindet sich am Rande ihres Wochenendhauses im Land Brandenburg. Sie fahren jetzt im Winter dort manchmal nur hin, um in die Sauna zu gehen. Wenn sie nicht ans Telefon gehen, sind sie wahrscheinlich gerade in der Sauna. Oder in dem mit eiskaltem Wasser gefüllten Abkühlungsbottich, der davor steht. Mein Schwager hat sich seine Sauna in seinen Keller im Mietshaus eingebaut.

»Wir kommen grad aus der Sauna«, ruft mir mein Schwager aus Steglitz zu. Und irgendwie scheint in diesem Satz alles zu stecken, was er mir voraus hat. Du bist vielleicht in New York, vielleicht ist der Himmel bei euch blauer, vielleicht sind die Häuser höher als bei uns. Aber ich komme gerade aus der Sauna.

Ich merke zum ersten Mal, was für begeisterte Saunagänger meine Landsleute sind. Vielleicht wollen wir lieber Finnen sein, vielleicht wollen wir in Schwitzzeremonien endlich unsere Schuld abwerfen wie die Sioux-Indianer, keine Ahnung. Zu den letzten Versuchen, die DDR zu retten, zählte eine große Luxussauna in der Friedrichstraße, mit der Erich Honecker Westgeld ins Land holen wollte. Sie wurde nicht mehr fertig, und so fiel die Mauer.

Im vorigen Sommer haben wir uns ein paar Wohnungen in Berlin und Potsdam angesehen, weil wir daran dachten, zurückzukommen. Die teuerste und größte Wohnung war noch nicht ganz fertig. In der Mitte war ein quadratischer Raum freigeschlagen worden. »Da kommt die Sauna rein«, sagte der Hausbesitzer stolz, als würden wir noch ein kostenloses Auto dazubekommen, wenn wir das Apartment nehmen. Es war das Zentrum der Wohnung, das Herz. Ich will eigentlich keine Sauna mitten in der Wohnung. Ich stellte mir vor, dass unsere Gäste immer kleine Beutel mit ihren Waschlappen, Badelatschen und Fläschchen mit ihrer Lieblingsaufgussessenz mitbringen würden, wenn sie uns besuchen. Wir könnten vor dem Essen oder vor diesen Gesellschaftsspielen, die wir früher immer machten, einen Saunagang einschieben. Wir könnten Scharade oder Activity gleich in der Sauna spielen.

Kürzlich habe ich erfahren, dass es im Hamburger *Spiegel*-Gebäude eine Sauna gibt. Man kann nackend über die Lage im Nahen Osten diskutieren. Hat nicht Helmut Kohl in einer russischen Sauna die deutsche Einheit besiegelt?

Und es ist gesund, vor allem in der Erkältungszeit. Es gibt kein Argument gegen die Sauna. Das ist der einzige Grund, warum ich früher gelegentlich hinging. Ich konnte mich nicht entziehen. Ich habe mich immer gefreut, wenn ich die Tür aufmachte und niemand auf der Bank saß. Und ich war immer froh, wenn ich wieder draußen war. Es war wie beim Beichten.

Seit ich in Amerika lebe, war ich nicht ein einziges Mal

in der Sauna. Ich war auch nicht mehr zur Beichte. Es gibt einen Steam Room in meinem Fitnesscenter, ein Dampfbad. Dampfbäder haben den Vorteil, dass man nicht so viel sieht. Es gibt sicherlich Saunas in New York, aber sie sind nicht so wichtig. Niemand zerrt mich hinein. Auf den Zeichnungen meines Sohnes findet sich der Abkühlungsbottich im Garten meiner Eltern wie ein hölzernes Ufo aus dem Mittelalter. Angenehm absurd.

Vielleicht ist das der Grund, warum ich noch in New York bin.

Vor zwei Jahren schien der Friede vorbei zu sein. Deutsche Bekannte von uns begannen, den Keller ihres viktorianischen Holzhauses in Brooklyn in eine Art Saunaparadies zu verwandeln. Ich durfte zweimal die Baustelle besichtigen. Es gab einen großen Ruheraum, drei Duschen, einen Fernseher und ein fünf Meter langes Tauchbecken aus falschem Marmor. Es sah aus wie die Kulisse für einen Gruppensexfilm. Kurz nachdem die Kellersauna fertig war, musste die Familie allerdings zurück nach Deutschland. Sie haben ein Jahr lang verzweifelt versucht, das Haus zu verkaufen. Irgendwann sind sie es dann aber doch losgeworden.

An ein deutsches Arztehepaar.

Menschen im Hotel

Ich habe das letzte Wochenende im *Ritz* Berlin verbracht. Ich bin Freitagnacht aus New York gekommen und Montagmorgen wieder zurückgeflogen. Ich hatte nur eine sehr kleine Reisetasche dabei. Als ich sie neben mich auf den Rücksitz des Taxis am Flughafen Tegel stellte, hörte ich die ersten drei Berliner Wörter des neuen Jahres:

»Nee, nee, nee.« Die nächsten sechs Wörter waren: »Dafür iss der Koffaraum da, Scheff.«

Ich hörte mir noch zwanzig Minuten lang Beschwerden über »dit Pisswetta« in Berlin an, aber dann hielt das Taxi, ein großer schwarzer Mann mit Zylinder öffnete die Wagentür für mich und lächelte. Er hatte einen riesigen Regenschirm in der Hand und sagte: »Welcome to the *Ritz-Carlton*, Sir!«

Ich war da.

Das *Ritz-Carlton* ist ein neues Hotel in der Berliner Mitte. Wahrscheinlich könnte ich hier die Welt vergessen, wie im *Le Meridien* Kuwait City, im *Hyatt* Seoul oder im *Steigenberger* Moskau. Wenn man diese Hotels verlässt, wundert man sich, dass es Regen gibt, Sandstürme und Menschen, die Pelzmützen tragen oder Maschinengewehre. Vor fünfzehn Jahren gab es eine Werbung, in der ein S-Klasse-Mercedes in einer belebten Gegend in irgendeiner afrikanischen Stadt steht. Ein Mann irrt durch die enge, laute, heiße, bedrohliche Welt, bis er das

Auto sieht, er steigt hinein, wirft die Tür hinter sich zu und scheint gerettet.

Das ist in etwa wohl die *Ritz*-Idee.

Der Fußboden im Bad sei beheizt, sagte der Page, der mir mein Zimmer vorstellte, außerdem empfahl er den Wellnessbereich des Hotels. Er sprach englisch mit mir, und ich fand das nicht unpassend. Ich betrat das Bad, die Fliesen waren tatsächlich beheizt, allerdings war die Duschkabine so groß, als sei sie für eine Handballmannschaft eingerichtet worden.

Nachts um eins wurde ich wach, es brannte Licht. Ich war nicht in der Lage, es zu löschen. Nach einer halben Stunde fand ich heraus, dass sich in meinem Nachttisch eine Art Bordcomputer befand, mit dem man die Lichtanlage regeln konnte. Als ich schließlich das Licht abgestellt hatte, war ich hellwach. Es war dunkel und still. Ich dachte an Bill Murray, der im Film *Lost in Translation* nachts an die Bar des Hotels in Tokio ging, weil er nicht schlafen konnte. Ich ging an die Bar, aber dort saß nicht Scarlett Johansson, dort saßen ein Dutzend ältere Paare, die aussahen, als seien sie aus Süddeutschland angereist, und ein älterer einsamer Herr, der einen lustigen Cocktail aus einem Glas mit einem schiefen Boden trank. Ich setzte mich neben ihn, bestellte einen Gin Tonic, der auch in einem schiefen Glas kam.

»Wenn man es zu lange anschaut, könnte man denken, man hat einen Schlaganfall«, sagte ich zu dem Mann.

»Ich find's originell«, sagte der Mann. Er schien aus der Gegend zu kommen, vielleicht aus Charlottenburg. Ich beschloss, schwimmen zu gehen wie Bill Murray damals in Tokio. Aber der Wellnessbereich im *Ritz* schließt schon um zehn. Ich fuhr in meinem *Ritz*-Bademantel zurück aufs Zimmer. In der Schreibtischschublade gab es eine

Feder und ein Tintenfass. Ich dachte kurz daran, einen Abschiedsbrief zu schreiben, sah mir aber dann doch das Damenfinale der Australian Open an. Ich wachte zerschlagen auf, das Licht brannte, es war elf Uhr morgens. Das Frühstücksbüfett wird um 10.30 Uhr abgeräumt, sagte der Mann an der Rezeption.

Auf den Bänken in der Lobby saßen Leute in Windjacken, Berliner, wie es aussah. Sie schienen Zeit zu haben. Weitere Berliner schlenderten durch die Halle wie durch eine Autoausstellung. Die livrierten *Ritz*-Beschäftigten spannten Kordeln im Eingangsbereich, um den Luxus irgendwie abzustecken. Sie fragten die hereinspazierenden Menschen, ob sie ihnen helfen können. Sie fragten es nicht auf Englisch. Nein, sagten die Besucher. Wir kommen schon klar. Sie klopften an die Marmorsäulen und stellten fest, dass sie nur aus Kunststoff waren. Jederzeit hätte jemand an meiner Jacke zupfen und feststellen können, dass ich auch nicht echt war. Sondern nur ein Berliner, der hier zum Einführungspreis wohnte. Irgendwann werden die Zimmerpreise im *Ritz-Carlton* Berlin auf echtes Luxusniveau angehoben. Vielleicht hilft das, um Berlin hierhin entfliehen zu können. Vielleicht nicht.

Als ich die Mercedes-Werbung damals sah, habe ich mich gefragt, wie man mit diesem schweren Auto aus Afrika wegkommt.

Leaving Las Vegas

Kurz bevor Mohammed Atta ins World Trade Center flog, fuhr er mit seinen Gefährten nach Las Vegas, um sie an das Böse zu erinnern. Nick Cage kam im Film *Leaving Las Vegas* nach Las Vegas, um sich zu Tode zu trinken. Johnny Weissmüller, der erst Schwimm-Olympiasieger war und später Tarzan, verlor hier den Verstand.

Jetzt bin ich da.

Ich wohne im Hotelkomplex »New York, New York«. Der sieht aus, als sei er von einem zehnjährigen Kind aus dem Mittelwesten entworfen worden, das mit seinen Eltern mal eine Wochenendreise nach Manhattan unternommen hat. Empire State und Chrysler Building, ein paar engstehende Fantasiehochhäuser mit der Papp-Freiheitsstatue davor und einem kleinen Teich, der das Meer andeuten soll. In der Lobby gibt es einen Hot-Dog-Stand mit dem Namen Times Square und auch Straßen, die Broadway oder Greenwichstreet heißen. Aber es laufen keine gut gekleideten hektischen New Yorker durch diese Straßen, sondern Menschen in kurzen Hosen und Turnschuhen, die sehr, sehr langsam sind.

Manche können sich nicht schneller bewegen, weil sie so sperrig sind wie der frühere DDR-Gewichtheber Gerd Bonk oder Wagen mit Sauerstoff-Flaschen hinter sich herziehen, andere, weil sie heute schon zwanzig Büchsen Bier ausgetrunken haben. Es ist Spring Break, die Zeit im

Jahr, in der amerikanische Studenten ins Warme fahren, um so lange zu trinken, bis sie vergessen, wie viel Erwartungen und Geld ihre Eltern in sie gesteckt haben.

Ich frage mich, warum man in ein gefälschtes New York fahren soll, wo es im selben Land auch ein richtiges gibt. Vielleicht, weil man hier überall rauchen darf und sein Bier nicht in Papptüten verstecken muss, wenn man es im Freien trinken will. Außerdem stehen draußen auf dem Bürgersteig Kompanien kleiner Mexikaner mit Werbebroschüren für Sexklubs. Und es gibt einen weiteren Vorteil. Dieses New York wird von einer Achterbahn umkreist.

Sie fährt im Abstand von drei Minuten etwa zwanzig Meter vor meinem Zimmerfenster vorbei. Es ist eine Steilpassage, so dass alle drei Minuten Menschen vor meinem Fenster kreischen. So müssen sich die Monsterdarsteller fühlen, die in einer Geisterbahn arbeiten. Ich habe überlegt zurückzuschreien, aber das geht nicht, weil meine Fenster verriegelt sind. Unten am Fensterrahmen gibt es einen kleinen Riegel, den man einen Zentimeter verschieben kann, um »Frischluft« hereinzulassen, wie daneben steht. Aber es passiert nichts, wenn man diesen Riegel verschiebt. Nach einer halben Stunde in diesem Zimmer fühlt man sich wie Clint Eastwood in *Alcatraz*.

Ich gehe also noch mal auf die Straße, wo es jetzt Nacht ist, aber immer noch warm. Auf einer Videowand flimmert die Ankündigung für Mel Gibsons *The Passion of the Christ*. Sie erinnert mich an den verrückten Pfarrer, der im Berufsverkehr auf der echten 42nd Street jeden Tag mit einer kleinen Lautsprecheranlage gegen Abtreibungen wettert. Vor der nachgemachten Freiheitsstatue ist ein kleiner 11.-September-Gedenkstreifen eingerichtet worden, mit signierten Feuerwehr-T-Shirts unter Glas und

Metallplatten, in die Zitate von Winston Churchill, Benjamin Franklin, Martin Luther King, Nelson Mandela sowie George W. und Laura Bush eingraviert wurden. Man könnte sie alle untereinander austauschen, was erstaunlich ist. Edmund Burke sagt dort, dass das Böse siegt, wenn der gute Mann nichts tut.

Bin ich ein guter Mann?

Ich verspiele schnell 20 Dollar an einer Pokermaschine, spüre aber keinen Verlustschmerz. Noch mal zwanzig, immer noch nichts. Ich kaufe mir ein Sixpack Bier und fahre zurück aufs Zimmer. Die Achterbahn rumpelt vor meinem Fenster, Leute schreien. Ich versuche, mich daran zu erinnern, ob es Roy war, der hier von seinem Tiger angefallen wurde, oder Siegfried, aber es fällt mir nicht ein. Im Fernseher läuft auf allen Kanälen Werbung für das Hotel, in dem ich feststecke. Die Fenster sind verriegelt. Auf dem Flur singen betrunkene Studenten. Es gibt verschiedene Wege, Las Vegas zu verlassen. Ich öffne das erste Bier. Vielleicht trinke ich mich zu Tode wie Nick Cage, vielleicht verliere ich den Verstand wie Tarzan. Vielleicht werde ich auch Terrorist.

In ein paar Stunden besteige ich ein Flugzeug nach New York.

Air Force One

Vor fünfzehn Jahren habe ich in Pjöngjang mal eine Folge *Polizeiruf 110* gesehen. Oberleutnant Fuchs sprach koreanisch. Das veränderte seine Persönlichkeit doch erheblich, denn Oberleutnant Fuchs sieht aus wie das Gegenteil eines Koreaners. Daran erinnere ich mich, wenn ich heute in Deutschland einen Film mit Bruce Willis sehe.

Nach fünf Jahren Amerika wirkt der synchronisierte Willis auf mich wie die Puppe eines Bauchredners. Ich könnte jetzt sagen, dass es für die Sprachkenntnisse des deutschen Volkes besser wäre, wenn man die Synchronisation durch Untertitel ersetzte, aber das würde auch bedeuten, dass Louis de Funès nicht mehr synchronisiert würde. Und eigentlich will ich das nicht. Es ist eher eine persönliche Sache. Ich habe mich an Tom Hanks und Gene Hackmans richtige Stimmen gewöhnt und würde sie gern als Erinnerung mitnehmen, wenn ich irgendwann in die alte Welt zurückkehre. Deswegen habe ich mir vor zwei Wochen einen DVD-Brenner gekauft.

Als ich am vorigen verregneten New Yorker Sonntagmittag den Fernseher einschaltete, um einen Film zu finden, den ich mir an einem späteren verregneten Berliner Sonntag noch einmal angucken kann, war auf allen Sendern Ronald Reagan zu sehen. Er trug einen roten Pullover und war tot.

Ich erfuhr, dass Ronald Reagan sehr gern rote Pullover

trug, ich erfuhr auch den Namen seines Lieblingspferdes. Man sah Reagan als jungen Mann in einem Pool in Hollywood, später neben Michael Jackson vor dem Weißen Haus, einmal warf er einen Schneeball nach Reportern, an seinem 90. Geburtstag saß er vor einem Kuchenteller, wieder im roten Pullover. Wenn nicht irgendwann Senator McCain aufgetaucht wäre, hätte der fiese Ronald Reagan auch Walt Disney sein können, Fred Astaire oder Buffalo Bill.

»Ronald Reagans größter Verdienst war, dass er den Kommunismus besiegt hat«, sagte McCain. Mit anderen Worten: Mich.

Reagan war in den 80er Jahren der Politiker, den ich am meisten verachtete. Er hatte das unschuldige Nicaragua bekämpft und mir die Olympischen Spiele in Moskau versaut. Eigenartigerweise spürte ich nichts mehr von dieser Wut. Es war Sonntagmittag, vor zwanzig Jahren war ich traurig, dass Reagan ein Attentat überlebt hatte, jetzt lächelte ich darüber, dass er zu den Notärzten, die ihm damals die Kugel rausoperierten, sagte: »Ich hoffe, Sie sind Republikaner.«

Die Ärzte hatten geantwortet: »Heute sind wir alle Republikaner, Mister President.« Stimmte das auch für mich, jetzt? Wird man irgendwann Republikaner, oder lag es daran, dass Reagan die letzten Jahre seines Lebens nur noch hilflos dahindämmerte? Aber warum habe ich Harald Juhnke dann nicht in besserer Erinnerung?

Ich machte den Fernseher aus und informierte meine Familie über den Tod des Präsidenten. Meine Frau nahm es regungslos hin, sie wurde in Berlin-Lichtenberg groß, aber meinen Sohn schien es zu treffen. Er war am Tag zuvor von einem Klassenausflug aus Washington zurückgekehrt. Sie machen diese Ausflüge, wie wir früher nach

Sachsenhausen fuhren oder nach Buchenwald. Ich wurde mit der deutschen Schuld groß, mein Junge mit den Legenden amerikanischer Präsidenten. Er kann die Gettysburg-Adresse auswendig, ich kann nachmachen, wie Ulli Makosch vom DDR-Fernsehen leise und ergriffen die Beerdigung von Juri Andropow kommentierte.

»Wenn wir noch einen Tag länger in Washington gewesen wären, hätten wir dabei sein können«, sagte er nachdenklich. Wahrscheinlich hatte er den Eindruck, dass der Mantel der Weltgeschichte ganz knapp an ihm vorbeigeweht war.

Da kam meine Wut zurück. Reagan blieb auf einem weißen Pferd in Erinnerung, von meinem damaligen Präsidenten Erich Honecker hatte ich kurz vor seinem Tod erfahren, dass er eine kleine Sammlung von Softpornofilmen besaß. Auf seinen letzten Bildern trug er eine zu große Brille und einen verschossenen Westover, keinen roten Weihnachtspullover. Für einen Moment spürte ich den Wunsch, hier an meinem Küchentisch dem Imperialismus die Larve vom Gesicht zu reißen. Ich würde mit dem NATO-Doppelbeschluss anfangen.

Da fragte meine Tochter: »Wann stirbt eigentlich Bush?« Und ich begriff, dass alles seine Zeit hat.

Alexander Osang
die nachrichten
Roman
Band 15256

Jan Landers, 34, ist Tagesschau-Sprecher in Hamburg. Als sich das Gerücht verbreitet, er habe früher als »IM« mit der Stasi zusammengearbeitet, wird er sofort vom Dienst suspendiert. Um den Verdächtigungen nachzugehen, reist er in seine Heimatstadt Berlin. Eine ehrgeizige Spiegel-Reporterin und ein versoffener Lokaljournalist nehmen seine Spur auf ...

Alexander Osangs Roman ist die spannende Geschichte eines Mannes, der erst seine Illusionen und dann sich selbst verliert: Ein Buch über die Medienwelt und das schillernde Wesen der Wahrheit, ein ebenso scharfsinniger wie scharfzüngiger Gesellschaftsroman über das Deutschland der 90er Jahre.

Fischer Taschenbuch Verlag

fi 15256 / 1

Alexander Osang
Lunkebergs Fest
Erzählungen
Band 16088

Alexander Osangs Erzählungen überraschen ihre Figuren in den Momenten, die ihr Leben für immer verändern können: Ein Vater bringt seinen Sohn zum Fußballspiel und macht einen Abstecher in die eigene Vergangenheit. Eine Tochter begegnet an Weihnachten dem neuen Mann ihrer Mutter. Und Frank Lunkeberg feiert ein Fest. Aber warum liegen seine Handschuhe im Kühlschrank?

Alexander Osang erzählt vom Träumen, die mit der Wirklichkeit zusammenstoßen: von Familien als fragilen Molekülen und Paaren, die aneinander vorbei sehen. Es sind Geschichten vom grandiosen, hinreißenden Scheitern – komisch, tragisch und ganz dicht am Leben.

»Osang erklimmt spielend das
hierzulande ewig herbei geflehte Niveau guter
angelsächsischer Literatur.«
Süddeutsche Zeitung

Fischer Taschenbuch Verlag

fi 16088 / 1

Alexander Osang
Neunundachtzig
Helden-Geschichten
Band 15978

89 – diese Zahl berührt die beiden epochalen Ereignisse, die Alexander Osang als Augenzeuge immer wieder beschrieben hat: den Untergang der DDR und den Terrorangriff auf New York. 89 ist das Jahr, in dem die Mauer fiel, und die Nummer einer Etage des einstürzenden World Trade Centers. Zwischen diesen beiden Polen erzählt Osang vielfarbig schillernde »Heldengeschichten« – sei es von Prominenten wie Joschka Fischer, Oliver Kahn, Angela Merkel, Katarina Witt, Gregor Gysi oder Boris Becker, sei es von vielen Unbekannten. Sie alle sind Antihelden, Helden wider Willen oder selbsternannte Helden, deren Heldentum sich untrennbar mit ihrem Scheitern verbindet – es sind Menschen, die in die Geschichte geraten sind.

»Meine Helden tauchen kurz ins Licht,
manchmal nur für Minuten, und verschwinden dann
wieder in ihrem schattigen, einfachen Leben.«
Alexander Osang

Fischer Taschenbuch Verlag

fi 15978 / 1